泉鏡花

百合と宝珠の文学史

持田叙子
Nobuko MOCHIDA

慶應義塾大学出版会

1

鏑木《かぶらき》清方《きよかた》

1 ――『三枚続』（春陽堂、明治 35 年）木版口絵、鎌倉市鏑木清方記念美術館所蔵

2 ――『瓔珞品』(『新小説』第 10 年第 6 巻、春陽堂、明治 38 年 6 月）石版口絵、鎌倉市鏑木清方記念美術館所蔵

3 ――「名作絵物語 日本橋」（『苦学』第 3 巻 第 4 号、苦楽社、昭和 23 年 4 月）挿絵原画（2 話：腕白、お千世）、個人蔵、写真提供：大佛次郎記念館

3

2

4

小村雪岱《こむらせつたい》

4 ——『ゆかりの女　櫛笥集』（春陽堂、大正 10 年）口絵の「篇中仮構地図」。鏡花本人の下絵をもととする金沢市街図であるとされる。

5 ——『由縁文庫』（春陽堂、大正 5 年）表紙。秋草の咲く野の橋を、鏡花ごのみの年かさの女性と若い娘との二人連れが、渡ってゆく図。

写真提供：泉鏡花記念館

6

小村雪岱

6——『芍薬の歌』(春陽堂、大正8年) 表見返し。小説の舞台である深川の蒼いたそがれに、橋がかかる。橋と水流の詩人、鏡花を象徴するような一幡。写真提供：泉鏡花記念館

泉鏡花——百合と宝珠の文学史　目次

凡例

一、本書の泉鏡花の著作の引用は、『鏡花全集』(第二刷、全二十八巻別巻一、岩波書店、一九七三～一九七六年)に拠る。ルビは適宜、省略・追補した。

一、引用文中、不当・不適切と思われる語句や表現があるが、時代背景や作品の文学的価値にかんがみ、そのままとした。

一、泉鏡花はじめ作家の作品名については、すべて『　』で統一し、示した。読者の便宜を考え、作品名には新仮名づかいのルビをほどこした。

科学と神秘

モンスーンの国の書き手

一

泉鏡花の魅力は、ひとふで書きの魅力である。その筆は淡く流れるよう、ただようよう、吸いつくよう。あるところではにじみ、あるところではまつわり、すべり、時に葉の裏や土をはう小蛇や蜘蛛《くも》にも似た気配を発し、時に空へとたおやかに伸びひらく花や植物の曲線をおもわせ、紙面をすすむ。そしてあっというまに世界を形成する。難なく読者をそのなかへ誘いこむ。

そこには客観性やリアルを獲得するための、こみいった厚ぬりの描写もなく、叙述や会話の多声もない。世界を形成するエネルギーとしてはたらくのは、ある登場人物あるいは語り手に、作者自身が依《よ》りついた物語性ゆたかなことばのみ。そのことばが「山の端《は》」といえば、優しい山の稜線があらわれ、「森が」と指せば、うっそうとした森がひろがる。

万事そのように、ことばが動き出してはするすると、山のふもとに紅葉がいろづき、家々に灯がともり花が咲き、けわしい崖がそびえ、橋がかかり、奥ぶかい瀧の音がひびく。

とりわけ私たちにとって慕わしいのは、その筆により鏡花が折にふれ、水霧ただようしめやかな秘密の地、恐しいけれどなつかしくもある涼しい薄みどりの湿地へと、私たちを連れていってくれることではなかろうか。

人跡まれなその地では、水に棲むものも地に棲むものも、まじりあって息づく。湧き、あふれ、高きより低きへとつねに流れてはそそぎ入る水の動きこそ、その世界のいのちのすべて。

そこにいると私たちも、人間のつくった世界のルールのいろいろを忘れる。樹々のあいだに鳴く鳥や、苔の上をはい歩く虫、水に流され蒼い水輪のなか浮きつ沈みつする蟹《かに》や……そんなものが、顕微鏡を通すようにあざやかにつぶさに見える。人間の論理とはまったく異なる論理にて運行される、ひそかな微細な営みのあるのに気づく。じぶんのこころと身を、そちらの側へ近よせる。

――これが、鏡花文学がきわだって追い求める「魔所」「魔界」にほかならない。

たとえば初期作の『水鶏《くいな》の里《さと》』（明治三十四、一九〇一年）の冒頭にてまず一気にあらわされる、のどかな田園の中の水の湿地、さらに松林にかこまれて全ての水のそそぎ入る聖地、すなわち魔所の魅惑のなんとすばらしいこと。たちまち水が匂い、ひんやりとした空気が頬をなでる。

魔所といっても、秘境にあるのではない。ごく平凡な村里の、平凡な古社境内にそれを現出させるのが、ここではすぐれている。

越前国武生《えちぜんのくにたけう》の町、山のふもとに沿い、川を越え、さらに北へゆく水鶏の里は、その全体が湧水の里――「此《こ》の処《ところ》一面に濡れに濡れて、小川となり、清水となり、或《あるひ》は吹上《ふきあげ》になつて、目に見ゆるものはいづれ水を以《もつ》て粧《よそほ》はれぬはない」。

それは近在の白鬼女川《しらきじよがわ》を源とするのでなく、どうも遠く白山《はくさん》の氷河より湧くらしく、いつも清く澄む。

里のいたるところ、畑の中やくさむらを無数にはしる細流は、やがてはすべて里にある古社の境内の池へと流れこむ。流れこんでは又あふれ、つねに境内には水流がめぐる――「灌《そゝ》いだのは再び溢《あふ》れて、龍《りう》の如《ごと》く奔《はし》り、蜘蛛《くも》の子の如《ごと》くに繞《めぐ》つて、あらむ限《かぎり》の水は皆《みな》其《そ》の清きこと、其の疾《と》きこと、敢《あへ》て一葉《いちえふ》の塵《ちり》をも浮《うか》べぬ」。

ああ、しだいにのどかな里のあちこちに水湧き、草の上をするするすべり、畑の作物をゆらし、時にふたたび小さな泉として噴き上がる、いろいろな水音が聴こえてくる。じつに種々の形に変容しつつ、地をめぐる水の動きも見えてくる。

たとえばこうしてひたすら水のいのちを追う至純の筆さばきにみちびかれ、しばし呆然と水の動きを聴き、見ることが、どれほど読者のこころをおちつかせ、静かにすることか。

水のいのちが染みとおる。読むほどに身体のしんが澄んでゆく。こうした筆のはたらきは、現代小説にはほぼ絶えている。現在の物語の文章は、複雑に工夫をこらしたストーリーにかかわる多数の事実の発信にみち、それで手いっぱいだから。

ところでさて水鶏の里。ここに斎《いつ》かれる深沙大王は、人に福でなく災いをもたらす邪神として、昼でも近づく者はいない。深沙《しんじゃ》すなわち神蛇《しんじゃ》とおそれられる。まして今はたそがれ、樹齢をかさねた松の「幹《みき》の赤いのが参差《しんし》と枝を交《まじ》へ、葉を累《かさ》ね、鬱蒼《うつさう》として暗黒な緑の中」のありさまは――。

境内《けいだい》とはいふのみで、雑草の中に敷石《しきいし》ばかり。礎《いしずゑ》の残つた鳥居は、さすがに幾百年の以前、鎮守《ちんじゆ》ででもあつたらしい。但石《たゞいし》の御手洗《みたらし》は一際《ひときは》太く大《だい》なる赤松の下に、いつも時雨《しぐれ》の音を立てて、落葉も留《と》めないで、玉かと湧き、颯《さつ》と溢《あふ》るゝこと絶えず、土を洗つて、件《くだん》の敷石の周囲を流るゝさゞれ石の間には、足の赤い蟹《かに》が数知れず。

又《また》名ある蜘蛛《くも》であらう、見るも目覚《めざま》しいのが松の枝から松の枝へ、夕越《ゆふご》えて風のない中空《なかぞら》を往《ゆき》来《か》ふのが、一つ二つ三つばかりではない。

此《こ》の蜘蛛が這下《はひさが》り、彼《か》の蟹《かに》が這上《はひあが》りなどする、苔蒸《こけむ》した常夜燈《じやうやとう》が又一つ。

水の音と、ささ、と松の幹を蟹のはしる音がするのみ、古い社は暮れてゆく。

平凡な村里の社がここでいきなり、「幾百年」という太古の歴史をまとわされるのには少しとまどうけれど、ここで私たちはかの『高野聖《こうやひじり》』（明治三十三、一九〇〇年）の核にたたずむあの飛騨山中の「大森林」も、「神代《かみよ》から杣《そま》が手を入れぬ」という古代性を附与されていることを、思いあわせるべきであろう。

そしてあの森林もいちじるしい湿地、「日もあたらぬ森の中」「日の光を遮《さえぎ》つて昼もなほ暗い」「日のあたらぬ森の中の土は柔い」と、しきりに暗さと湿気が強調されていた。もちろん森の湿気は、水流と関連する。森を出て主人公の青年僧が、清らかな谷川と瀧にたどりついたことも思いだしたい。

深沙大王の社は、この「大森林」にくらべれば平凡な小さな場所で、しかし意味としてはやはり深い森なのである。文中にも「森々《しん〳〵》として中空《ちうくう》を蔽《おほ》ふ森」とあるように、人のめったに踏みこまぬ秘所の森なので、『高野聖』の、古代より繁茂する森林につながる。

両者がともに、鏡花の追い求める魔所であり聖地の一つの原点であることは、すぐ了解される。鏡花の魔所の一つの原点とはつまり、湿地帯としての森なのだ。土の世界と水の世界とが混交し融合する、その暗くしめやかな世界には、彼の文学と思想をシンボライズするもろもろが息づく。

たとえば深沙大王の境内をおおう松の樹には蜘蛛《くも》がしきりに伝い、水流にはさかんに蟹がはしる。『高野聖』にて青年僧が迷いこむ森には、蛇と無数の山海鼠《やまなまこ》、すなわち蛭《ひる》が棲む。これらも樹を伝い、水を走る。

ここにさらに、イメージとしての蟹《かに》も加わる。青年僧は蛇《へび》も蛭《ひる》も大きらい、そして蟹も。森の中ではじめて長い蛇に出くわした時は、「今度は蛇のかはりに蟹《かに》が歩きさうで草鞋《わらぢ》が冷えた」と、おそれおののく。

これは明らかに、鏡花じしんの嫌悪の代弁でもあろう。いかに彼が蛇と蟹とを生理的に毛ぎらいし、かつその裏返しとして偏愛するかについては、『蛇《へび》くひ』や『さゝ蟹《がに》』をはじめとする作品に明らかで、彼の多くの作品にこれらは、吉凶両様のしるしとして頻出する。

なぜそんなに忌むか。それはこれらが、この火山列島の原始にさかえた両棲の生態をひきずるからではないか。

蛇、蟹、蜘蛛、蛭、蛙……列島の森に繁茂するこれらの生きものは、地にも水にも棲む。両棲類であり、水気ただよう湿地をこのむ。

思いだされるのは、古事記のはじめにつづられる、日本の創世神話。国土ははじめ「浮ける脂《あぶら》」のようで、くらい水にひたすら「くらげなすただよへる」おぼつかなさだった。

そこで原初の男神と女神が天よりつかわされ、とろける泥水の中に「天《あめ》の沼矛《ぬぼこ》」を突きさし、その滴りより群島を生む。つづいて二人まぐわい、まず生んだ子はヒルコ、アハシマ……。すべて沼と湿地を暗示しないものはない。ヒルコはそこに棲む両棲類のヒルを、できそこないの彼を入れて流した葦舟《あしぶね》とは、沼地に生えるアシを、アハシマとは、沼の浮島を想像させる。

とすれば、鏡花の魔所とはまさしく、水にただようたかたの泡、湿地帯として出発した、国土の原形を象徴する想像力の産物といえる。

鏡花の森とは、両棲類の棲む水気立ちこめる地であることに、重要な特色がある。森とおなじほど彼が愛して描く、うっそうと樹々の生い繁る湖や沼のほとりの地も、そのヴァリエーションとして奏でられるもの。

評論家の高山宏は、その著書『殺す・集める・読む』のなかで、英国のブラム・ストーカーの著名な怪奇小説『吸血鬼ドラキュラ』(一八九七年)と、『高野聖』(一九〇〇年)とを並べあわせ、両者に通底する〈森〉へのつよい志向に注目している。

ドラキュラ伯の棲むトランシルヴァニアの森には、産業革命下のヴィクトリア朝にその反動として勃興する、都市文明への反感としての森への回帰、あこがれが反映すると解析する。そのうえで、英語にたんのうな鏡花はもちろん『吸血鬼ドラキュラ』を早くに読み、その森への畏《おそ》れとあこがれの心象を、じぶんの描く飛騨山中、高野聖の迷いこむ森に投影させたのではないかと推測する。

いろいろな意味で、示唆にとむ刺激ゆたかな指摘である。

たとえば、そのように両者をならべてみると、いっそう明らかになる。鏡花の森は、近代文明への反感の拠点という意味で、たしかに産業革命下にさかえる英国ゴシック・ロマンの系譜、そこに回帰として描かれるミステリアスな森や湖沼の風景と交感する。

その一方で、鏡花の森の意味は、古城がそびえオオカミが吠える西欧の高燥な森とは、本質的に異なる。

そういえば鏡花は、森のオオカミやいのししなどの獣類は、ほとんど眼中に入れない。彼の森とはひたすらに、両棲類の棲む湿地。そこには、日本の気候風土を象徴する水気が、つねに濃く立ちこめる。

種々の海流のさかまく中に群島として生じたモンスーンの国の書き手としての、本領を発揮する場を、彼はそのさいしょから選びとっているのである。

同時代に活躍した永井荷風も、いちはやく、国土の特色としての湿気を描く重要に気づいていた。彼はフランスより帰国した明治四十年代、気候風土の異なる西欧文学の描写にならうことの無意味を、はっきりとさとった。

日本の気候風土にそぐう「郷土文学」を、ぜひ樹立しなければならない。そう決意した荷風は、まっさきに、日本の多雨と湿気に注目する。これをこそ描くことに着手する。

その成果がたとえば、『雨瀟瀟《あめしょうしょう》』（大正一〇、一九二一年）。しょうしょう、とは雨がしめやかに降る音で、この小説は、いわば雨が主人公。梅雨や台風、春雨秋雨のもたらす湿気に閉口しつつも、父からゆずられた古い邸と骨とうを湿気から守り、雨の情趣を愛して生きる、孤独な知識人を主人公とする。

そんな試みの側より見れば、鏡花も、早くより特筆的に、日本の気候風土の象徴ともいうべき湿気と多雨、水霧を描きつづけてきた存在といえる。アジアン・モンスーンに立地する郷土文学に、おおいに寄与する書き手といえる。

それを確認するためにもいま一度、深沙大王の森に立ち帰ってみよう。

たえまない水のそそぎの音といい、くもや蟹のかそかな動きといい、小さな世界ながらここにはすでに、鏡花文学の原点をなす地肌があらわれている——その特質は、陸世界と水界との混交。

日が暮れ、あたりに月光が照りわたるとその中で、古社は、海底にそびえる巨巌へと変容する。荒れた本堂も祠《ほこら》の白狐《しろきつね》の石像もみな、「恰《あたか》もこれ海底の、幾個奇異《いくこきい》なる大巌《おほいわ》に魚族《ぎよぞく》の鱗《うろこ》が光るやう」とうたわれる。

湧水のめぐるゆえ、濃く水気をまとう深沙の社は、その森ごと蒼くおぼろに幻の海流に巻きこまれ、海の底へと沈んでゆく。

陸世界と水世界とが混交し、むすびつくこうした幻想は、鏡花に特有の水中夢の軸をなすもので、これはその嚆矢といってよい。水と土とがやわらかくしめやかに交わる、緩衝帯としての湿地のイメージが原点として鏡花にはつよくあって、そこから多様な幻想の水生花がはなひらくようだ。

そういえば彼のあまたのヒロインはよく、水のほとりに咲き、濡れて伏す桔梗やゆり、なでしこ、あやめ、露草の花になぞらえられる。彼女たちもまた、湿地より生まれたものといえようか。

さて、『水鶏の里』のさいごを、鏡花はさらにしろい濃霧でおおう。「前途《ゆくて》の敷石《しきいし》の上を籠《こ》めて」、するするとのびひろがる霧を追い、「越前に霧の深いのは白鬼女川《しらきぢよ》の畔《ほとり》を第一とするが、其《そ》の最も濃いのは水鶏《くひな》の里の一落《いちらく》である」とし、深沙の森ぜんたいを白霧で隠す。

その霧の森をもって、近代化する世界にサバイバルする、神秘と怪異の象徴とする。

鏡花の筆にさそわれて、水気ただよう森に入りこんでいた私たちは、はっとここでわれにかえる。とはいえページを離れても何となく、周囲のさわがしいにぎやかな等身大の人間のテリトリーに、よそよそしさを感じる。

心身のどこか奥に、鏡花としめやかに歩いた森のくらさ、水のたえずそそぐ神秘的な小宇宙の感覚がともり、自分もその世界の地と水をはう蟹や蜘蛛など、微小な生きものの存在にひっそりと息をあわせていたような。

――こんな感覚は、まさに『高野聖』の太古の森を想わせる原生林に入りこみ、いくつもの瀧のしぶきに濡れながらさかんに歩き、思索したあの博物学者の手記にも、いちじるしく広がるもの。

ちなみに日本の多雨と湿気に注目した、さきの永井荷風は、原生林としての森にはまったく関心がない。彼は樹木をふかく愛するけれど、それは人間が植生し世話し、人間の生活とともにある庭や公園、寺社、街路の樹木。荷風が好んで描くのは、ひたすら都会の樹々なのだ。

水気ただよう原生林を原点とし、そこから外部としての近代文明をながめ、皮肉と批判を発信する鏡花の手法は時に、同時代のあの個性的な博物学者、民俗学者にして神秘哲学者である、あの人の基本手法をほうふつさせる。

その人もやはり森に宇宙の凝縮を感じ、水を聴き、樹のざわめきに耳澄まし、土と水に生きる小生物に目をそそいだ。そんな時にはみずから、鳥にも蝶にも、樹々、蜘蛛や蟹、地に繁茂する苔《こけ》やきのこにも化身していたのではないか。

とりわけ彼は、人には知られず、たえず微細にさかんな分裂と増殖の活動をつづける地衣類、粘菌類の自然のいとなみに、おのが心身を寄せる。このミクロの世界が体現する宇宙の深遠に気づかず、目もくれず、それを粗暴にふみにじる人間のごうまんと無知を、はげしく撃《う》つ。

この人の名は、南方熊楠《みなかたくまぐす》。粘菌（変形菌）学者としては世界的に名を知られる存在でありながら、アメリカとイギリスに滞在ののち帰国してからは、生涯東京に背をそむけ、ふるさとの南紀白浜にて在野の学者として発信しつづけた。

というのも南紀は、黒潮がはげしく迫り、内陸には原生林がひろがる多雨の自然環境で、まさに日本列島の原郷をなす。自然科学者としての熊楠は、ふるさとを最良のフィールドワークの場として見いだした。

なかんずく、那智の瀧をはじめ幾多の瀧を擁し、ゆたかな水流を湧出させる那智の原生林に、彼はつよく魅了された。イギリスより帰朝した直後の明治三十五、一九〇二年よりほぼ二年間、ふるさとの白浜には帰らず那智に滞在し、原生林に籠居するような日々をすごした。

当時の熊楠の日記によれば、毎日、「草葉木葉深き密林」へと入りこみ、「瀧の道」や「絶壁」をひとり歩きまわった。森の中に無数にながれる渓流や瀑布の水音を聴き、自然の神秘に深い叡智をやしなった。

すでに多くの先行研究者によって注目されるように、森こそ、熊楠の感得した宇宙のシンボルで、社会学者の鶴見和子はいち早くこれを〈熊楠曼陀羅《くまぐすまんだら》〉と名づけ、宗教学者の中沢新一は、〈森のバロック〉とたとえた。

水も土も樹々も虫、鳥、植物、地衣類、菌類も——多様な異種の生命体が、それぞれ異なるライフ・サイクルをいとなみ共存する森は、まさに小宇宙の生滅を無数にかかえる曼陀羅状の世界。ここを母胎とし、科学と神秘の融合する、熊楠の独自の思想が生まれる。

鏡花がさきの『高野聖』『水鶏の里』などで、しきりに森を神秘と怪異のシンボルとして描いていた頃と、熊楠が那智の森に籠居するのは、あらためて確認すれば、ほぼ同時期。微妙な符合が読みとれる。いろいろな意味で、熊楠はまさに鏡花の同時代人といえる。

柳田國男を友人とし、敬愛し、民俗学にも興味ふかい鏡花であるから、柳田を通じてもちろん、紀州在の偏奇な博物学者・民俗学者としての熊楠の存在は、一般の知識人や作家より早くに知っていたであろう。

鏡花は、大正十五年頃に柳田にあてた手紙の中で、「あの日帰り早々続南方随筆あひもとめ申候」と書いている。生前刊行された南方の著作は、『南方閑話』『南方随筆』『続南方随筆』の三冊で、これらはすべて大正十五年に上梓された。つまり刊行されてすぐ、鏡花はその一冊で、「鷲石考」など収められる論考集を読んでいたこととなる。

柳田のすすめで、熊楠の学問著作に注目していたのである。もちろんその以前から、柳田の主宰する民俗学誌『郷土研究』にて、南方の発表する論を目にしていただろう。

とはいえ、熊楠の思想の全容を、鏡花がそうよく知り分けていたとは思えない。しかし熊楠の感性と鏡花の感性は、おのずと響きあい重なる面が明らかにある。とりわけ熊楠の森と鏡花の森とは、時代のはらむイメージの中で、たしかに交叉し交合する。

その交叉の一瞬をとらえ、二人を、科学と神秘の融けあい水気ただよう、モンスーンの国の個性的な創作者として位置づけてみることは、可能であるし有効であろう。

これは、鏡花論に今までなかったイメージでもある。

二

鏡花の初期長篇『黒百合《くろゆり》』（明治三十二、一八九九年）には、二種の黒百合の花が描かれる。

北国の山中ふかくに咲くという黒百合。その黒い秘花を摘めば、山神の怒りにふれるという伝えを知りつつも、それを欲する貴人のわがままが災厄を招く黒百合伝説をふまえながらも、この作品が江戸の絵草紙の世界におさまらず、いきいきとした新しい時代のいぶきをも発揮するのは、この特徴ゆえ。

けなげなヒロインの花売り娘、お雪が恋する人のためにいのちがけで手にする黒百合は、伝説の霧につつまれる神秘の花。とともにこの秘花は一方で、稀少植物として科学の視線でながめられる。つまり神秘の花と、科学の花との二面を、鏡花の黒百合はあわせ持つ。ここが肝要。

科学と神秘との競合そして融和こそ、この一見は江戸草紙的な伝奇ロマンのたいせつな、新しい時代の知をみきわめる主題で、そのことはまず物語のはじまりに、きわめてシンボリックにあらわれている。

冒頭には、はつらつと怜悧な科学少女が登場し、読者をおどろかせる。彼女がのぞく虫眼鏡のレンズを通し、〈魔所〉としての湿地の原生林に生育する奇異な生命体のミクロの映像が、紙面いっぱいにあやしく広がる。ここから全てがはじまる。『黒百合』とは、この神秘の生命体のミクロコスモスに主人公たちが迷いこむ、冒険譚でもある。

お雪とならび重要なヒロインの勇美子《ゆみこ》は、富山県知事令嬢で、九歳より八年あまり、パリで教育をうけた帰国子女という設定。

パリで教育された令嬢といえば、『湯島詣《ゆしまもうで》』（明治三十二年）の玉司《たまつかさ》子爵夫人・龍子《りゅうこ》もそうだけれど、流れ星をたんなる隕石としてその美をかえりみない龍子の知性が、冷淡と高慢の象徴とされるのに比べ、勇美子の知性は少女らしい情けをたっぷりふくむ、真の叡智として描かれる。

その勇美子、パリで植物学に関心をいだき、今もひとり研究をつづけ、フランスの研究者とも情報交換している。この設定にまず注目したい。

物語のはじまりの初夏のある日。何やらとくいそうにハンケチでつつんだものを持って、勇美子のすむパンジーの咲きみだれる洋館へやってきた子爵家の若さま、瀧太郎《たきたろう》の通されたお姫さまの部屋は、そんなわけで、植物の標本だらけ。

縁の上も、床《とこ》の前も、机の際《きは》も、唯《と》見ると芳《かんばし》い草と花とで満《みた》されて居るのである。或《ある》物は乾燥紙

> の上に半《なか》ば乾き、或物は圧板《おしいた》の下に露を吐《は》き、或《あるひ》は台紙に、紫、紅《あか》、緑、樺《かば》、橙《だい〱》色《いろ》の名残《なごり》を留《とゞ》めて、日あたりに並んだり。壁に五段ばかり棚を釣《つ》つて、重ね、重ね、重ねてあるのは、不残《のこらず》種類の違つた植物の標本で、中には壜《びん》に密閉してあるのも見える。山、池、野原、川岸、土堤《どて》、寺、宮の境内《けいだい》、産地《さんち》々《〱》の幻《まぼろし》を此の一室に籠《こ》めて物凄《ものすご》くも感じらるゝ。

美文調なので、きれいな色尽くしの中にふんわりと、王朝の風がわりなお姫さま、『虫愛《め》づる姫君』のすがたも思いだされる。もちろんそんなイメージも、勇美子にはたくみに重ねられていよう。

といってもやはり、女性植物学者としての勇美子の設定は特筆的。近代科学界の動向の先端を、思いがけず鋭く反映する。時代の必然性がかなりある。

諸学問の中でもとくに科学は、なかなか女性に門をひらかなかった。ただしそこに属する植物学ひろくは博物学は別格で、近代において先駆的に女性の参入をゆるした。

というのも西欧古代より、牧畜と農業は男性の分野だけれど、家の周囲の庭や薬草園は女性が差配するもの。ゆえに薬草（ハーブ）研究は、女性とともにある。庭と花園の文化史も然《しか》り。

そうした歴史を背景に、十九世紀の欧米に女性植物者が輩出する様相については、JENNIFER BENNETT《LILIES OF THE HEARTH》などがくわしく述べている。植物学のさかんな英国では、ヴィクトリア朝の有閑階級の女性が、このソフトな自然科学にアマチュアとしてよく参与した。

勇美子の立ち位置を理解するために私たちは、この辺りで、かのピーターラビット絵本の作者、ビアトリクス・ポター（一八六六～一九四三年）の肖像を想起してもよいだろう。

彼女はもともと、博物学者をこころざすヴィクトリア朝の深窓の令嬢だった。野山で動植物や多種のきのこをスケッチし、大英自然博物館（南方熊楠も、滞英中はここに通った。アマチュア学者が尊敬される英国ではこのように、一般の人が研究機関を利用できる体制がととのっている）に通った。顕微鏡を使い、独学で、植物の受粉作用や地衣類の増殖について学んだ。熊楠とおなじく菌類を専攻し、地に生える菌類は水に生える藻類と共生する、二重の有機体であるとする論文をまとめた（マーガレット・レイン著、猪熊葉子訳『ビアトリクス・ポターの生涯』参照）。

ちなみに熊楠が帰国後も海を越えて交流し、彼が自宅の柿の樹で発見した変形菌を新種と公認し、それに〈ミナカテルラ・ロンギフィラ〉の学名を与えた英国の著名なアマチュア植物学者、グリエルマ・リスターも女性。父のアーサーとともに、変形菌研究の権威である（『南方熊楠大事典』など参照）。

勇美子は明治日本のリアルの、というより、こうしたヴィクトリア朝の知的令嬢の肖像によく重なる。おそらく師の紅葉のすすめもあり、近代日本の新しい社会風俗を描くうえで英国のそれを一つの手本として勉強していたであろう鏡花が、どれほどそうした動向を知っていたかは、空白部分ではあるけれど。

ともあれ勇美子は、複雑なプロットをしたがえるストーリーの結び目でもある。彼女がフランスの研究なかまに進呈して驚かせたいからと、西洋にはない珍しい黒百合、もし山で見つけたら採ってきてねと、邸に出入りするお気にいりの花売りのお雪に、声をかけていたのが冒険譚のきっかけなのだから。

そんな事情を知って瀧太郎も、温泉の湧く〈湯《ゆ》の谷《たに》〉の、人がおそれて近づかない洞穴でふしぎな草を見つけ、勇美子にプレゼントするため訪ねてきたのだった。

瀧太郎と勇美子とは、えんりょなくもの言う気のあった遊びなかま、まさにボーイフレンド＆ガールフレンドのふんいきで、こんなところもひどく新しい。男女といえば情痴、恋仲しか描かない明治の小説の中にあって、きわだって新鮮な対等の関係性がういういしく薫りたつ。

さて瀧太郎がとくい顔でハンケチをほどき、縁側においたものが問題。それは「一摑《ひとつかみ》、青い苔《こけ》の生《は》えた濡土《ぬれつち》」。彼はすばやく庭に這うアリをつかみ、この土の上へ落とす、すると――。

> 心なく見たらば、群《むら》がつた苔《こけ》の中で気は着くまい。殆《ほとん》ど土の色と紛《まが》ふ位、薄樺色《うすかばいろ》で、見ると、柔かさうに湿《しめり》を帯びた、小さな葉が累《かさな》り合つて生《は》えて居る。葉尖《はさき》にすく〳〵と針《はり》を持つて、滑《なめらか》に開いて居たのが、今蟻《あり》を取つて上へ落とすと、恰《あたか》も意識したやうに、静々《しづ〳〵》と針を集めて、見る見る内に蟻を擒《とりこ》にしたのである。

「食ひつくよ、活《い》きてるから」と瀧太郎にからかわれ、科学少女はキッとして白衣をはおり、虫眼鏡のレンズをかざす。

昆虫を捕獲し食する、土とも苔ともつかぬ生きものの妖しいミクロの映像は、まず瀧太郎の俊敏な肉眼が、そして勇美子のレンズとがほぼ同時に映しだすもの。ここで物語の視点は大きくゆがみ、屈折し、倒錯する。私たち読み手の遠近感も、ヘンになる。この視点の凸凹こそ、『黒百合』の大きな特徴で、幻想を生みだす母胎でもある。

勇美子の観察によると、葉につく露とみえるのは、粘液で、蜘蛛の糸が虫を捕えるのとおなじ役目をはたす。「あなた名を知らないでせう、これはね、マウセンゴケといふんです、一寸此《ちよいとこ》の上から御覧《ごらん》なさい」と、少女は少年にレンズを。でもみごと肉眼で奇異なコケを発見した若さまは、そっぽむく、「詰《つま》らねえ、那様《そんな》ものより、おいらの目が確《たしか》だい」。

こんな風にのっけより、レンズがむすぶ植物のミクロな映像をかかげるのは、いかにも素人くさい鏡花の皮相の科学好きのあらわれで、彼には若い頃より医学生との親交もあり、顕微鏡的な視点はその受け売りとするのが、まず妥当。

あるいはホームズものの影響。おそらく鏡花も愛読した探偵ホームズとは、当時の科学者の通俗的イメージも一身にまとうキャラクターで、ごぞんじのように何かというと虫眼鏡や顕微鏡をかざし、分析・推理する。

けれどそうした、表層に刻まれる読者サーヴィスだったり、鏡花自身のおさえがたい新しいもの好きだったりする意味をこえて——意識的にか無意識にか、湿地よりもたらされた植物の生態の異様が、おどろきとしてクローズアップされるこの冒頭シーンには、『黒百合』の主題の核心がみごとに端的にあらわされている。

まずモウセンゴケは、神秘な黒百合の存在に通底する。それは、この物語にまず現出する聖域としての〈湯の谷《ゆたに》〉、さらに最奥によこたわる〈石瀧の奥《いはたき》〉の原生林の象徴でもある。

そして神秘としての水気立ちこめる原生林を照らしだすのは、必ずや二種の視線、つまりその神秘をはかり観察する科学の視線と、その神秘をうたがいなく全的に受けいれる、同質の神秘の視線である。これが、『黒百合』の基本構図。

ここではまずレンズを通しての科学のシンボルとしての勇美子の目と、神秘のシンボルとしての瀧太郎の超常的な重瞳《ちょうどう》（一つの目に二つのひとみがあること）とが競合し、けっきょくは同じように、土とみえてじつは植物であり、さらに虫を捕食する動物性をもはらむモウセンゴケの奇態を見いだす。ありがちのように、科学が迷信のまつわる神秘を打破することもなく、あるいはその逆もない。勇美子はとうとうと説いてレンズをさし出した自分の浅はかにすぐ気づき、「微細なるマウセンゴケの不思議な作用を発見した」瀧太郎の視力はじつに、レンズと拮抗することを認める。「あなたの目は恐いのね」とうなずく。学問を積む彼女の知はそれゆえに、自然の神秘をも受容する叡知として描かれる。

たんねんに目をこらすと、こうした構図は、『黒百合』にいく重にも張りめぐらされている。たとえば勇美子とお雪も、あきらかに対偶化されている。恋もまだ知らぬこわいものなしの無垢な少女のとなりに、恋の哀しみを知り人生の苦に揉まれる年かさの女性を配する鏡花独特の好みもさりながら、ここで勇美子は教育をうけ科学に目をひらく近代の知、対してお雪は無教育ながら身をもって山野をよく知り、土地の伝説や草花のことにくわしい前近代的な知を象徴する。

この構図は、お雪の恋人にことさらに、「理学士」であり英語にも長ずる科学者が配される点にも、いっそう明らかである。

小説の中盤、湯《ゆ》つまり斎《ゆ》、聖水の湧出する〈湯の谷〉の入口にあるお雪の家で——黒百合について問うお雪に、恋人の若山拓《わかやまひらく》が答える印象的なくだりがある。登場人物は三人。お雪、拓、お雪を小さい頃から乳母のようにいつくしむ、「湯の谷の主《ぬし》」ともいわれる荒物屋の老女。
あどけなく問われ、拓はすらすら、「其《そ》の黒百合といふのは帯紫暗緑色《たいしあんりよくしよく》で、然《さ》うさ、極々《ごくく》濃い紫に緑が交《まじ》つた、まあ黒いといつても可《い》いのだらう」と述べる。さらにつづける、それは夏花で、丈《たけ》一尺、花弁《はなびら》六つ、蕊《しべ》六つをもち、「東京理科大学の標本室には、加賀の白山《はくさん》で取つたのと、信州の駒《こま》ケ嶽《たけ》と御嶽《おんたけ》と、最《も》う一色《ひといろ》、北海道の札幌で見出したのと、四通り黒百合があるさうだが、私は未《ま》だ見たことはなかつた」とむすぶ。

このようにまず、「理学士」の視点で、まさに植物標本としての黒百合がしめされる。白百合に対し、ありえないようなマージナルな黒色は、ここで暗緑色と解析され、その呪性をいったんほどかれる。しかしその後をむかしよりここに棲む湯の谷の語部《かたりべ》ともいうべき老女が、ひきとる。ふたたびこの地に伝わる民間伝承で、この花を神秘の水霧のヴェールにつつみこむ。

黒百合はこの湯の谷と双璧をなす、石瀧のはげしくしぶくその奥に、人目にふれず咲くといわれる。石瀧は蛍《ほたる》とびかう地としても知られ、ここ湯の谷が、神のつかわしめの白いからすの守る明るい神域とするならば、石瀧は陰々とした「魔所」で、人が入ってよい域ではない、もちろん黒百合も禁忌の花と、老女は語る。

注目すべきは、この話を科学者の拓が熱心に聴き、質問し、おおいに参考にしている点。

蛍の名所とするならば、「石瀧《いはたき》といふ処《ところ》は湿地だと見えるね」と問う。それに対し老女は、「其《それ》はもう昼も夜も真暗でござります。いかいこと樹が茂つて」「一体いつでも小雨《こさめ》が降《ふ》つて居《を》りますやうな」と述べる。

ああ、またしても湿地、そして原生林が、鏡花の想像力の原点にびょうびょうと横たわっている……。語りおえて老女が去り、ふたりの恋人きりになったとき、湯の谷いったいに静かに降りる夕闇のなか、その石瀧より青い光の筋をひき、蛍がひとつ飛んでくる。

指をくちびるで吸って、ちゅうちゅうと細音《ほそね》をたて、「仄《ほの》かに雪なす顔を向けて」、そのかすかな青い光をとらえようとするお雪のようすが、何ともはや何ともはや――うつくしい。

そういえばお雪とは、空にただよう雪片のイメージをもつ名で、あてなく浮きつ沈みつさまよう蛍のはかなさに通ずる。そして彼女はその名にふさわしく、石瀧の原生林の王者ともいうべき巨樹より降りしきる、無数の純白の花びらのなかに埋もれ、たおれる。お雪とは、空を舞い消えるはかない全てのいのちの化身に他ならない。

ところで前の情景にもどれば、科学者の拓は勇美子とおなじく、昔の人の守る神秘をばかにしない。おそれられる「魔所」とは必ずや根拠があり、昔の知恵が教える危険のひそむ地なのだから、禁入のタブーは守るようにとお雪に説く。

このように、西洋外来の科学が、風土に根づく神秘を受けいれる、あるいは科学が昔よりの知と結びつく新しい叡知への志向が、初期よりいちじるしく一貫して、鏡花にはあるのではないだろうか。

彼がその物語の中にめだって、科学者あるいは医学者の主人公を投入する傾向も、この志向の表われとも考えられる。『黒百合』の勇美子や拓ばかりではない。鏡花は、怪異や神秘の顕現する場にことさら、西洋の知を積んだ科学の人を立ち会わせることを好む。

ふり返れば、運命の恋の神秘に一瞬で心身をつかまれた『外科室《げかしつ》』の高峰《たかみね》は、すぐれた医師である。

『錦帯記《きんたいき》』のさいごには、二つの月が出現する天変地異が起きる。これは悪女の惨死に向けられた神秘のカタルシスであるとともに、主人公の親友の理学生の山北《やまきた》が、その万能の洞察力でこの奇瑞を、自然現象としてどう解析するかが期待される。

『幻往来《まぼろしおうらい》』にて、一目で恋した女性の結核を治すため、老人に聞いて、霊草による妖しい呪術を必死でこころみるのは、こともあろうに医学生。彼は、科学と伝説の論理のせめぎあう自身の矛盾を、こう処理する――「国手《こくしゅ》が匕《さじ》を投げ、病人も覚悟をして引取《ひきと》つた位のもの、到底、快復の望はないから、儚《はかな》いことでも此上《このうへ》は頼にする他はない。神仏の力、はた、道士の奇薬《きやく》」。

どうよう、『薬草取《やくそうとり》』にて大切なひとの病を治すため、背広を着て（当時、背広は都会のエリートのシンボル）経をとなえつつ、北国の霊山へ紅い花の薬草を採りに来たのも、医学生の高坂光行《こうさかみつゆき》。

なぜ、なぜ、ことさらに医学士、理学士という科学の人なのか。従来これは一つには、鏡花の大学生・知識人層へのあこがれと解され、一つには、前近代の側に立ち、医学理科学など近代科学の浅薄をあざわらう〈反近代〉の立場の表われと解されてきたけれど――双方の解釈、いまひとつ鏡花の深部に達していない感がある。

特にこの傾向をもって、鏡花を〈反近代〉の作家とする位置づけには、おおいに反対。

むしろ鏡花の傾向は、近代と前近代とを対立させ、差異化・区別化する思考の枠を脱していて、ゆえにすぐれて近代的。この人が密教にしたしみ、曼陀羅《まんだら》に象徴されるその習合と重層の思想を享受していることを考えれば、これはさもあるべき帰結とうなずける。

彼は先鋭な西洋科学が前近代的知と接触し、融合する瞬間をこそ、自身の生きる〈近代〉のレアな特性として、物語のなかにとらえているのではないか。

あるいは彼は、ひとりの人間のなかに先端の科学の知と、前近代的な神秘への畏れが混交する様相に、熾烈な関心をいだく。

たとえばそのことは、一方において最前線の医学士であり、一方において姉の雛人形をその形代《かたしろ》として守る『日本橋《にほんばし》』の主人公、葛城晋三《かつらぎしんぞう》のありように、とりわけドイツ語の医学書をぎっしり詰めた書架と、「臓腑」を透視する精密機器がならぶ大学内の彼の「生理学教室」で、うやうやしく雛が飾られる特異な情景などに、きわめてシンボリックに表われていよう。

とするならば、習合と重層の思想を身につける鏡花を、熊楠のとなりに置いてみるのは決して突飛ではない。なぜなら熊楠の没頭し、そこから宇宙生命の原理を〈曼陀羅〉として感受する菌学とは、習合と結節の思考を核とする。

どの領域にも属さない変幻の生命体に注視する菌学は結果的に、動植物・鉱物等を区分し差異化して構築された既存の世界観に、大きく異をとなえた。だからこそ熊楠においてそれは、哲学や心理学にもつながる。自然の原初のいのちの神秘に触れる同時代のこの新しい知こそ、鏡花にたぐえるのにまことにふさわしい。

となれば私たちはふたたび、土でも苔でも動物でもなく、そのすべてでもある『黒百合』の「マウセンゴケ」に、よくよく目をそそいだ方がよさそうだ。

三

前述のように熊楠はイギリスより帰国後、那智の原生林に籠居した。昼は菌類、地衣類、藻類、蘇苔類（コケなど）、変形菌を山中で採集し、夜は心理学研究に没頭した（自筆「履歴書」参照）。

当時の日記一九〇三年六月三日の項には、こんな事が記されている。熊楠は採集のため登った丘で一老人に出会い、〈山の神の錫杖《すずづえ》〉なるふしぎな植物について聞いた。これを山で見かけ、翌日採りにゆくと必ず、「三四間」移動しているという。ちなみにこの日、熊楠は、ヤマユリ等とともに「モウセンゴケ」を採集している。

植物が人の気配を察知し、山中移動するという老人の話を、熊楠はありえぬなどと否定しない。その神秘もふくめ、大きな関心をいだく。土地の女性たちに、〈山の神の錫杖〉を見つけたら採ってほしいと頼んでいる。

こんな初夏の山ふところでの情景、鏡花の『黒百合』をほうふつさせる。あるいは、「いぼいぼのある蒼い」きのこが貯水池わきの水たまりに生えていると思ったら、てんてんと「百日紅《さるすべり》の樹の下」や「坂の中途の樫《かし》の木の下」に移動している薄きみわるさから幻妖なファンタジーをつむぐ、『茸《きのこ》の舞姫《まいひめ》』などと同一の感性が看取される。

このように日々、動植物を採集し、アメリカ製顕微鏡で観察し、時に「蚯蚓《みゝず》短大にして色碧紫金光あり甚《はなは》だ美」などとそのミクロの世界の美に感じ入る熊楠は、しだいに生物・生態学研究と神秘思想とを結合させてゆく。

彼が那智山中で新種の変形菌を発見したさい、亡き親友の霊がそこに導いてくれたと信じたのは、その一つの表われとして著名なエピソードであるが、一九〇四年以降の日記の紙面にも、科学的観察と神秘的瞑想とがからみあう様相が、顕著にうかがわれる。

ページいっぱいに、昆虫・植物・菌類・藻類・変形菌の生態のスケッチの描かれることが常軌を逸し、おびただしい。ながめているとこちらまで、それらのミクロな生命体がくねり、曲がり、伸縮し、胞子を吐き増殖する、原始のいのちの螺旋《らせん》の世界に巻きこまれそう。

そして熊楠は、あきらかに巻きこまれている。くねり、うねる生命の螺旋の延長上に自身の生命もつらなるのを感じ、観察し考究している。原始的生物の、たがいに触発し影響しあう線やさまざまの大小のだ円形、くぼみや丸み、絡みあいに、人間の深層心理と行動の関係性をよみとる。夢と現実とが入りくむ相関図をも洞察する。ここに、科学と神秘の結合する〈熊楠曼陀羅〉が誕生する。

すでによく指摘されるように、要《かなめ》として〈熊楠曼陀羅〉を支えるのは、脱領域的な変形菌の特異な生態モデル。変形菌とは、十九世紀末より植物学の最先端をひきいるトピックで、きのこでも苔でもカビでも、昆虫でも動物でもない。逆にいえば、そのすべてでもある。通常の肉眼ではとらえがたい。しかし湿地のそこここにいる。森の落葉のなかにも、庭の樹にもいる。

アメーバー状で、つねに変形し、移動する。微生物を捕食して主に雨期に成長し、酷暑と酷寒期はきのこ状に変身し、休眠する。そのあいだに、無数の胞子を生み増殖する。

領域を越えてたえず変身し、しかも休眠（死）しつつ増えるこの原始生物の円環的なエネルギーに熊楠は、もちろん人間もふくむ宇宙生命の原理――〈曼陀羅〉を感受する。

　この曼陀羅観はたとえば、一九〇二年三月二十五日、親友にして仏教界の若き星である真言宗僧、土宜《どぎ》法龍《ほうりゅう》にあてた書簡に、ユリイカの興奮にみちてはげしく述べられている（『高山寺《こうさんじ》蔵　南方熊楠書翰　土宜法龍宛一八九三―一九二二』参照）。

　熊楠と鏡花については、きのこへの特筆的な執着（すでに指摘があるように、鏡花の作品にはきのこの存在が点々する。熊楠は九歳の頃より生涯を通じてきのこ研究を持続、前人未到のぼう大な標本と彩色図譜を残した）も、いうにいわれぬ濃い共通性を暗示する。

　また大きくは、仏教にしたしみ、密教の〈曼陀羅〉絵図を内なる宇宙軸として感受し、それを創作に活用した近代の知の型として、おなじ線上に立つ二人と解せる。

　そうした共通項をシンボリックにたばねる鍵として、いまは、熊楠学がアピールする「動植物の原始ともいふべき変形菌《ミセトゾア》」（前掲、土宜法龍宛書簡）に注目したい。

　なぜなら――鏡花はおそらく変形菌の存在は知らなかったろう。植物に関する彼のじっさいの知識は、そう専門的でない。けれど湿地おびただしい風土に、変幻自在に化身するこうした原始の生命体の微細にうごめくことは、その幼児的なすぐれた直感力で、日々察知していたはず。人間の領域をひたひたと浸す、そんな生きものの変幻の影をつねに感じ、おののき、畏《おそ》れていたはず。それこそがすなわち、鏡花にとっての〈自然〉といえる。

　『黒百合』のはじまりにて、鏡花がその捕虫の生態を妖しく大映しにし、どきんと私たちの目をおびやかす「マウセンゴケ」こそは一つ、鏡花における〈自然〉であり〈変形菌〉的な神妙の存在であるのにちがいない。

もちろんモウセンゴケは、菌類ではない。いささか鏡花も一種のコケととらえている傾向もあるが、多くの人がその名からイメージするように苔類でもなく、初夏に白やうすべに色の可憐な花を咲かせる顕花植物。沖縄をのぞく各地の湿地に点在する。ゆえに、二種のすさまじい湿地である魔所、〈湯の谷〉と〈石瀧の奥〉を象徴する植物としてふさわしい。

風にゆれる繊弱さとはうらはらに、瀧太郎の重瞳と勇美子のレンズが見ぬいたように、その葉の腺毛は付着した昆虫を消化する。湯の谷や石瀧奥の原生林とは、そのような生きもののうごめく湿地。物語の終盤で、石瀧に入りこんだお雪と瀧太郎は大鷲におそわれ、巨樹が降らせる花ふぶきに行きなやむ。万事休すと二人がすがりつく巌は、生きものと化して空へ飛翔しようとする……。

それはすべて、視力を失いつつある科学の人・拓がみる夢（この設定も、みごとによじれている）の景色なのだけれど、拓が遠方より無力につぶさに鮮やかに、花ふぶきに埋もれつつ怪鳥と戦う二人のようすを見とどけるくだりには、あきらかに望遠鏡のレンズを通してありえない遠景をのぞむ視点が活用される。

しかも夢であったと拓が覚め、じっさいに石瀧の森で黒百合を採ってお雪が拓の持つ家へ帰ってきたその瞬間、こんどは夢が、現実との境を決壊してなだれ込むように、背後より大洪水がおそい、皆をのみこむ。

夢や幻想が、非現実として現実に従属しない。現実とまったく対等に、おなじ重さで入り組む。それが、『黒百合』の大きな特徴をなす。

その入り組みを可能とするため、虫眼鏡や望遠鏡を通しての視点が活用される。まさに科学と神秘との倒錯性が屹立する。そして遠近感をなし崩しにし、鳥が人間をおそい、岩さえ生きものと化すチャンネルにカチリ、と照準を合わせるきっかけとなる鍵こそ――捕虫し食する「マウセンゴケ」の、脱領域的なミクロの生態なのである。

四

熊楠における〈変形菌〉の発信する意味とイメージに通底する始原の小生命体の存在は、モウセンゴケのみではない。鏡花の文学のなかの原郷としての湿地に点々とあらわれ、とりわけ独特の恐怖と畏《おそ》れの水位に深くかかわる。

鏡花の偏愛するきのこも、ある意味で変形菌である。前述の『茸の舞姫』はじめ『木《き》の子《こ》説法《せつぽう》』、随筆『くさびら』などで、鏡花は土や樹、水、家の畳にさえ生えるきのこに、おぞましい移動性と侵犯性を幻視し、おののきながら惹かれている。アメーバー状に土や樹に寄生し、移動する変形菌の形状と存在感に、これはまさにひとしい。

そしてきのこの繁殖する湿地には、小蛇や蜘蛛、蟹、蛭もいる。森の生きものとして鏡花がひたすら注目するのは、土にも水にも棲むこれら両棲類であることは前述したけれど、あらためて見直せば、すべり、伝い、這い、泳ぐこれらは、AでもBでもなくしてそれらの属性をすべて含み、土や水、樹に寄生し移動する、変形菌の意味そのもの。

鏡花は水気立ちこめる森を描くとき、こうした存在以外は眼中にない。くり返すけれど、リスや猪、熊など所属領域の明確な、そしてあるていどの大きさと固定した輪郭をもつ生きものには関心がない。自身の原始的想像力の結晶としての森に、それらを棲まわせることはない。

そして森のみでない。鏡花における変形菌的生命体のイメージは、こんな蘆《あし》さやぐ海辺の湿地にも、あやしく跳梁する。

ほとんど言及されることはないけれど、すばらしい、これこそ鏡花にしか書けない怪異の世界とうならせられる随筆で、『海の使者』と題する。明治四十二年の発表。海と陸のあわいの湿地が、印象的に描かれる。

鏡花の怪異というと必ずや、ゆうれいの現出する小説や、妖怪の活躍する『天守物語』『夜叉ケ池』などの戯曲があげられるけれど、淡々とした日常にしだいに恐怖の水位のかさの増してゆく、こうした随筆のジャンルもおおいに賞揚されるべきではなかろうか。

『海の使者』とはようするに、逗子の海辺散策記、そして汐《しお》入りの水だまりに生息する海月《くらげ》の観察記。といえばまるで寺田寅彦のエッセイのようだけれど、そう、寅彦を思わせる身辺の自然の細密な観察記でありながら、しだいに歩く地平が水没し、海へと巻きこまれるような蒼い戦慄をはらむのが特異なのである。

まず海ぎわに一面の蘆原《あしはら》がひろがり、蘆の根を分けて汐入りの小川がいくすじも入りくみ、橋がかかる秋のたそがれを、鏡花らしい「私」がのんき気に歩いてゆく。

海と陸の窮極的に交わるこんな蘆原も、鏡花の内なる原郷の地であることは、やはり逗子を舞台とし、蠱惑《こわく》的な蘆原を描く小説『悪獣篇《あくじゆうへん》』（明治三十八年）にて、蘆原に棲む老女に、「世がまだ開けませぬ泥沼の時のやうな蘆原でござるわや」とつぶやかせるくだりにも、明らかにうかがわれる。

　さて夕日の色づくなか、「私」は蘆の根方よりしきりに鳴く声があるのに気づき、前に友人から聞いた架空の両棲類、「岡沙魚《をかはぜ》」の鳴き音かと連想をさそわれる。

　岡沙魚とは、陸にも棲む沙魚《はぜ》で、たそがれに「蘆《あし》の根から這上《はひ》つて、其処等《そこら》へ樹上《きのぼ》りする」という、「怪性《けしやう》」のものだという。そんな魚、聞くだに気味わるく、見たことないけれどそれは必ずや、「黒の処へ黄みがゝつて、ヒヤリとしたもの」であろうと「私」は直感する。

　黒に黄の斑という、冷たくぬらつく色と感触のイメージこそ、底しれぬ自然にいだく鏡花の畏怖の核心で、それこそは蛇・蛭・蜘蛛・蟹そしてきのこにもつらなるイメージであることを、もちろん確認しておきたい。

　気味わるい架空の生きものの連想をふり払い、さらに歩く「私」はふと、蘆原の窪地に海水が入りこんでできた小さな池の橋に立ち、「さしてくる汐《しほ》」をながめる。と、何か「影のやうに浮」くものを見つける、それが「虎斑《とらまだら》の海月《くらげ》」。いうまでもなく、前段の岡沙魚の、黒に黄の斑のイメージがここに連鎖する。

　この海月への凝視がなんとも特殊、岩波全集の五ページにもわたり、満ち汐の波動と関わって種々にくるめき、ただよい、浮き沈み、泳ぐ小生命体の意志あって意志ないような神妙の動きをたどる。その正体なさをどうにか摑《つか》もうとする多様なオノマトペが、この小生物を追いかける。

　そのオノマトペだけすくってみても――「ふは〳〵」「ぬぺり」「ふうはり」「ふら〳〵」「ぬつぺら

ぽう！」「ぶく〳〵」「くな〳〵」「つるり」「つる〳〵」「ひら〳〵」と、目が舞いそう。じっさいに「私」の目も、意識も舞う。水中の波にくるめく海月に見とれるうち、辺りはいつしか満潮にみち、水の勢いで蘆がざわめき、「私」の立つ橋板も廻転し、いったいが蒼い水世界へと倒立する恐怖が「私」をおそう。さいご、海月もまた「怪性《けしやう》」の両棲のイメージをまとい、波にのって空飛ぶように、海へと帰ってゆく。

小生命体への細密な凝視のまなざしが、しだいに自然のいのちの神秘への瞑想へと入りこむ。それにしたがい、ひたひたと畏怖の水位のかさが増し、廻転的な幻覚が発生する。

ここそが、凡百の恐い話、妖怪やお化けの話と鏡花の怪異とを画然する要素で、鏡花の怪異の核には少なからず、両棲の小生命体を通しての、自然への驚きと畏怖がある。

思いだされるのは、初期小説『さゝ蟹《がに》』（明治三十年）にて怪異を湧出させるのも、小さな生命体への観察眼であったこと。

はじめは「大《おほい》なる蜘蛛の形」と見えた金銀細工のささ蟹が、畳の上を「むく〳〵と動きはじめ」、うごめき、這い、「サラ〳〵」とかすかな音をたてて駆ける。このささ蟹の動きも変幻の形も、さきの小さな海月に通底する。両棲類の生態をベースに、鏡花が創出したものだろう。

「姿定《さだ》かならず朦朧《もうろう》と」「鼠色《ねずみいろ》」の影のようなささ蟹は、まさに、「幼児の拳《こぶし》ほどで、ふは〳〵と泡を束ねた形」で「全体が薄樺《うすかば》」の海月と特徴を一にする。それらはまた、「殆ど土の色と紛《まが》ふ位、薄《うす》樺色《かばいろ》」をした「マウセンゴケ」にもひとしい。

鏡花の生みだす怪異、とりわけ始原の風景につながる神秘と怪異にはかくじつに、うごめき這い、アメーバ状に領域をこえて移動し、全てを融合させる変形菌的な小生命体が、鍵《キー》として深く関与するのだ。

五

子どもは、小さな博物学者である。とりわけ、自然のミクロないのちについて熟知する。その低く小さな視点から、いつまでも地面と地面を這い動くものを見ていて、あきない。

この意味で、鏡花も俊敏で精緻な博物学者である。いつまでも子どもの原始の目を失わず、土に近い生きものへの驚きを発しつづける。

たとえばこのことは、彼の原郷としての湿地なす森が、今までも見てきたように、きのこや苔、小蛇や蜘蛛など、小さな子どもの視界に入りやすい、ミクロなものばかりで構成されることにもはっきりと看取される。

鏡花の森とはいわば、湿気の濃いモンスーンの国に生い育った、小さな博物学者の森なのだ。

加えてもう少し例をたどれば、早くに魔所としての森を描く『蓑谷《みのだに》』（明治二十九年）なども何ともシンプルに、腐葉土のしめった匂い、朽葉を踏む音への鋭敏な感覚のみでたちまちに、人の入らぬ禁忌の森を現出させる――「地《つち》も、岩も、木も草も、冷き水の匂ひして、肩胸のあたり打《うち》しめり、身を動かす毎にかさ〳〵と鳴るは、幾年《いくとせ》か積れる朽葉《くちば》の、なほ土にもならであるなり」。

『妙《たえ》の宮《みや》』（明治二十八年）の神さびた森を構成するのもやはり、樹と水の匂い、樹にかかる蜘蛛の巣、小川、水車、湿土を這う小蛇にささ蟹と、これまた子どもの目にとまりやすいものばかり。

とりわけ又もや、ささ蟹のミクロな動きが、怪異の空気を湧出させる。妙の宮の森に入りこむ青年士官のゆく手に二度、ささ蟹が現われ、彼を慄然とさせる。一度は数匹が横ならびに走り、一度は奥の宮の御手洗《みたらし》の石のへりに、二匹へばりつく。

その動きに、何らか自分とかかわる自然の意志をよみとる感性が、怪異を醸すのだけれど、まぎれもなくそれは、まわりの自然と自分とを分離させない、子どもの原始的感覚をもととする。

ゆえに構成事物はごくシンプルでも、鏡花の森は瞬時に私たちを、土や草木の織りなす神秘の空気に立たせるのだろう。それらと一体化していた頃の感覚を、あざやかによみがえらせるのだろう。

森を結晶するこの原始の目こそ、すぐれた博物学者のもつもの。ここにおいて、鏡花と熊楠は濃くつながる。二人には共通し、ひとりきりで長い時間を、地面とそこに生きるものをながめて過ごしていた、異様に孤独な子ども時代をもつ人に特有の、何かがある。

熊楠の森と鏡花の森とを、等身大に対比することにはほぼ意味がない。熊野の原生林にフィールドワークを展開した熊楠に比べれば、じっさいの森への鏡花のフットワークなど児戯にひとしいだろう。旅行好きとはいえ、鏡花の旅はおもに温泉めぐりで、じっさいに深山幽谷を跋渉したことは、おそらくない。彼の秘境ものは、江戸の紀行文や、友人の柳田國男の視察旅行の話を反映させるものも、少なくない。

しかし逆に見れば、ゆたかな感性と想像力にて、近代の知を代表する卓越した博物学者が、日本研究の肝要の地として選んだ湿地なす原生林を同じように選びとり、やはりその地にうごめく変形菌的小生命体に注視し、それを自然の神秘のシンボルとして察知し、創作する鏡花の原始の目は、実にすぐれてすばらしい。

ここで思い出されるのは、鏡花の『清心庵《せいしんあん》』（明治三十年）のなかに印象的にはめこまれた、きのこのミクロな世界のこと。人間とは異形の絶対美をさし示す、あの細密画なども十全に、熊楠の思想世界との類縁を感じさせる。

『清心庵』は母恋いの幽暗なふんい気もさりながら、作品の一方にひっそりと水霧に生える静謐なきのこの世界があり、一方にさわがしい人間の世界があり、両者が対比されているのが、きわだった特徴をなす。

ここにも子どもの原始の目がよくいかされていて、仲よしとしてただ無垢により添い、いっしょに楽しく暮らしたいと願う十八歳の青年・千《せん》ちゃんと人妻の摩耶《まや》は、きのこ寄り。子どものすなおな感性を濃く保つ。

対してその二人の周囲ににじり寄り、すわ密通よと責め立てる人々は、不自由きわまりない生を強《し》いる世間や社会のシンボル。そしてその十八歳の千ちゃんの内なる子どもの感性をよく示すのが、彼が雨あがりの森の濡れた樹の根方できのこを見つけ、うっとりと見入る情景なのだ。

千ちゃんの目を通して私たちも、近々とまなこを樹の根に寄せ、湿った土と落葉の匂いをかぎ、小さないのちの世界を凝視することとなる。きのこを取ったとたん、その下からわらわらと駆け出す小蛇と蜘蛛におびえる気もちを、一にする。

まひ茸《だけ》は其形《そのかたち》細き珊瑚《さんご》の枝に似たり。軸《ぢく》白くして薄紅《うすべに》の色さしたると、樺色《かばいろ》なると、また黄なると、三ツ五ツはあらむ、（中略）

こ（稿者注・紅茸《べにたけ》）は山蔭《やまかげ》の土の色鼠《いろねずみ》に、朽葉《くちば》黒かりし小暗《をぐら》きなかに、まはり一抱《ひとかゝへ》もありたらむ榎《えのき》の株を取巻《とりまき》て濡色《ぬれいろ》の紅《くれなゐ》したゝるばかり塵《ちり》も留《と》めず土《つち》に敷《し》きて生《お》ひたるなりき。一ツづゝ其《その》なかばを取りしに思ひがけず真黒《まくろ》なる蛇の小さきが紫の蜘蛛《くも》追ひかけて、縦横《たてよこ》に走りたれば、見るからに毒々しく、あまれる残して留《や》みぬ。

この叙述、けっして架空ではない、おさない頃より小生命体をじっと見ていた細密な観察に支えられる。自分の中に小さな鋭敏な博物学者、すなわち科学の人の内在するのを鏡花自身よく知っていたからこそ、作品に、科学の人を主人公として据えるのを好んだのではなかろうか。

そして単なる観察にもとどまらない。小さないのちの細密画は物語の中にはめられて、人間社会のごうまんと不自由への厭悪を濃くにじませる。

この点もふくめて鏡花のミクロなきのこ世界は、熊楠が九歳の頃より憑かれたように野山で採集し、自身の肉眼と顕微鏡とで観察し描いた、何千種ものきのこのスケッチ『菌類図譜』を想起させる。ことばがよく出ない緘黙症《かんもくしょう》であって、周囲になじめない苦しさをまぎらわすために始めたその作業を、熊楠は亡くなるまで続けた。

両者の細密画はひとしく、長時間の凝視の結実でありながら、既成の空間概念をかく乱させる狂気をもはらむ。いわばきのこの世界より、人間の世界が相対化され、人間を中心とする世界観が崩されているのだ。

　こうした二人をともに、科学と神秘とをめだって融合させ、新しい知をひらこうとしたレオナルド・ダ・ヴィンチの系譜をひく、モンスーンの国の書き手としても並べあわせてみたい。この発想、いささか稿の末尾の大ぶろしきに過ぎようか。

　そうはいってもどうしても、熊楠の日記や鏡花の『黒百合』など読んだあとで、あの高名な微笑する貴婦人の肖像画をながめると――彼女の背後にひろがるリアルに細密な、それでいて胸いたいほど蠱惑的にいのちの始原への入口をしめす、水霧ただよう樹々と岩窟の風景は、多くの瀧をいだく熊野の原生林、そして鏡花の湯の谷や石瀧奥に酷似すると思われ、しかたない。火山半島の自然に養われ、私生児として孤独な子ども時代をすごした天才博物学者の描く、あの絵の遠近感も、ヘンである。

女どうしを描く

一

尾崎紅葉『金色夜叉』（明治三十〜三十五、一八九七〜一九〇二年）の宮には、お友だちがいない。彼女は高等教育を受け、ある音楽院に通っていた。そこには同じような境遇の女生徒が多くいたはず。けれどこの大きくうねる長篇小説のどこにも、宮の女ともだちは登場しない。彼女は、貫一やその親友の荒尾譲介、彼女を見そめ結婚する富山唯継といった、対男性の関係性しか持っていない、それと親子関係と。

ゆえにさぞ宮はこころ細かったろう、おさななじみの貫一との婚約を破ると決めた時、決めてしまってしかし鬱々と悩む時。

宮の相談する相手は老いた母親しかいなくて、母は屈折する娘の心の中がまったく見えない。貫一が好きならおまえは一人娘、私たちも許しているのだから結婚すればよい。それを富山さんに返事した今さら、悩むのはなぜ？

むりもない、老母は家と親の意向のままに嫁いだ旧世代の女性で、みずから結婚の選択に悩むこともなく、もちろん恋愛など知らない。まして新しい貨幣経済社会の中で生き、時に富と名誉の玉手箱ともいうべき金力と、心の宝ともいうべき愛情とを秤にかけ、その値の軽重を裁量せねばならぬ娘の苦衷などは、想像することさえできない。

宮はひたすら、精神性を重視する男性知識人の視線にさらされ、非難され、なじられる。おのが悩みを内攻させ、しんしんと狂気の湖へと入水してゆく。

うわべは凍りついたように清麗な貴婦人の内奥に燃える、深い孤独と慙愧の暗い情熱こそ『金色夜叉』の本領で、この宮の内省の力こそがさいごには、貫一の常識的ともいえる潔癖や正義感を圧倒してしまう。

これは彼女がなまじいのシスターフッドなど持たず、徹底的に孤独の崖に立たされたゆえに到りついた境地である。けれど宮の血を吐くような輾転《てんてん》たる懊悩につきあう読者としては、どうしてもこうも思ってしまう――ああ、長い不眠の日々を耐え、泣き音を噛み、命ほそらせてゆくこの若い女性にせめて一度は、優しい同性の声をかけてあげたかった、と。

お悩みはよくわかってよ、宮さま。貴女《あなた》のお苦しみはこれからの私たちの多くが、通り越えてゆかねばならぬもの。殿方に立身出世のお望みがあるように、ひらけたこの時代、努力と意欲で境遇が変わるとすれば、私たちにも立身の夢はありますとも。特に私たち、お相手によって世間から尊重もされれば、反対に一生、人から踏まれつづけもする。考えてみれば、結婚とは何だかそら恐しいことね。

――と、ここまでこまやかに言ってくれなくても、お友だちならばきっと、泣き伏す宮の背中におろおろと手をかけ、ひたすら撫でてくれたはず。そのうちに悲嘆と自責に沈む宮も、少しずつ落ち着いて……。

しかしこれは、どうも宮だけの問題ではないようで、そういえば、樋口一葉の『たけくらべ』（明治二十八～二十九年）の美登利《みどり》にも、女の子のお友だちがいない。考えてみれば、いささか不自然、いえ、かなり不自然。

なんとなればこの作品は、下町の子どもの世界を映すものであって、美登利は、子どもたちの仲間の中で「女王様《にょおう》」として君臨している。彼女のわきで活躍する仲よしの正太やその子分格の三五郎、敵対する長吉などは走り、駆け、暴れ、いきいきと描かれる。それなのに、美登利がふん発しておそろいの「ごむ鞠《まり》」をおごる、「同級の女生徒二十人」「女の一むれ」などは、まるで彼女を取り巻くうすぼんやりとした影のよう。誰もしゃべらない、みんな名なし。あざやかに個性的な美登利を浮き立たせる、背景にすぎない。

ゆえに美登利も宮とおなじく、女性特有の悩みにおいてすさまじく孤独である。初潮か水揚げか（この問題にかんしては、かって盛んな論争があった）を経て衝撃をうけ、泣きしずみ寝込んでしまう時も、そばに来るのは正太のみ。脳天気な男の子にこの悩みわかるわけもなく、「大人になるは厭や」という仲よしの女王様のうったえに、正太ははて、と首をかしげるばかり。だって正太は逆に早くお金を稼ぐ大人になって、華魁《おいらん》の美登利をひとりじめしたいと潜在的に願っているのだから。

正太のみでない、仲間のだんご屋の男の子などははっきりと、大人になって一もうけしたら美登利を「買いに行く」と宣言していて、真の意味もわからず高価なおもちゃを買うような口ぶりではありながら、遊郭かいわいの子どもの世界が大人の世界の雛型としての面も濃く、ある時を境に一気に男の子の「お友達」が、商品としての美登利を買う客に変身する可能性を示し、にわかに生ぐさい。美登利の哀れのゆえんである。

ちなみに『にごりえ』のヒロインのお力《りき》も、同じ年頃の同じ境遇の女性の多く働く銘酒屋にいながら、身の来しかた行末を嘆きつつ吐露するのは、客の知的な男性、結城《ゆうき》にのみ。

おそらく、同時代の他のヒロインたちもこうした状況にいる。女子大学で学ぶ女性の恋愛と堕胎をセンセーショナルに描く小栗風葉の『青春』(明治三十八年)とて、周辺の女学生たちは単なる声、ざわざわしたノイズとしてしか表わされない。一人だけヒロインの親友が登場するけれど、内的交流は皆無で、風俗としての女学生友だちとして置かれている感じ。

つまり本格的な小説の世紀のはじまる一九〇〇年前後において、めざましく個性的なヒロインはひたすら、対男性との関係性の中で生成している。これが、近代小説の一つのルールといえる。

彼女たちには、同質の理解しあえ、やすらげる空間がない。つねに異性の視線の中で緊迫し、孤立している。ゆえに孤愁の凛とした艶がきわだつ。寒風にひとり立つ人間の原点を象徴する。くり返すけれど、これが近代小説のひそかなルールで、一葉はおそらく早くにこのルールに気づき、先行の女流作家たち——三宅花圃や木村曙らの醸す、均質の女学生的な甘く優しい世界からはっきりと身をひき離し、ゆえに女流作家として一頭地をぬいた。

そんな小説の世紀の始まりのゆくたてに思いをはせながらページをひらくと、だからおおいに驚いてしまう——、泉鏡花の初期中篇『勝手口《かってぐち》』(明治二十九、一八九六年)のヒロインのもとに、こんな風変りなすてきなお友だちが飛びこんで来るのを目にした時は。

明治の山の手の夏の早朝を描く、淡彩の絵のような風景のなか。しろい朝霧がしだいに晴れて、あざやかに咲きそろう朝顔の花が見えてきて。いかにものどかな畑や垣根のあいだの小径を縫い、一人の少女がやって来る……。

背戸《せど》、庭、園生《そのふ》の垣つゞき、家まばらなる高台に朝霧の立籠《たてこ》めたる、地上には濃《こまや》かに、軒端《のきば》、屋の棟、森の梢など、しら〳〵とあけゆく空の、薄紫なる、紅なる、朝顔一斉《いっせい》に咲き揃ひて、二葉《ふたば》三葉《みは》うら見ゆる風少し渡るにぞ、（中略）垣と垣との径《こみち》を伝ひて十六七になりたらむ色白き女《むすめ》一人《にん》、足早に来懸《きかゝ》りたり。

どこかの令嬢か、はたまた農家の娘かと思わせておいて鏡花、あざやかに読者の意表をつく。近づいてくれれば、なんとなんとこの少女は――銀杏返《いちょうがえし》に小さな菊のかんざしだけが唯一の娘らしさで、あとは紺の半てん、腹掛《はらがけ》、股引にきりりと身をひきしめ各戸をまわる、少女牛乳配達なのだ……！　紺の背中には乳、と一字を染めた赤い丸印、手にさげた籠の中にはこれから配達する牛乳びんが鳴っている。彼女はみごとに咲く朝顔の前にちょっと立ちどまり、それからある家の裏庭にまわり、奥の井戸のわきを抜けてお勝手口の戸をあけて、あどけなく優しく、お早う、と声をかけて。

当時、各戸への牛乳配達はハイカラな新しい風俗。鏡花は気にしていたようで、彼の作品には時おり背景に、牛乳配達人が描きこまれている。同時期に、飢えて泣く赤ん坊のため、置いたままの人の家の門口の牛乳びんを盗んで牛乳屋にとがめられ、逮捕され懲役につく男の罪の是非を問う、社会主義的な短篇『ねむり看守』（明治三十年）もある。

これはあきらかに、ユーゴー『噫《ああ》無情』のうつしで、生きるために哀れなジャン・ヴァルジャンが盗んだパンを、赤ん坊のための牛乳に置き換えたもの。「山の手に乳《ちゝ》を盗《と》ることが大層行はれた」世間の流行を背景とする。

それにしても、この作品で盗みを働いた貧しい男の腕を、「牛乳屋《ちゝや》の佐吉といふ、配達」がねじ上げるように、当時の牛乳配達はみな男性だったに相違ない。粋な江戸前の少女牛乳配達は、鏡花の楽しい創作、もちろんこんな少女がかろやかに牛乳を届けてくれるのならば、朝がひとしお待たれてしまう。

さて、この個性的な少女の名はお蝶。お早う、と呼びかけたのは、その家のお勝手でご飯の火の具合を見ているヒロインのおせんへ。

病弱なおせんを心配し、「あの、私が御膳焚《ごぜんたき》になってあげようや。休んでおいでな、ねえ」と何やかや世話をやきたがる様子は、愛らしい妹のよう。じっさいお蝶は十歳ほど年上のおせんを、「姉様《ねえさん》」とよび、慕っている。

ここから始まり、おせんの家の勝手口、井戸まわりには女性の声がいろいろに交叉する。井戸を共有するらしいお向いの邸の女中の秋もやって来て、おやこんな所で油を売って、うちにはまだミルクが届いてないよ、とお蝶をにらみ、おてんばお蝶も何さ、と負けていない。

向いのお邸にも富子というお嬢さまがいて、実はその兄の凛々しい中尉が、ひそかにおせんに焦がれている。なんとか兄の恋路をかなえんと、富子お嬢さまは、両家の勝手口を自由に出入りするお蝶に相談し、二人の少女はこっそりひそひそ画策して——ドラマが発進する。

つまり勝手口を舞台に、この小説には境遇の異なる四人の女性が登場し、親密な空間を形成している。きりっとボーイッシュな少女の牛乳配達、女学校出の山の手のお嬢さま、のんき者の女中、そして軍人の囲われものであるおせん。

そこには見下したり卑下したりの上下関係はない。朝の澄んだ空気、車井戸のきしる音、ご飯の炊ける匂いの中に、女性どうしの内々のおしゃべりやいたわり、親しいからかいや笑い声が響いている。階級性のつよい明治の小説として珍しい。リアルというよりやや寸劇のようではありながら。

特に境遇の差異を消してしまうのは、お蝶と富子、二人の少女が年上のすてきな「姉様《ねえさん》」であるおせんに抱く共通のあこがれである。中尉との橋渡しを富子にたのまれ、姉さんの幸せのためにもそれが一番、ようしとはりきり、姉さんの弟の金之助も味方につけて、姉さんを承知させようと提案するお蝶のことばの無垢が、とりわけ光る。

びんの中で泡だつミルクの白色と、目のさめる朝顔の花の紫や紺青の色の取り合せという新鮮な明治の色感とともに、鏡花がこの作品でもっとも書きたかったのは、お蝶のこだわりない明るいこのことばかも——「なかよしですから、金《きん》さんも一緒になつてねだりますの、片腕ですわ。行《い》らつしやい、皆でいぢめてやりませう、そして、屹《きつ》と私が」。

「なかよし」とは、何とやすらかな平和なことばなのだろう。子ども時代の無垢と純粋をそのまま映す。「おともだち」ということばとともに、これは鏡花がその文学の中で特権的に愛するキーワードであり、関係性である。

お蝶のこうした声は、単に彼女の子どもっぽさを表わすのではない。好きな姉さんと、姉さんを愛する立派な中尉、二人が結びつくこそ幸せとするシンプルでためらいない少女の裁量は、新しい時代の論理の象徴で、おせんをいましめる古い関係性のしがらみに拮抗する。

けれど結局――そんな幸せを一瞬夢みながらもおせんは、旦那への義理からぬけられず、籠の中にとどまる。

末尾近く。いつもは開けたままの勝手口がとざされ、おせんの自死が暗示される。仲なおりしようと姉さんのため摘んだ色あざやかな「紫と紅と絞とのみだれ咲いたる朝顔のつる」と牛乳びんの鳴る籠を手に、しょんぼりと勝手口の前にたたずむ少女の姿がいじらしい。

勝手口、とはまことにシンボリックな題名と思う。イエの権威と格式の象徴としての玄関とは異なるイエの裏の場、女性の居場所であって、誰でも気軽に入ってちょっとおしゃべりなどしてゆく。そういえば私の母の世代の女性はみな、こんな勝手口を日々の暮しの中で活用していた。玄関とは違ううすいガラスのはめられた勝手口の木の扉はいつも開けはなしで、近所のお母さんが子どもをつれて、お惣菜のおすそ分けなど持ってくる。勝手口のそばには葡萄棚などあって涼しくて……なつかしい。

そんなカジュアルな場に特に、各戸をかろやかに出入りするお蝶が配され、女子どもの自由で親密な小世界が生まれている。そこでの笑い声や女性の本音が、世間の規範的な関係性をかすかにきしませ、揺らし、ずらしてゆく。

女学校という均質な学びの場以外に、女性どうしの関係性を描いてみせる点でもきわだっているし、何より全篇にお蝶の真率なすべすべといきのよい感情がみち、彼女が運んでくる牛乳のように、新しい時代の新鮮な香りがただよう。

それからすると、ラストに点描される明治二十八年日清戦争下の満州における雪の中での戦い、そこで中尉とおせんの旦那である上官とが邂逅し、手柄のほうびに「自殺」を乞う中尉の悲壮などは、何だかとってつけた絵葉書のように見えてしまう。あきらかに、そういう仕掛になっている。

その意味で、周囲の人々を「なかよし」として結びつけるお蝶のあどけない存在は、鏡花文学のキーパーソンといえよう。

そういえば、かの『婦系図《おんなけいず》』(明治四十、一九〇七年)の中にも、お蝶とよく似た少女が登場する。こちらは大学教授令嬢、でも何のこだわりもなく二人の芸妓の中にまじり、和気あいあいとおしゃべりして。このふしぎな三人の女性の輪の周辺にはそして、こうばしい番茶とうなぎの蒲焼の匂いがただよっていたのだっけ……。

二

西洋美術史家の若桑みどりは、その随筆的論考「鏡花とプロテスタンティズム」において、『婦系図』を古い義理人情を土台とする花柳界哀話と見る従来の解釈を一蹴し、妙子《たえこ》という少女の存在の重要性に注目する。

若桑は、師匠に仲をひき裂かれる早瀬主税《ちから》とお蔦《つた》の悲恋よりむしろ、妙子という汚れなき少女を無私の想いでかばい、世間のしがらみに対し守りぬく主税とお蔦の共同の戦いこそ『婦系図』の主軸とし、そこにキリスト教的な慈愛と無私の精神を看取する。プロテスタンティズムの影響をうけた、鏡花の若々しい社会告発の意気をよみとる。

同感、同感です。キリスト教的慈愛をまで読むかどうかはともかく、この妙子こそ、物語世界に時代の新しい波紋を生起させる、いわば嵐の目のような存在なのにちがいない。この無垢の少女なかりせば、『婦系図』は古典的な心中ものにおさまってしまう、耐えるのみの女の美を描く世話物の世界に退行してしまう。

慈愛の精神というより私が注目したいのは、この物おじせぬ活発な少女の投入により物語の中に生まれている、二つの個性的であたたかい関係性。この二種は、明治の家父長制とも、対異性の恋愛・婚姻関係とも無縁であって、それゆえに自由で新しい関係性の先駆的描出として注目される。

一つは、主税とお蔦、妙子の三人の関係性。これを美男の主税を張りあう、かたや芸妓かたや令嬢という趣向の三角関係として読んではなりませぬ、決してなりませぬ、そんな俗な読み方をしたら鏡花が泣く。

ここが微妙なところで、主税の情人でありこころの妻はお蔦だけれど、一方、彼とその師匠・酒井教授の令嬢の妙子は、小さい時から一つ家で育ったおさななじみ、本人たちは気づいていないけれど、兄妹であり至上の恋人どうしでもある。

そのことは、スリの汚名をこうむり、都落ちする主税が、妙子に万感こめて別れをつげるこの浪漫的な名場面にも察せられる。

「地方《ゐなか》へ行かない工夫はないの？」と忘れたやうに、肩に凭《もた》れて、胸へ縋《すが》つたお妙の手を、上へ頂くが如くに取つて、主税は思はず、唇を指環に接《つ》けた。「忘れません。私は死んでも鬼に成つて。」君の影身《かげみ》に附添《つきそ》はん、と青葉をさら〳〵と鳴らしたのである。

まるで姫君の手をとり、指環にキスする騎士《ナイト》のよう。青年と少女の邪心ないこうした交流に託されるのはあきらかに、西欧中世文学のプラトニックラヴの伝統をふまえる〈愛〉の多様性と玄妙で、結婚を至上のゴールとする従来のイエ制度の中の色恋からはみ出す。当時として何と名づけようもない関係で、だから主税と妙子をとりまく周囲の大人たちは、二人の関係に首をかしげている。

主税とお蔦のテーマである古典的異性愛に、空から飛んできた可憐な小鳥のようにこの精神的兄妹愛がまつわり、愛し想いあう関係性の自由と豊饒を突きつけるこそ、『婦系図』の戦略といえる。そう、三つどもえの中のお蔦と妙子だって、同じひとを想う連帯感で結ばれ、姉妹のようにいたわりあっている。

特に妙子は行動的。女学校の帰りにひとり決然と、八丁堀の路地の小屋を訪ねる。そこは主税と別れて病みやつれたお蔦がかくれ棲むところで、妙子は「粋な芸者衆」のお蔦にとけんめいに考え、江戸紫の半襟をおみやに持ってくる。よろこぶお蔦に、「主税さんが好な色よ」とあどけなく言いそえ、主税さんに「貴女《あなた》、逢ひたいでせう」「私だつて逢ひたくつてよ」と、まっすぐ訴える。

お病気をなおすには、好きな、楽しいことをするのが一番、つまり主税さんに逢うのが一番。少しおかげんのいい時、家へいらして。父様はああ見えて人の涙に弱いの。私がお酌して父様を酔ッ払わせるから、その時にお願いしてみて、きっと許して下さる。そのかわり主税さんが東京にもどってきたら、「貴女も、私を可厭《いや》がらないで、一所に遊んで頂戴よ」とお蔦の顔をさしのぞく。

ああ、可愛い……妙子を嫁にほしがる河野家のひとびとの計算高い、いやらしい、冷たい言動のいろいろを読んだあとなので、この純はひときわ沁みる。少女のすなおで優しい論理は、時代がかった酒井教授のきびしい師弟の論理をもつき崩す。主税の視線によってひたすら神格化される教授に、あたたかく惚けた人間味を与える。

妙子はじき女学校卒業の身であるから、こういうあどけなさは不自然。そういえば『三枚続《さんまいつづき》』のお夏も、『湯島詣《ゆしまもうで》』の蝶吉も『芍薬《しやくやく》の歌《うた》』のお親も、鏡花のある種のヒロインはいささかカマトト的傾向あり、と評する向きもあるようだけれど、冗談ではありません。

これこそ鏡花文学におけるヒロインの要件。それでいえば艶な芸妓のお蔦とて、妙子と響き合うおさなさを有する。冒頭、縁日で買った紅いほおずきをつれづれに口にふくみ鳴らす淋しそうな姿や、妙子が主税に贈った矢車草の花を、妙子を恋うイヤな男の手から意地になって守る姿に、それはよく表われている。

彼女たちの少女性は、リアルをめざすのでなく、鏡花の理想の表象。そこには人間の原点としての子どものいきいきした感情や、楽しい、うれしいことを至上とする子どもの道徳が象徴されていて、それが権威を至上視する古くいかつい社会の道徳に嚙みつく時の、鏡花の武器となっている。

「なかよし」「おともだち」を、自己と他者を結ぶよすがとして尊重する子どもの世界の平穏を鏡花は、既成の上下関係をこえてフラットな社会を手さぐるための、重要なともしびとしている。

童心の詩情こそ鏡花文学の本質とよくいわれるけれど、それはまさにこういう意味で、童心とは鏡花において単に幼年期をなつかしむ詩情なのでなく、人間の原点としての子どもの感覚を軸に時代を切りひらき、新鮮な感情革命をまきおこす先鋭な刃《やいば》でもあるのだ。

ところで――妙子にかんしてはこの後も名場面がつづく。二つめのユニークな関係の輪も、そこに発生する。

妙子のこころに感じ、医者も薬も受けつけなかったお蔦は、こんなお嬢さんがこの世にいるなら、「又生命《いのち》が惜《をし》くなつたよ」と病いに克《か》つ気をふるいたたせる。で、さっそく前に酒井教授にいただいたお小づかいで、お嬢さんにうなぎを、私も食べたいと楽しい提案をする。

そんなら竹葉に電話をと、折しも来あわせていたお蔦の友だちの芸妓の小芳《こよし》、実は妙子の生みの母が座をたって。「私はヤケに大串が可《い》いけれど、お嬢さんは、」とのお蔦の問いに、妙子が「ぢや、私も大きいの。」と答える若々しいやりとりがいい。「驚きましたねえ。」と、初めて娘とご飯をたべるつかの間の喜びを、そくそくと噛みしめるらしい小芳のようすもいい。

だいたい鏡花のヒロインは、小食貧血症の美女は少ない。原点としての子どもを映《うつ》す人がめだつゆえ、おやつもご飯もよろこんでいただく食いしんぼう系の元気美女が多いのだ。「おいしさうだわねえ」とお膳の筍《たけのこ》の煮つけを見てにっこりする『舞《まい》の袖《そで》』のお静といい、そばの更科でせいろ三枚、天ぷらそば二枚、おかめ一枚ぺろりと平らげる『本妻和讃《ほんさいわさん》』の若き日のお銀といい、雪の日の参詣の帰りにお汁粉屋で熱い汁粉と鴨雑煮をおやつにするのを楽しみとする親友どうし――『薄紅梅《うすこうばい》』のお京と渚《なぎさ》といい……。

中でも『婦系図』のこの場面は、管見のかぎり鏡花文学で、いえ、近代小説で最たるうなぎの蒲焼の名シーン。

台所でこうばしい番茶が煮え、竹葉よりご注文がとどき、二人の芸妓とお嬢さん――お蔦、小芳、妙子は「三人睦《むつま》じく」、昼さがりのごちそうおやつを囲む。こんな構図は、くだんの『勝手口』によく似ている。

唇の脂をぬぐってさいごには、妙子の髪を二人の芸妓が梳《す》き、お化粧を直し、「おいしかつてよ」とあいさつする少女を家へとぶじに送り出す。母が娘の、姉が妹の、つややかな髪を撫でていつくしむような感じ。それは世間の荒波に揉まれきった二人の女性が、みずからの内なる少女性の無垢を惜しむ風情にも通じ、女性どうしの嘆きがひときわ響く。

たとえば『婦系図』とよくならべられる『日本橋』（大正三年）にもその傾向は顕著で、ここでも若き学者の葛木晋三《かつらぎしんぞう》をめぐり、清葉《きよは》とお孝《こう》という二人の名妓が配されて、まず三角関係ができるけれど、彼女たちの間柄は恋がたきというには複雑すぎる。

自身の妖美にひけ目を感じて、折目正しい清葉を敵視するお孝はともかく、清葉の方は、おなじ芸妓のお孝をこまやかに気づかい、案じている。そして二人のあいだには、この姉さん芸者たちを小鳥のように慕う、年若の芸者お千世《ちせ》が配され、愛くるしい。とくに無私の想いで、狂気を発したお孝に尽くすお千世の姿は印象的。異性愛とともに、姉妹愛のモティーフがいろ濃い。

けれど『婦系図』とは異なり、姉妹愛が紅いエロスに濡れてはっとさせられる場面も、本格的花柳小説の『日本橋』にはある。

いつもは人の身体になど決して触れない潔癖な清葉が、お孝のために辛い日々をしのぶお千世の、ほそい首筋をふっと抱きしめたくなって——「客は固《もと》より、身体に手なんぞ、触つた事の無い清葉が、此《こ》の時は、確乎《しかと》頸筋《くびすぢ》でも抱きたさうに、お千世の肩に手を掛けた」。

寝るときもいっしょの、お孝とお千世のあいだはもっと妖しい。葛木が泊る時も、「紅閨に枕三つ」というさり気ない叙述には、いろいろ想像をかきたてられる。

しかも物語の最終場面で、お孝とまちがえられて斬られ、はかなく散る雛芥子《ひなげし》にたとえられつつ倒れるお千世をお孝はぼうぜんと抱き、キスしているのである——「お孝は胸に抱いて仰向けに接吻《キッス》して居た、自分のよりは色のまだ濡々《ぬれぬれ》と紅《くれなゐ》な、お千世の唇を」。

そういえば鏡花が特色的に描く姉妹愛には、もとよりそういう傾向もあるのだった。『勝手口』では女中の秋が、りりしい顔立ちだから配達姿がとても粋、「此節《このせつ》は女同士《どうし》が惚れ合ふ」のが流行だから、もうもうお前さんは「山の手の女皆ごろし」だよと、ボーイッシュなお蝶をからかうくだりがあった。

『薄紅梅』では降りしきる雪の中、作家をこころざす渚とお京がたわむれながら、「抱いてあげたい」「抱かれたい」などと寒さにことよせ、甘くささやきあっていた。

そして、それこそお孝と千世の関係の原型を想わせる、「なかよし」の姉さん妹おいらんを大小二つの蝶々のように描く、遊郭小説『風流 蝶花形《ふうりゆうちようはながた》』(明治三十年)もある。

洲崎《すさき》の遊郭が舞台か——江戸っ児の意気を張る姉さん格の菅原おいらんは、妹格の清香《きよか》をかわいがり、乱暴な客からも守っている。

客の代りに「今夜清香を放さないから」と宣言し、ともに秋寒の蚊帳《かや》の中の紅絹のふとんにくるまって。「姉さんたら姉さん、姉さんてばさ」と甘える清香に頬ずりし、口うつしで紅いほおずきを与え、「私《あてえ》が身体は何《ど》うなつても、お前にや心配をさせない」と誓い……菅原に焦《こ》がれる男のいることも、菅原と清香が「なかよし」であることも物語の表面では強調されるけれど、どうしたって紅閨の中での女性どうしの睦みあい、蒸れるような甘い体温が妖しい。

姉妹愛にレズビアンの匂いがからむこうした傾向は、鏡花にとってなおざりのものではなく、長篇小説『星女郎《ほしじよろう》』（明治四十一年）の軸にもこうした関係が立てられる。

こちらは女学校の友人どうし。「姉妹《きやうだい》のやうに仲がよかつた」裁判長令嬢とお綾だけれど、令嬢の奇病をお綾がまさに妹のように献身的に看病したために、今度はお綾にあやかしが憑き、「雪なす膚《はだ》に、燃え立つ鬼百合」のやうな緋色のあざが広がる。

世をはかなみ山中に隠れるお綾を、今は高官夫人となった令嬢のみがたびたび見舞い、そのつど共寝をしては罪ほろぼしにと、お綾の膚にそのあざに「接吻《キス》」する。蚊帳の中で、二人は――「蒼白く透《とほ》つた、其《そ》の背筋を捩《よぢ》つて、貴婦人の膝へ伸《の》し上《あが》りざまに、半月形《はんげつなり》の乳房をなぞへに、脇腹《わきばら》を反《そ》らしながら、ぐいと上げた手を、貴婦人の頸《うなじ》へ巻いて、其《そ》の肩へ顔を附ける……」。なやましい。

多くの近代作家が、異性関係、あるいは男性どうしの友情関係を主題にえらぶ中、少数派として先駆的に女性どうしの関係に注目する鏡花の発足に、もちろん弱者としての女性の側から男性主導の社会の強権を批判する戦略とともに、こうした特異なエロスへの執着のはたらくことも、注目しなければならない。

それは江戸の草双紙の倒錯趣味をおおいに引き継ぐ。いずれがあやめ、かきつばたといった綺麗な女性が複数立ちならぶ構図は歌舞伎的でもあり、鏡花がおさない頃に没入したであろう姉さま人形遊びに発する趣味とも想像される。

それに、姉妹愛の、その妹になり姉に愛されたいという願望が、鏡花の性愛の深層にひそかにあるのではないか、姉なる女性に甘える弟でありたい願望のひとつの変形として。

考えてみれば、花柳小説の名手とされながら鏡花は、男女の閨の中は描かない。熱心に描くのは、母なる姉なる女性とおさない男の子との、邪心ない添い寝。あるいは前述のような一連の女性どうしの共寝である。

特に撫で、さすり、ささやきあいキスする姉妹のふとんの中の体温は、彼が唯一みずからに許す肉欲的な描写として、注目される。描きながら彼は、ひそかに清香にお綾に乗り移り、「姉さん」と甘えている、そんな気がする。

美男と艶な芸妓をしきりに描きながら実は、鏡花は世間一般の異性愛にはかたく背をそむけている。彼のそんなエロスのひみつも、姉妹愛のモティーフの中にはかいま見える。

多くの日本近代小説が、子どもから少年、青年へと進化し、そのあかしとして異性愛を獲得する男性成長譚を描く中で、鏡花はこのように特異に幼年期の情緒にこだわりつづける。そこにエロスの極点をみてしまう。

たとえば鏡花は、松浦理英子がフランスの詩人作家、ジャン・ジュネを指していうところの、「幼態成熟（ネオテニー）」の作家の部類に入るのではないか。あらためて想えば、おさななじみの女の子と戯れに、お互いの白くひ弱な肌を見せあった思い出がいついつまでも忘れられない『銀の匙』の中勘助がそうであるように、少年時代の初恋の同性の清らかに凛々しい姿を、生涯の自分の守護神として心の奥に銘じつづけた民俗学者の南方熊楠や折口信夫がそうであるように――幼少年期の関係性や感覚にすべてを得てしまい、その原点の境に立てこもり豊かに深く熟してゆく、稀有な書き手の系列に鏡花もつらなるのではないだろうか。そんなことも、考えさせられる。

三

それにしても彼は、女性の内奥のこんなつんざくような悲鳴、自らへのあざけり、虚無をまでひき出すことができた、まるで彼女自身のように。

のちに吉屋信子らによって隆盛する少女小説のエス関係のさきがけでもあるような、くだんの姉妹愛の甘い仲らいのあくの強さにはいささかへきえきする人も、この知的な女性の全身を絞るようなつぶやき、抑えがたい叫びには圧倒されるだろう。身につけた誇りや教養を踏みつけにされて生きるむなしさを、すすき野をわたる寒風の中に感じるはず。

題名のユニークがまず目を惹く小品『X《えつきす》蟷螂《かまきり》鰒《ふぐ》鉄道《てつどう》』（明治二十九、一八九六年）は、女学校でともに学んだ二人の女性の、卒業後のある日の邂逅を描く。一方が姉、一方が妹のような親しい二人で、ともに女流作家たらんことをめざしていた。それなのに、才能ゆたかな姉なる人は今や貧窮にしずみ、比べてやや凡庸な人の方が作家としての道にふみ出し……。

女学校のお友だちどうしのその後を描くというテーマ、結婚を境に一人が幸せとなり一人が不遇をしのぶという明暗の構図は、三宅花圃の翻案小説『萩桔梗』（明治二十八年）によく似る。

これ以前に鏡花にはこうした女性どうしの関係性を描く作品はなく、女流作家の草わけともいうべき花圃の少女もの、特にはこの『萩桔梗』に刺激を受けた可能性はおおいにある。

というのも『萩桔梗』とは特権的な存在で、当時まだ珍しい女流作家の存在に社会的脚光を当てて一大センセーションを起した、『文藝倶楽部』明治二十八年十二月号〈閨秀小説〉の巻頭に、きらきらしく掲げられた作品であるからだ。

各閨秀のポートレートをならべるこの華やかな女流特集が、当時修業中の若き男性作家群をいかに挑発し、羨望させたかについては、多くの証言がある。

まさにこうした女流興隆の時代を描く『薄紅梅』（昭和十二年）にて鏡花も、尾崎紅葉の門下生らしい作家志望の青年にこの特集号を読ませ、おおいに興奮させ、くやしがらせている。「春頃出たんだ、『閨秀小説』といふのがある、（中略）樋口一葉、若松賤子――小金井きみ子は、宝玉入《ほうぎよくいり》の面紗《ベール》でね、洋装で素敵な写真よ、」と叫ばせている。

女流の時代が来た、というショックは、同時に彼女たちの書く、あるいは彼女たちの属する女性共同体の存在にもいちじるしく彼らを注目させたわけで、ようし俺もと、女性どうしの関係性を描くことにふるい立った彼もいただろう――少なくとも鏡花はあきらかにその一人で、この頃からめだって女どうしを描きはじめる。

考えてみれば、男性どうしの関係性、いわゆる男の友情や交流は、それこそ近代小説の嚆矢というべき坪内逍遥の『当世書生気質』（明治十八〜十九年）よりはじまり、尾崎紅葉の『多情多恨』、森鷗外の学生青春小説『ヰタ・セクスアリス』や『雁』へと受けつがれ、ひいては夏目漱石『三四郎』や『こゝろ』、島崎藤村『春』などへと大きく豊かに展開する。

近代国家を支えるエリート群像の形成と連帯にかかわる問題であるから、その伸長飛躍はめざましい。日本近代小説のメインストリームをなすといってよい。

比べて女どうしの交情は、社会のネットワークとしての価値が希薄なゆえに、そうはかばかしくはないけれど、二十世紀初頭のフェミニズムの高まりとともに立ち上がり、主に女流作家によって支えられる。女学校ものが多い。

しかしこのテーマは男どうしのそれのように近代小説の主流にはなりえず、かなり限定的な読者を対象とするサブの分野、少女小説を形成し、そこで独自に隆盛する。

いま注目したいのは、二十世紀初頭の女流作家の誕生とともに勃興したこの新しいテーマにいち早く着目し、社会の因習のひたすらな受け手であり被害者・弱者としての女性の連帯感を活用し、はげしい社会批判を行うのをこころみる少数派の男性作家のいたことだ。もちろん鏡花はその一人であり、そして永井荷風などもその一人と位置づけられる。

ともに吉原や洲崎の遊里の風情を愛し、そうしたアソビの場を描いて江戸情緒をなつかしむ点で通底するとも、いや、両者の志向する〈江戸〉とは、かたや地方出身者のおおげさなエキゾティシズム、かたや根生いの東京人による真正のノスタルジー、などと比較し評される初期の鏡花と荷風であるけれど——両者の邂逅についてはもう一つ、一九〇〇年前後に共通するこの様相が、ぜひ照らし出されるべきと思う。

荷風はのちには特異なレズビアンの他は女どうしを描くことはないけれど、一種の社会革命としてのフェミニズムに関心あつかった二十代の当時は、めだって女性の友情を描いている。そのことにより、個人を無視してイエと親が決める結婚の因習をはじめとし、社会を告発する戦略は、鏡花に通底する。

たとえば、全快すれば妾にならねばならぬ美少女患者と、その嘆きに感じ彼女を守ろうとする白衣の看護婦とのピュアな交流をつづる病院物語『夕せみ』（明治三十二年）や、愛する人との結婚を目前にして奉公先の伯爵に強姦された親友の悲運をなげき、「憎き〳〵伯爵奴《め》」とののしる『花籠』（同年）の少女の怒りなど、とても印象的。

そしてこうした一連の少女友情物語の集大成ともいうべきが、森鷗外も注目した『地獄の花』（明治三十五年）で、ゾライズムを標榜するこの清新な中篇小説の核には、若い二人の女性の交情がすえられる。強姦されて自らを社会的死者とみなし、絶望する女学校教師の園子を、姉さん格の富子がその華やかな虚無主義と経済力にて支え、女性にのみ貞潔を求めて断罪する男権社会の不条理のもろもろに、園子をめざめさせる構図となっている。

白百合の香る花園で語らう二人の女性を描いて、モネの色彩ゆたかな絵を想わせる『地獄の花』に対し、『X蟷螂鰒鉄道』は荒涼たる秋の野末にヒロイン二人を立たせ、墨絵の風情。しかしいずれも、たおやかに寄り添う女性美を情感こめて描きながらかつ、そこに時代を撃つダイナマイトを仕掛けている。嫋々たる姉妹美に、危険な硝煙の匂いがただよう。そこが、鏡花と荷風のさすが。

それにしても今はさらに、『X蟷螂鰒鉄道』のページをひらき、読みすすめなければ。

四

のっけから、緊迫している。『X』なる小説、綴じ糸がほつれ表紙がとれそうなほど愛読された古本を前に、二人の女性が対峙する。

実はその本が縁で、女学校で親友だった二人は、久しぶりにめぐり逢ったのであった。古本屋にあったそれを、たまたま著者の弟が見出し、多くの人に愛読されるさまを姉に示して喜ばせようと、買い求めた。しかしそこに熱心に「Xといふ小説は」と借りに来た女性がいたので、彼女に譲った。そのてん末を弟より聞いた女流作家の畠山須賀子《はたけやますがこ》は、どうもその女性は、女学校でいっしょだった「山科《やましな》さん」ではないかしらと、その古本屋に問い合せもし、とうとう新開地の新井の路地の長屋に棲む旧友を突きとめて、秋の一日に訪れたのだ。

ただでさえ、こんな訪問は、される側にとって有難いかどうか。しかも須賀子作のその『X』とは、ぬきんでて優れながら不運な結婚で日かげに暮らす女性の悲劇、つまり親友の悲劇を描くものらしく、山科品子《やましなしなこ》はそれと知って、屈辱にこわばっている。

「私のことを忘れないでまあ、よく書いて下さいました」とすらりとあいさつしながら、何しろ焼芋買うついでに古本屋をのぞくようなふがいない今の身分なので、などと自嘲と虚無のヴェールをまとい、須賀子の同情を寄せつけない。かえって、恵まれたお嬢さんの貴方に結婚の何がわかるか。人生の何がわかるかと、「女作家《じょさっか》」の須賀子の書く人としての未熟を、暗に手きびしく、ぴしりと打つよう。こんな品子は一瞬、鏡花その人なので、当時興隆するお嬢さん作家たちの甘さへの批判も、ついでにこめられている感じだ。

しおれる須賀子を前に、さらに品子は言いつのる。配偶の愚鈍のせいで貧に沈む私を可哀そう、と書くのは「お机に対《むか》つて、空《くう》な家政学でも読んでる時の考へ」で、今の私にとっては逆、自分のお嬢さん育ちやフランス語まで知る教養に、足を取られてしかたない。裁縫そうじも下手、貧しい生活が身にこたえて病気がち、長屋の主婦としてはできそこないの自分をよくもまぁかばってくれる、と夫を恨むどころか日々拝んでます……と、自分を哀れむ須賀子の論理を白けさせ、空転させる。

しかし自身の発語はしだいに、ふだんは抑えこんでいる鬱情や悔しさ、むなしさを解放する。「あんな学問なんかしなかつたら、」「なまじつかの其《それ》が邪魔になつて、時々は堪らなく、キ、キと胸へ何だか込上《こみあ》げるの」と、ついには冷たい仮面をはずし、品子は女友だちにうったえる。

「キ、キ」とは、なんと不気味なオノマトペ。時おり、鏡花文学の女性たちが癇をおこして心中に鳴らす音で、「キキ」とも「キヤキヤ」とも。おそらく〈キ〉とは歯ぎしりのキ、気ぐるいのキ、あるいは猿のごとき鳥獣の啼きごえのキに当り、いずれにしても、世間を逸脱する狂気の表徴であるのに相違ない。

品子のこうした、身をえぐって血を流すように激する語りは、同年発表の鏡花の『化銀杏《ばけいちょう》』に通底する。

こちらは、年下の少年を相手に人妻のお貞が、親が定めた夫への年来の生理的嫌悪を語る。当時の小説にままある、夫に迫害される妻の悲劇なんかでなく、夫を嫌う妻の心情の綾を照らすという、時代の一歩先をゆく野心作。

その名も皮肉をこめての〈お貞〉が、愛なきおしきせの結婚に、女性の側からの反抗をぞんぶんに申し立てる語りの手法が、その挑戦を可能にしている。自身の狂的な内面を開陳する特異な語りは、前年発表の一葉の『にごりえ』における、お力の女性語りの影響をこうむるのだろう。

ともあれ鏡花文学に折にふれ突出する女性のながながしい語りとは、彼が社会の因習を撃つさいに活用する、要注意の戦闘的手法といえそうだ。

合理的に明澄でありながらしだいにカタルシスをおび、（死んでくれりやいゝ）（死ねば可《い》い）とつぶやくお貞のリフレインが読者を震え上がらせるのと同じく、品子の、自身の育ちも教養も、愛しい子どもさえ「邪魔で」「邪魔になつて」という十回ものリフレインは私たちを、彼女の心の奥の闇に誘い込む。

けれど『化銀杏』の聞き手の少年は無力、受動的で、夫の毒殺にいたるお貞の暴発を止められないのに対し、須賀子はおなじ女性ならではの合の手を入れつつ、品子の不幸に手をさしのべる。五歳のわが子を狂的にじゃけんにする品子の風情を「危険《けんのん》」と察知し、それなら「私に下さいまし」と凜と乞う。

親友の真ごころを知り、「もう一度、あなたと打毬《クリケット》がして遊びたいね」と泣き崩れる品子の姿は、一篇の山場。でも、須賀子の優しさを讃えてめでたしめでたし、などでは終わらない、そこがよい。

須賀子の好意は純なれど、結果的に品子は、愛児さえ恵まれた彼女に収奪され、ひとり精神の荒野に置き去りにされる。鰒の美味につられ万引きするような気骨ない夫は、もとより彼女とは無縁の人間。わが子を抱く親友を送って、秋枯れの「淋しき野末」に立つ品子の、やせた体にまつわる古着の裾さえ「海松《みる》の如く、もつれて、垂れて、砂にまみるゝ」姿はまるで、孤島に残される女俊寛のよう。ラスト――まなざしを交す須賀子と品子のあいだに鏡花は、轟音とどろく汽車を走らせ、断裂を表わす。恵まれた未婚の須賀子にとって結局、破滅と絶望にみちた品子の結婚生活は永遠のなぞ、つまりXであるのか。

あるいは須賀子も品子も同人格、結婚前と結婚後のおなじ女性性の象徴であり、とすればいきいきと向上心にみちた女性をこんなに苦しめ変化させる結婚そのものが、大いなるXとして読者に提示されているのか……。

ともかく品子が印象的。のちの夏目漱石の『虞美人草』(明治四十年)の、エキセントリックな破滅型のヒロインの原点は彼女では、などとも想像される。たおやかに儚い女性とともに、こんな異貌の虚無的な美女も、鏡花のヒロインの正統なのだ。

それに読んでいて実感するのは、現代の私たちの足もとにまで届きそうな、この小品の射程の長さである。

鏡花がまっこうから訴える愛なき結婚の不毛もさりながら、じわじわとブロウが来るのは、英語、フランス語や詩、絵画まで学んだ高学歴女性の、その習練と才能をいかすすべなく、不本意な狭い世界で生きる孤独の叫びで、これは音調を変えながらもまだ、現代の多くの家々の中に響きつづけている気がする。

あんなに熱心に勉強したのは何のためか。努力がそのぶん認められていたのは、一種の虚構。学校で習った正義や平等の論理なんか夢そらごとで、どこへ行っても通じない。毎日洗たくしてそうじして子どもの相手するだけなら、これまでの自分のすべてが「邪魔」「邪魔」「邪魔」と呪う苦しさは、もちろん明治の女性の苦しみの意味とは大きく変容しつつも、男性より以上に結婚に運不運を左右される女性の格差社会の問題として、決して風化していない。

この作品を読んだ女性読者は少なからず、品子は私、と感じるはず。それほどに彼女は、女性の普遍の孤独の光芒をはなつ。

それにしても男性の鏡花がなぜここまで、品子の無念の思いを書けたのか。特に妹のように可愛がっていた人にするりと抜かれ、しかももの書きとしてのデビューを果たしたその人は、変わらずに愛らしく無垢なまま陽ざしを浴びていて、幸福はおのずとそちらに集まる。ねたましい。なのに逢えば、やはり惹かれる、それこそのいっそうの品子の複雑な無念を、なぜ鏡花が。

しかし考えてみれば鏡花とは、紅葉門下にて、当時最高に知的な女性たちと知りあい、ひそかに競った人だった。彼女たちの中にはまさに、順風に進んだ人もいれば、才能ありながら志折れた人もいる。文業なかばで幸薄い結婚をし、つづく出産で夭逝した北田薄氷や、かと思えば夫の理解のもとに着実にロシア文学の研究をつづけた瀬沼夏葉や……すなわち身近に、品子や須賀子がいたわけだ。

それに鏡花は、樋口一葉とかくべつに親しかった。冒頭に述べたように、一葉は、女どうしの世界を描くことはなかった。でも考えてみれば彼女ほど、このジャンルを手がけるにふさわしい書き手はいない、描かないなんてもったいないないほど。

なぜなら前田愛や井上ひさしが指摘するように、彼女は当時として特異に広い世間を知る女性だった。下町に長屋住いしながら一方で、トップレディの集まる歌塾・萩の舎で修業し、その中で時に女執事か小間使いのようにも見下され、揉まれた。「明治の女の最上層から最下層まで知っていた」（井上）。

近代経済の競争原理により生ずる男性の格差社会こそ、文学にもよく描かれてきた。けれどその動向にともなう女性の、より隠微で不条理な格差社会はほとんど描かれていなくて、広い視野でそうした女どうしをダイナミックに描き切ることのできたのは、誰を措《お》いても一葉だったろう。

いま少しながらえれば彼女は必ずや、そんなジャンルにもいどんでいたに相違ない。

双方もの書き志望の親友どうしを描く異色の『X蟷螂鰒鉄道』は、生前の一葉より折にふれ洩れ聞いていた萩の舎での女の世界の苦労話などいかし、前年に亡くなった彼女に代わり、彼女の女語りを吹き込む思いも、一抹こめられているのかもしれない。

鏡花自身はこれ以上、女性の格差社会のテーマに深入りはしないけれど、さてこんなところが、鏡花のつづる女どうしの物語の事始め。彼は芸妓を偏愛し、知的女性は大の苦手、お断りという文学史的定説も、ついでに染め直し得たでしょうか。

銀河鉄道、鏡花発

一

秋の信濃に——とりわけ棚田の水面に無数に映る月の名景で知られる更科《さらしな》の姨捨《おばすて》に旅する機会があるならば、ぜひこの作品をいっしょに持ってゆきたい。大正三、一九一四年に発表された鏡花の短篇小説『魔法罎《まほうびん》』。

新幹線の長野駅からＪＲ篠ノ井線に乗りかえて、さておべんとうとペットボトルを座席の窓のそばに置き、そしてはじまりのページをひらくと物語の中の汽車はもう、一面のすすきが風になびく信濃の秋のたそがれを疾駆している。野原を走り山をこえ、谷をぬけ峰を仰ぎ、汽笛を鳴らして。

すでに空には夕月が。その光にぼうっと青くかがやく車窓より、あたりの山々を埋めつくす紅葉が見えて、その夢のような色の霧に、まずうっとりと巻きこまれる。七五調を刻んだ透きとおってかろやかな文章が、そっと口ずさんでごらん、と誘ってくる……。

峰《みね》は木《こ》の葉の虹である、谷は錦の淵《ふち》である。……信濃《しなの》の秋の山深く、霜に冴《さ》えた夕月の色を、まあ、何と言はう。……流《ながれ》は銀鱗《ぎんりん》の龍《りう》である。

鮮紅《からくれなゐ》と、朱鷺《とき》と、桃色と、薄紅梅《うすこうばい》と、丹《に》と、朱《しゆ》と、くすんだ樺《かば》と、冴えた黄と、颯《さつ》と点滴《したゝ》る濃い紅《べに》と、紫の霧を山気《さんき》に漉《こ》して、玲瓏《れいろう》として映る、窓々は恰《あたか》も名にし負《お》ふ田毎《たごと》の月のやうな汽車の中から、はじめ遠山の雲の薄衣《うすぎぬ》の裾《すそ》に、ちら〳〵と白く、衝《つ》と冷《つめた》く光つて走り出した、其《そ》の水の色を遥《はるか》に望んだ時は、錦の衾《ふすま》を分けた仙宮《せんきう》の雪の兎《うさぎ》と見た。

ここからはじまり、鏡花の分身らしき旅客「彼」の乗る汽車は、銀の龍とも、飛びはねる雪白のうさぎとも見える千曲《ちくま》川の蛇行に近づき遠ざかりしつつ、尾花の白い野をゆき、柿の実る村をすぎ、夕映えもうすれてしだいに月の光冴える中を、ひた走る。

明治五、一八七二年に日本に初めて鉄道が開通してより、ほぼ四十年へた当時。一八〇〇年代末から一九〇〇年代初頭にかけては、最初の私鉄「日本鉄道」も創設され、公私の全国的鉄道敷設が展開された。いわば、旅と鉄道の時代の幕あきである。

地方に旅し、都会より濃く残留する民間伝承を採集し、日本の古代生活に迫る新しい学問・民俗学の発生も、もちろんこのことと無縁ではない。文学者たちも、近代のシンボルともいうべきこの新しい乗りものを、積極的に作品に取りいれた。

それにしても、車窓より見える山々や田んぼ、ひなびた村里の平凡な光景に、ここまで華麗なオマージュをささげ、幻想的に描く例はめずらしい。

あたりはしだいに「月の世界」と化し、夕映えは「紅玉」に、野原にやどる露は「真珠」にたとえられる。白煙をあげ、「月宮殿《げつきうでん》」としての山へのぼってゆく汽車とそのとどろきを、鏡花はこううたう。

此《こ》の峰、此の谷、恁《かゝ》る思《おもひ》。紅《くれなゐ》の梢を行く汽車さへ、轟《とゞろ》きさへ、音なき煙の、雪なす瀧《たき》をさかのぼつて、軽い群青《ぐんじやう》の雲に響く、幽《かすか》なる、微妙なる音楽であつた。

やがて「姨捨《をばすて》！　姨捨！」と五分間停車を告げる駅員のアナウンスが聞こえる。

その声に誘われて、旅客の「彼」は、「雲に近い、夕月のしら〴〵とあるプラットフォーム」へ降りてみる。

何といっても身にしみるのは、空に浮かぶような姨捨駅のふんいき。「海抜二千尺《じやく》の峰に於《お》けるプラツトフオームは、恰《あたか》も雲の上に拵《しつら》へた白き瑪瑙《めなう》の桟敷《さじき》」のようで、立っていると空が近く、「雲の桟橋《かけはし》」にいるよう。

「彼」は、居あわせた駅員にしみじみとつぶやく、「空の色が潭《ふち》のやうです、何と云ったら可《い》いでせう。……碧《あを》とも浅黄《あさぎ》とも薄い納戸《なんど》とも、……」。

そう感嘆するあいだにも五分間停車は終わり、「彼」はあわてて汽車にもどる。少年駅夫がプラットフォームを駆け、出発の笛を鳴らす。動きだす汽車の窓から、「彼」は駅員と少年にあいさつする。霧の冷気の匂う、詩情あるシーンだ――「笛は谺《こだま》す、一鳥声《いつてうこゑ》あり、汽車はする〳〵と艶《つや》やかに動き出す。彼が帽を脱《ぬ》ぐのに、駅員は挙手して一揖《いちいふ》した」。

鏡花の筆はまるでメルヒェンをつづるように、「月の世界」を走る汽車を追う。姨捨駅は白い空中ステーションで、汽車は「雲に響く、幽《かすか》なる、微妙なる音楽」の汽笛を鳴らし、これからさらに空の高みへのぼるかのよう。

――と、ここまで読んでどうしても、あのめざましい鉄道メルヒェンを想いおこさずにはいられない。秋の月光と霧の中を走ってゆくこの汽車の旅情、宮沢賢治の『銀河鉄道の夜』によく似ている。銀河ステーション、とのアナウンスにふっと目をさましたジョバンニ少年は、いつのまにか銀河に沿って空を走る「軽便鉄道《けいびんてつどう》」に乗っていて、車窓からは、一面のすすきやりんどうの花、虹のように光る天の川が見えている。そう、『銀河鉄道の夜』も、秋の旅の物語なのだ。

小さな汽車が、「そらのすすきの風にひるがえる中」を走ってゆく。「あありんどうの花が咲いている。もうすっかり秋だねえ。」と、カムパネルラが窓の外をゆびさして。その先には――「月長石ででも刻まれたような、すばらしい紫のりんどうの花が咲いていました」。

ああそういえば、鏡花の『魔法罎』でも、走る汽車の窓の外、野山のあちこちに、夢の花のように神秘的なりんどうが咲いていた――「此《こ》の神秘な幽玄な花は、尾花の根、林の中、山の裂けた巌角《いはかど》に、軽《かろ》く藍《あゐ》に成つたり、重く青く成つたり、故《わざ》と浅黄《あさぎ》だつたり、色が動きつつある風情に、人に其《そ》の生命あることを知らせ顔に装つた」。

それに、二十分間停車を利用し、ジョバンニとカムパネルラが「水晶細工」のような広場のある「白鳥の停車場」のプラットフォームへ降りてみる場面は、旅客の「彼」が、白瑪瑙でできた舞台のような姨捨駅に降りる、くだんの光景に酷似する。

りんどう咲き、すすきそよぐ天上の秋景を走ってゆく〈銀河鉄道〉の一つのイメージ・ソースは、幻想的に秋の鉄道旅行の詩情をうたう鏡花作品であると考えて、ほぼまちがいないようだ。『銀河鉄道の夜』は未発表草稿で、執筆年は確定できないけれど、大正四年に賢治の故郷の岩手県・花巻と遠野をつないで開通した、岩手軽便鉄道をモデルとするとされる（畑山博『銀河鉄道――魂への旅』参照）。

それならば時間的にもぴったり、この軽便鉄道を北国の野山からさらに空へ走らせようと着想する賢治が、大正三年発表の『魔法罎』を読み、刺激をうけた可能性はおおいにある。

鏡花とて、もしや友人の柳田國男を通じ、当時文壇においては無名に近い賢治の名、その存在くらいは知っていたかもしれない。賢治は、故郷に近い遠野の、ゆたかな口碑や伝説を記録する柳田の『遠野物語』（明治四十三、一九一〇年）の支持者である。彼の北国童話には、ざしきぼっこや狩人と動物の関係、鹿踊りなど、『遠野物語』と重なるモティーフもすくなくない。深い刺激をうけている。

ちなみに『魔法罎』の後半の展開も、『銀河鉄道の夜』を想わせる。「彼」の乗る車両には、それから次々に種々の旅客が乗り降りし、「彼」の観察する彼らの動向が主筋となる。

ある駅では、大きな獲物袋と革バンド付きの魔法罎（これが題名の由来）をかついだ「狩人《かりうど》」が乗ってくる。ずしり、と重いその袋の中にたくさんの山鳥――「山鳩《やまばと》七羽、田鴫《たしぎ》十三、鶉《うずら》十五羽、鴨《かも》が三羽」がしまわれるありさまを「彼」は直感してしまい、哀れな酸鼻な死骸を想像してぞっとする。

このシーンもあきらかに、白鳥ステーションから車内にもどったジョバンニとカムパネルラが、大きな風呂敷包みをかかえた「鳥捕《とりと》り」の男と出会う場面に即応する。
その包みには、男が天の川で狩るという雁《かり》と鷺《さぎ》の干物がたくさん入っていて、男の子たちがそれをもらってかじると、おいしいお菓子の味がするというところは童話風の味つけ。けれど天空まで来ても生きものを狩ることをやめられない「鳥捕り」は、私たち人間の原罪のシンボルとされている。その原罪の種子が、夜汽車の中に持ちこまれる鳥の生ぐさい匂いや死骸におののく鏡花のするどい神経に発することが、じゅうぶん想像される。

ともあれ――鉄道ファンタジーを書くうえで、賢治が鏡花を濃く意識し刺激されるのは、ごく当然なことかもしれない。童話の書き手としての賢治が、先駆的なおとぎ話作家であり、ひときわ幻想的な光彩をはなつ鏡花の作品に注目していないはずなどないのだ。

同時代において両者の資質は、あきらかに似通っている。ともにアンデルセンなど西欧の童話の影響をうけ、自然の風光や鉱石の色彩感を活用し、超常的なきらめきや透明を志向するジュエル感覚において特に。ともに北国の生れであり、雪のイリュージョンをめざましく駆使する点においても。

ことに鉄道を幻想的にえがこうとするなら、賢治ならずとも鏡花を意識せずにはいられない。鏡花こそ、そのスタートから無数に鉄道と汽車を書きつづけた作家なのだから。鉄道ファンタジーのおいなる先駆者なのだから。

時にこのように幻想的な詩情をこめて、時に時間と場所を切り裂いて疾走するスピードと威力におののき、憎悪さえこめて。初期長篇『風流線《ふうりゅうせん》』（明治三十六～三十七、一九〇三～一九〇四年）以来、あるいはもっと早い小品『X《えつきす》蟷螂《かまきり》鰒《ふぐ》鉄道《てつどう》』（明治二十九、一八九六年）以来、鏡花にどれだけ多くの鉄道小説があることか。

秋の野原をごとごと行く軽便鉄道をさらに遠くの空へと飛ばせ、星々のあいだを走る未来の乗り物のイメージを示して私たちを驚かせる『銀河鉄道の夜』が、その着想の一部を鏡花に学ぶのもむべなるかな、なのである。

二

鏡花がこんなに汽車を書きつづけるのは、もちろん当時として辺境の雪国生れのせいも大きく、好む好まざるにかかわらず、彼は早くからこの新奇な乗り物とつきあわざるをえなかった。尾崎紅葉への入門を決意した明治二十三年十月、十七歳の彼は初めて敦賀《つるが》より汽車に乗り、新橋ステーションへ降り立つ。

汽車賃も高価だし、鏡花の周辺で乗ったことのある人などまれだったろう。江戸からお嫁に来た母の時代はまだ、鉄道はなかった。すごい物に乗った、とじまんに思うとともに、黒光りする巨大な車体や轟音、白煙、スピードなどが、どれほど彼の繊細な神経をおびやかしたことか。

そうした驚きや恐怖はいくつかの初期作品につづられていて、たとえば『山中哲学《やまなかてつがく》』(明治三十年)もその一つ。鉄道開通のため次々と拙速に山中にうがたれる巨大な人工洞窟、すなわち「隧道《トンネル》」への不信感と恐怖を、ロマンスの軸とする。

主人公の若き鉄道技師は、通りぬけるべき山のトンネルを目前に、「こんな無責任な、乱暴な隧道《トンネル》があるもんか」と工事のずさんをうったえる。しかし危険を知りつつ永遠の恋人に同行し、あえてそのトンネルに入る時、暗い洞窟は恋人とともにたどる黄泉への路、すなわち至福にみちた恋の路へと一変する。

鉄道への鏡花のスタンスは、このように恐怖と讃歎が入りまじって複雑。『山中哲学』の続篇ともいうべき大作『風流線』も、そうした傾向を継ぐ。

これは日露戦争をきっかけとして鉄道国有法が成立し、国家が鉄道の全国的統制管理にのりだす、まさに直前に発表された異色の鉄道小説で、「毒蛇」としてふるさと金沢の山野をずるりと呑みこむ、鉄道への畏怖がまず強調される。

主人公の一人の若き鉄道技師は、自分を冷遇した恋人とふるさとへ復讐するため、「風流組」なる無頼の人夫集団をひきい、「禍の基《わざはひもとゐ》」「恐るべき大蛇」としての鉄道を、金沢ステーションまで開通するのを心願とする。

一方で鏡花は、封建的な北の都に吹く新しい風としての「風流組」の共産主義的なエネルギーに、革命の痛快を感じている。鉄道開通にも、雪国らしい詩情をたむけている。

技師の宿執かない、困難な工事をへて金沢ステーションに初めて到着した機関車には、技師への不実を悔いて自死したかつての恋人、美樹子《みきこ》の死骸が、霊峰白山《はくさん》の雪とともに棺におさめられ、積み込まれていたのだった。棺のふたをひらくと、そこには――「先《ま》づ雪を見た。雪の中に、雪よりも潔《いさぎよ》く、玉よりも美しき唇の、なほ紅《くれなゐ》なる、美樹子の死骸《なきがら》を認めたのである」。

鏡花独特の、屍体への美意識もただよいつつ、純白の雪に埋められた棺にねむるヒロインは、白雪姫の童話を想わせ、あどけない。それが貨車で、雪のとけないうちに恋人のもとに運ばれる点に、近代の産物のスピードへの驚きと趣向がある。

　このあたりより一貫してしげしげと、鏡花は鉄道と汽車を注視しつづける。多様な角度でながい間、従来の空間と時間を大きく変革したこの近代のアメージングを活用する。

　たとえば――鏡花の主人公は多く汽車より降り立つ旅客であって、一種の〈まれびと〉小説としての形をもつ。『高野聖《こうやひじり》』もそう、『歌行燈《うたあんどん》』も、『湖のほとり』『起誓文《きしょうもん》』『二世《にせ》の契《ちぎり》』『婦系図《おんなけいず》』『銀《ぎん》短冊《たんざく》』『紅雪録《こうせつろく》』も……と、このパターンは数えきれないほど。

　この物語型が、日本文学史を貫流する〈貴種流離譚〉に汲むのはあきらかで、と同時に鏡花流のそれは、汽車を活用することにより、すぐれて近代の物語となっている。

汽車より降り立つ主人公は、土地の昔からの空気をかき乱し、ドラマを発進させる異分子で、その存在感は、鉄道が土地にもたらす物流の変化、それにともなう風物や景観の変容にまさに重なる。〈まれびと〉の主人公のまなざしを借りて鏡花が表わすのは、昔なつかしい山野の不変のたたずまいでなく、むしろ――旧道や旧駅がさびれて廃止され、ステーションを起点として新しく町のひらける様子であったりする。鉄道の繁栄と風景の変化が、こまやかに観察されている。

　たとえば『起誓文』（明治三十五年）は、海辺のステーション前の新開地で、下りの終列車のベルに耳をすます住民の世間話よりはじまる。この小さな町は、今は東京から汽車でくる海水浴客でうるおっていて、もうすぐかき入れ時の夏、「停車場界隈でも赫《かっ》と陽気にして居ないと」お客に逃げられるぞ、などと話しあっている。都市とつよく互助関係をむすぶ、郊外としての町の空気がえがかれる。

ヒロインの玉脇《たまわき》みをが、山寺に奉納した御礼にしるした恋の呪歌「うたた寐《ね》に恋しき人を見てしより夢てふものは頼みそめてき」を発端とする幻妖な小説『春昼《しゅんちゅう》』『春昼後刻《しゅんちゅうごこく》』（いずれも明治三十九年）にも終始、新しいステーションの完成をいわう落成式のお囃子の音がひびきつづけていた。じつは、みをは、東京より汽車で来ると約束した人を待ちつづけ、精神に変調をきたしたことが暗示される。

『星女郎《ほしじょろう》』（明治四十一年）の主人公の境三造《さかいさんぞう》は久しぶりに帰省するのに、わざと汽車を津幡《つばた》で降り、十年前に鉄道が開通してからはさびれた旧道を歩く。「汽車が、此《こ》の裾《すそ》を通るやう」になってからは、行商人や旅客は汽車を利用し、かつて栄えたその道を使わなくなった。鉄道開通ゆえにさびれ、死んだ場所が、新しい魔所として注目される。『二世の契』もそのパターンで、いわば鉄道を逆照射する二十世紀の怪異譚といえる。

三

鏡花の敬愛する友人、民俗学者の柳田國男は、フィールドワークとしてよく旅行をした。人生の三分の一は旅空にすごしたといわれるほどで、紀行文スタイルをとる著作もめだつ。なのにその文章に、汽車や鉄道はさして登場しない。

例外として思い浮かぶのは、「おとうさん」と話しかける小さな息子のたわいない質問に答えながら、車窓のハマナスの花をながめ、羽越線で岩手県八木駅をめざす北国の汽車旅行をまず冒頭におく、

『清光館哀史《せいこうかんあいし》』（大正十四年）くらいであろうか。

稀代の旅行家の柳田はもちろん、鉄道をさかんに利用した。そもそも二十世紀の新しい知の民俗学の誕生そのものが、鉄道の恩恵を大きくこうむる。何しろその知の革命は、学者が牙城とする書物のとりで、書斎を離れ、地方の民間伝承採集の旅におもむく実行性にあるのだから。けれど皮肉なことに、各地の山々、森の隈に堆積する多様な民間伝承を蹴ちらし、轟音たてて消滅させてしまうのもまた、全国貫一と中央集権をはかる鉄道網なのだ。

その初期より、柳田は山野を貫流して平地化を進める鉄道のつよい威勢を警戒し、生理的な嫌悪感さえいだいている。日本の山々に残留する弥生以前の狩猟文化と、それをわずかに支える日本列島の先住民の末裔〈山人〉の存在の可能性を熱心に説く論考『山人外伝資料《やまひとがいでんしりよう》』（大正二年）には、このようなはげしい言葉がある。

山人の国は次第に荒れ且《か》つ狭くなつた。新来の日本民族の方では是《これ》を開発と名づけて慶賀して居る。（中略）船来の大踏鞴《たたら》を持込んで来て山の金銀を鎔《と》かす時節となつては、騒がしく眩くして最《も》早其沢《はやそのさわ》には住まれず、ましてやかの真黒な毒煙には非情の草木すら枯れる。

二十代の頃の柳田の詩文「すゞみ台」（明治三十四年）の中の、「鉄と蒸汽の世に立出《たちい》でしより、詩人夢見ず僧愚にして、茫々《ぼうぼう》百年を過ぎんとす」という嘆声にも通底する。

ともに西欧をまねた拙速の産業革命が批判されている。そのシンボルこそが工場と鉄道であって、元来山国である日本の国土を切り崩して、のっぺらぼうの平地とし、古層の山の文化を切断するものとして、柳田はそれらをあやぶむ。もちろんここで、かの『遠野物語』（明治四十三年）序文の著名なくだり――遠野の山々にかろうじて今も伝わる山の神秘や伝説を語り、山の生活を忘れた近代都市民、すなわち「平地人を戦慄《せんりつ》せしめよ」の一文を想いあわせてもよいだろう。

それにしても、忙しい官僚の柳田がじっさいに遠野の地を踏み、その古雅な空気にふれえたのは鉄道の力によるものなのだし、列島の北から南までを通底する、正史とは異なるもう一つの古層の民俗の歴史を見いだしえたのは、もちろん近代の交通網を駆使しての成果である。

この意味でとくに初期の柳田民俗学は、根本的な自家撞着をかかえる。彼の文章が汽車旅行についてひどく寡黙なのは、そのためかもしれない。

対して鏡花は、あっけらかんとむじゃきである。山への常民の信仰や、山にのこる山男山女山姫伝説などへのなみならぬ関心において、柳田民俗学と共振する鏡花ではあるけれど、彼の場合、はげしい勢いで展開される全国的な鉄道敷設への危機意識や嫌悪感は、『風流線』以降はふっつりとたち消える。

むしろ以降は自身ものべるように、汽車旅行が大好きになり、そのファンタジックなスピード感や風景の展開をおおいに楽しむ。作品に活用する。

その点では鏡花は柳田より、柳田の親友の田山花袋にかなり近しい。花袋はいまでこそ忘れられがちだけれど、旅と鉄道の時代を代表する紀行文家で、『蒲団《ふとん》』（明治四十年）以前は、私小説家としてよりむしろ、旅の達人として知られていた。

青少年時代に花袋の紀行文にあこがれ、影響をうけた作家はすくなくない。芥川龍之介も川端康成も、その若々しくのびやかな紀行文を愛した。民俗学者の折口信夫も、花袋の足あとを慕い、その名紀行文集『南船北馬《なんせんほくば》』(明治三十二年)をポケットに入れて山野海辺を歩き、旅の流儀を学んでいる(拙著『折口信夫　独身漂流』参照)。

花袋は徒歩旅行の達人でもあるけれど、一方でその文中に汽車を疾駆させるのを好む。山をこえ平野を横ぎる汽車のダイナミックな速さに感嘆をはなち、車窓に万華鏡のようにあらわれ刻々変化するパノラマを、近代の新しい感性にみちた風景として賞美する。

花袋は子どものようによろこび、叫ぶ。読者もおもわずその動きの悦楽につられてしまう、こんな風に――「わが走り行く汽車、右には碓氷川の谷を控へて、次第に登り行く一帯の平原」「見よ、其《そ》処《こ》には浅間の大嶺《たいれい》!」「汽車は紆回盤旋《うかいばんせん》して、遂にその暗黒たる隧道《トンネル》の中に入る」「洞門《どうもん》を出づれば、山かがやき、野かがやき、家かがやき、人かがやき、果してこれ雪の天国!」。

感嘆符が、いきいきと紙面におどる。川端康成の『雪国』に影響をあたえたとされる、花袋の名紀行文「雪の信濃」のクライマックスである。

まるで胎内くぐりのようにいくつものトンネルを汽車が通りぬけ、自分を神秘の雪国へと運んでゆくめざましさに、花袋は手をたたくよう。鉄道が創出した新しい風景としてのトンネルに示すつよいこの関心は、くだんの鏡花の『山中哲学』の対をなす。スピードへの子どもめいた純な感激も、どこか鏡花にもつながる。

夢や魔法のようなファンタジックな力を汽車に感じ、未来をみせてくれる驚くべき乗りものとして魅了されたとくべつな三人として、二十世紀の幕あきの旅と鉄道の文学史に、花袋、鏡花、賢治をならべてみるのも面白い。いままでにない、新しい小文学史が生まれそうだ。

四

前から思っていたのは、鏡花の怪異譚は探偵・推理小説の形をとるものがすくなくなくて、ゆえにホームズとワトソンがしばしば汽車にのって事件のおきた地方へとおもむき、その因襲的な風土や人間関係のなかに発生した犯罪を解きあかすように（だからホームズものは、ヴィクトリア朝地方小説としても面白い）。あるいはおなじ汽車にのった人々が事件に巻きこまれるクリスティの『オリエント急行殺人事件』のように――汽車が、怪異にかかわる重要な場となることもめだつ。

そもそも探偵小説のブームにあって鏡花も早く『活人形《いきにんぎょう》』（明治二十六年）という、それこそホームズのような神出鬼没の名探偵が活躍する作品を書いているのだし、英国小説を愛読する師匠の紅葉のお仕込《しこみ》により、彼地のゴシック・ロマンなどもそうとう勉強しているはず。そして英国こそ産業革命の、ひいては鉄道文化の聖地とあれば、鏡花がその方面、鉄道風俗の描写に自信のないはずはない。

たとえば管見のかぎり、列車内の食堂車を浪漫的な男女の出会いの場として、もっとも早くえがいたのは鏡花ではなかろうか。

『婦系図』前篇（明治四十年）のラストは、都落ちして静岡へゆく早瀬主税《はやせちから》ののる汽車が、新橋ステーションを発進する光景でむすばれ――後篇は、神戸行きのその汽車が、箱根トンネルを疾走するスピードの中ではじまる。

いましも主税は、食堂車で外人旅客とドイツ語で談笑しているところ。その一隅では小さな男の子を連れた貴婦人がランチ中で、みごとな手つきでカトラリーをあやつり子どもにチキンを切ってやりながら、はなやかにめだつ美青年の主税から目がはなせないよう、ちらちらと見る……ついに彼女の方から、あでやかに声をかけてくる。

ボーイに食後の珈琲《コーヒー》を言いつけ、主税を談話室へとさそう貴婦人の堂々と場なれした感じに、明治の受動的なおとなしいヒロインに慣れている私たち読者は、まず驚く。席をたつ彼女のすみれいろの絹ハンケチからはふわっと香水がかおり、走る汽車の「窓の外は、裾野《すその》の紫雲英《げんげ》、高嶺《たかね》の雪、富士皓《しろ》く、雨紫也《むらさきなり》」。——まるで泰西名画のおもむきで、新しくいち早く、ヨーロピアンでぜいたくな汽車風俗に着手せんとする鏡花の意気が察せられる。

師の紅葉は早くより、太平洋をわたる船のなかの食堂のディナーに、一等船室の客たちがきらびやかに集う光景を小説中にえがかんと、洋行した親友の巌谷小波《いわやさざなみ》に航海中のメニューをもらって研究していたらしいから（紅葉の日記による）、生前に愛弟子の『婦系図』を読んでいたならば、このシーンを目にして、よくやった、でかした、とほめてくれたに相違ない。

ところでさて、鏡花の作中に多く汽車の登場する特色については、東郷克美も論考「『眉《まゆ》かくしの霊《れい》』の顕現」で触れていて、とくに「物語がほぼ列車内に終始する」ものとして、『革鞄《かばん》の怪《かい》』（大正三年）と『銀鼎《ぎんかなえ》』（同十年）をあげている。

どちらかというと日本的な情趣の濃いこの二作品に加え、推理と怪異が結ばれあうようなホームズもののの、ひいては英国ゴシック・ロマンの香りをはなつ汽車物語としてぜひひらいておきたいのが、『やどり木《ぎ》』（明治三十五年）という佳品である。

汽車のおなじ客車に乗りあわせた初体面の﨟たけた奥さまに、青年がふしぎな体験を語るという設定で、それこそ物語は「寒さに密閉」されて暗闇を走る、冬の夜汽車の中に終始する。

青年が語るのは、五年前に彼の従姉《いとこ》が何者かにより殺害された事件で、警察の検証によれば、彼女ののどや背には七、八ヶ所も「獣の牙」によるかみ傷があった。

どうも従姉は、彼女を囲う旦那の手下の、「萬《まん》」なる男に横恋慕されて殺されたのではないかと青年が語ると、その言葉におびきよせられたように車中に萬が、くらい影のようにあらわれる。こんどは聞き手の奥さまが、いささか話すところによれば――。

汽車が御殿場に着くころよりなぜか他の乗客はほとんど降り、向いにすわる青年も、自分の下女も、ふしぎにうつら眠りをはじめて電灯も消えがちに……そのとき頭巾で顔をかくした掃除人夫がやってきて、ひとしきり車内のゴミをはいた後、すさまじい目つきで、眠る青年をみつめていた。「これは！お殺されなさるんぢやないか」と胸がさわぎ、無礼もかえりみず未知の青年をゆり起こしたという。

その萬の顔、いま思い出せば幼いころ、なかよしの従姉といたぶって殺したブチ猫にそっくりの赤いあざがある、と青年がおののくくだりで、あたかも猫が復讐するような、ポーの『黒猫』にならう怪奇性が湧きおこる。ともあれ、真冬の凍てつく車中の旅情が効果的。

二人のひそやかな話し声に時々、「手練《てだれ》の技師が、函嶺《はこね》の嶮《けん》を出でて、刻下、砥《と》の如《ごと》き線路を颯《さつ》と行《や》る、車輪の音は、野中《のなか》の孤屋《ひとつや》、山寺の厨《くりや》にばかり轟々と遥《はるか》に響いて、車中は却《かへ》つて物静《ものしづか》に」という鉄道詩の響きがさしはさまれ、夜汽車のするどい冷気が、読むものの身にもしみる。

四季それぞれの汽車の情趣を鏡花は愛していて、くだんの『婦系図』では春色したたる、『銀鼎』では緑あざやかに匂う初夏の、『魔法罎』や『革鞄の怪』では秋の花ゆれ紅葉が虹いろに輝く秋の鉄道旅行がうたわれるけれど、ふるさとの北国に帰省するたび大雪に泣かされた冬の旅も、なるほど彼にはとりわけ印象ふかいはず。

『やどり木』では、女中を連れた良家の奥さまの冬の旅じたくもよい感じ、彼女は用心ぶかく「フラシテンの肩掛《かたかけ》」をひざに広げ、そのほそい指をあたためる。世間しらずのしとやかな女性なのに、青年の語る陰惨な事件に身ぶるいしつつも優しく相づち打ち、彼の危難をすくうためには常識をやぶる。内気でひかえめだけれど芯のつよそうな奥さまは、どこか――黒い服をつつましくまとい手袋とマフに身を固め、未知の土地へとおもむくジェイン・エアの、弱々しく見えてじつは意志つよい、孤独な冬の旅姿を連想させる。『ジェイン・エア』も、『嵐が丘』も、おそらく師の紅葉が愛読し、鏡花にも教えたであろう英国小説である。

五

この他にも『色暦《いろごよみ》』や『沼夫人《ぬまふじん》』など、鉄道と汽車がストーリーに深くかかわる小説は多いけれど、鏡花は都会のなかを細かく走る電車も好きだ。

彼の主人公たちはあきれるほど路線図にくわしく、それらの交叉するリニアをひょいひょいと乗りついで、かろやかに神出鬼没に都会のなかを移動する。

飛蝶のような主人公たちの移動に路面電車は欠かせない道具で、そして小箱のようなその中は共同空間であるゆえに、たまさかの、しゃぼん玉のように美しい出会いも生まれる。乗って、会って、いっしょに降りてさらに移動し……鏡花文学の恋の道行きの特色といえる。

鏡花とて、『十三夜』（明治二十八年）であざやかに人力車を使った樋口一葉のように、初期作『貧《ひん》民倶楽部《みんくらぶ》』や『辰巳巷談《たつみこうだん》』などではもっぱら人力車や馬車を活用していた。そういえば、深窓のお嬢さまが、しがない人力車夫にいのちがけの恋をする、『なゝもと櫻《ざくら》』（明治三十年）なる作品もあった。

しかししだいにきっぱりと――鉄道ものの嚆矢ともいうべき『X蟷螂鰒鉄道』（明治二十九年）のあたりから鏡花は、作中の移動手段を、汽車と電車にのりかえる。こんなところ、鏡花はとても新しく、敏速だ。

とくに鏡花のえがく電車やその停車場には、北国生まれのこの作家が、東京という先端都市にそくそくと抱くエキゾティックな詩情が映る。鏡花とは、東京の詩人でもあるのだなあと思う。

東京は、鏡花にとって不吉で、綺麗で、新鮮な街。ゆきかう電車もしばしば、人を轢《ひ》いて疾走する流血の匂いをただよわせる。

「さて、乗合《のりあひ》の、電車は築地両国」というキレのよい口上で、走る電車の中よりスタートする『築地《つきじ》両国《りようごく》』（明治四十四年）などは電車が主人公のよう、たそがれの水の町を「ぱツぱツと光を吐《は》いて来て擦違《すれちが》」ういきもののような、電車の光や動きに筆があつまる。

やがて中でスリ騒動のおきる電車は、夕月ののぼる街の「蒼白い月の、桜田門の停留場の、赤い灯《ともし》を、血の流るゝが如く、颯《さつ》と閃《ひら》めき過ぎた」。グルになって老女から時計をぬすむ少年と、美女の悪意に、流血にたとえられる電車の赤い光がよくひびく。ナイフのように鋭利なもの、すばやいものへの鏡花の偏愛が、スピーディな電車に感応している。

自然の絶対的な脅威のうすい都会において、超常的にかがやき疾走する電車は、鏡花のこころの中で、人間をおびやかす風雨や高波に代えて、凶のエネルギーをはなつ魔的存在としても刻印されているらしい。

たとえば自身の若き日の東京漂流生活を映す『売色鴨南蛮《ばいしょくかもなんばん》』（大正九年）は、雨にごったがえす夕ぐれのラッシュアワーの駅頭よりはじまる。そしてまず、泥まみれの都会をあざわらう、人知をこえた悪意あるものとして、雨にギラリとかがやく線路が描出される。

恁《かか》る群集《ぐんしふ》の動揺《どよ》む下に、冷然たる線路は、日脚《ひあし》に薄暗く沈んで、いまに鯊《はぜ》が釣《つ》れるから待て、と大都市の泥海《どろうみ》に、入江の如く湾曲《わんきよく》しつゝ、伸々《のびく》と静まり返つて、其《そ》の癖底光《くせそこびかり》のする歯の土手《どて》を見せて、冷笑《あざわら》ふ。

これこそ鏡花文学の幻想性をささえる特異な風景描写で、「底光のする歯の土手」とは、線路のリアルと不吉の両面を言いあてる。

海にも山にもモノにも、生きるかのような息を吹き入れる鏡花の筆にみちびかれ、なるほど都会の泥海に、まがまがしい意志をもって線路がのたうつのが見えてくる。鏡花文学につねにただよう不安の生起でもあり、よるべない他郷者をはじき出す、都会へのひそかな呪詛の表象でもある。

あらためて——鏡花にとって電車とは一面、都会の凶のカタルシスをあらわす。その意味では、人ひとり轢《ひ》いてそのまま電車が疾走する『艶書《えんしょ》』(大正二年)の末尾などは、金色の竜巻が一すじ空に駆けあがり、人々のおののきと叫びのうちに結ばれる、『瓜《うり》の涙《なみだ》』(同九年)の末尾に似ているのではないか。

『艶書』は、よく磨かれた、うつくしい黒い珠のような悪夢を作者もたのしみ、読者もたのしむ短篇である。

ともに赤十字病院へ見舞いに行ったらしい未知の男女が坂のとちゅうで何となく出会い、そのまま連れだって芝行き路面電車の停車場へ。その謎めいた女性にゆかりある狂者が追ってきて、二人が乗りこむ電車に自分も乗ろうとし、あっけなく、ずん、と轢かれ五体砕ける。

さいごは人を轢いた振動に大きくゆれつつも、そのまま街を走る電車の車窓より見える風景をクローズアップし、物語は異風にぶつりと断ち切られるようにおわる。街の上にひろがる虚空に「ちら〳〵と」舞う百合や薔薇の花の幻影は、またもや自分のいけにえになった男への、女性のたむけの花なのか。

精神的強者である女性と、弱者である男性とがこの作品では描き分けられていて、うつくしいゆえに強い者は、疾走する電車に乗って去る。おろかな弱い人たちを蹴ちらして金色の竜巻が、無垢に慕いあう少年少女のみをえらび、空へと巻きあげる『瓜の涙』の構図にひとしい。

なるほど電車とは、その風や光にもまがう動きといい、人を拉し去るすさまじいエネルギーといい、鏡花の地方小説の末尾にしばしば威をふるう、竜巻や暴風雨の存在感にも通底する。時に神意をひめる霊威ある生きものとして、鏡花の心眼に映っていたのかもしれない。

六

と思えば、こんな可憐な――影燈籠の中に映る青いおもちゃのような電車も、鏡花の東京には走っている。

すでに指摘されるように、芥川龍之介のいくつかの東京物語はそうとうに、鏡花の影響をこうむる。とくに邪神につかえ、マジックをあやつり若い娘をしいたげる神下《かみおろ》しの老女を描く下町綺譚『妖婆《ようば》』(大正八年)などは、瑠璃の朝顔にたとえられるヒロインのけなげで儚い風情といい、あやかしの蝶のイリュージョンといい明らかに、鏡花の下町綺譚『妖術《ようじゅつ》』(明治四十四年)へのいちじるしい感激をやどす。

カタカタと路面電車が走り、川波がすずしく光り樹々がゆれ、ふとした偶然の重なり合いや手品のトリックを核にして、「文明の日光に照らされた東京」(芥川)が、しだいに青い霧につつまれた夢幻の町と化す……でもしまいには、パン！　と手がたたかれて手品の蝶や鳩、花々が消えるように、すべてがふたたびしらじらと明るい白昼の都会にもどるという趣向や情緒が、両者はじつに共通している。

　芥川の『妖婆』では、かよわいヒロインが老女によって邪神の依りましにされ、マジックに翻弄されつつ恋人が必死で彼女の救出に当るのだけれど、『妖術』でマジックを使い、男をだますのはヒロインの方。そしてとりわけ路面電車が、彼女のマジックに加担する。

　早春の午後四時ごろの雨もよう。日本橋通三丁目の赤い柱の停車場で、上野行き電車を待っていた勤め帰りのサラリーマン・舟崎一帆《ふなぎきかずほ》は、浅草行き電車の中の艶な女性と目があって、たがいに交感したようにそのまま電車に乗りこみ、二人は終点の浅草までゆくこととなる。

　白木屋前、本町の角を曲がって浅草橋、厩橋、蔵前、駒形、いくつか停車場をすぎるうちにも外の天気は荒れてきて、雲が濃く流れ、雨滴の玉がガラス窓を打つ。綺譚をつづる時の鏡花の手法で、天候の悪化が、日常から非日常への転調となり、幻の境への扉がひらかれる。

　やがて終点浅草。ひときわ激しい雨と風に彼女をつい見失った一帆が、悄然と仲見世を歩いていると、濡れますわと声がして、いつのまにか彼女がなよやかに傘をさしかけて。

　雨におどろく乗客がてんでに散り、カランと乗りすてられた車両の描写がうつくしい――「電車の内はからりとして、水に沈んだ硝子函《ガラスばこ》、車掌と運転手は雨に恰《あたか》も潜水夫の風情に見えて」。

　鏡花のまなざしのレンズをはめると、電車は水中に沈んでゆく青いガラス箱のよう、水いろの雨のしぶきにおおわれる浅草いったいは、水の迷宮のよう。この水中電車のイメージは、宮沢賢治の詩『青森挽歌』の一節、「客車のまどはみんな水族館の窓になる」を想わせる。

　さてけっきょく一帆は、彼女にとある待合《まちあい》に連れてゆかれ、しばし隠れ里をおとずれたような時間をすごす。住所は、と問う一帆に、私のうちは観音様の階段のあの大きな提灯《ちょうちん》の中、とけろりと答える女性のことばは、いかにも街娼らしいはぐらかしとも取れるけれど、異界からたまさかやって来た狐女房のかそけき声のようにもひびく。

お商売は、とのさらなる一帆の問いに、手品をいたします、と答え、彼女はもっていた銀の扇子《せんす》をひらいて、待合の坪庭の池のうえへ白い蝶を一羽、二羽、三羽と招きよせ、ふんわり舞わせる。このあたりから一気に夢幻のヴェールは濃くなり、気がつけば一帆といっしょに私たちも、手品の白い蝶も彼女も消え去ったあとを、ほうっと見つめている……。

永井荷風はその著名な批評文『谷崎潤一郎氏の作品』(明治四十四年)において特筆的に、鏡花と谷崎の都会文学に通底する、江戸情緒へのふかい愛着に留意している。

その上で、谷崎の『少年』など一連の東京物語を、生粋の都会人の郷愁より生まれるリアルな郷土文学とし、比して鏡花のそれを他郷者によるエキゾティックな幻想文学であるとして、両者を明確にひき分け、区別する。

この指摘は正しく的を射る。鏡花の東京とはたしかに、夢幻の町であるのにちがいない。路面電車を乗りついで、現実の東京のどこにたどり着くわけでない。じつは現実の町からしだいに浮遊し、それこそ、お祭の提灯の中に青く照らしだされるもう一つの町へと入ってゆくような感覚が濃い。どこにもない四次元のその都会のふんいきを、芥川は愛したのだろう。この意味で、鏡花の東京物語をリアルな東京文学誌のなかに置くのは、はなから無理があるのにちがいない。

それはむしろ、田山花袋や島崎藤村などの他郷者による一連の写実的な東京研究の潮流のおさまった後、大正モダニズム詩が青い夢幻の都会を発見する流れ——たとえば、都会の夜空の青白い電線のスパークに感応し、東京全体を〈青猫〉の幻像でつつみこむ、萩原朔太郎の四次元的な東京の隣などに置いてみるほうが、ふさわしいかもしれない。

そういえば朔太郎の詩作にも、汽車や電車の詩情がしきりに光っていることだ。

七

『三枚続《さんまいつづき》』（明治三十五年）以来、鏡花本の装幀装画を多く手がけ、古きよき江戸情緒を愛し芸術化する点で、鏡花の盟友でもあった画家の鏑木清方は、こちらはからきし汽車がだめだった。都内の路面電車などはいざ知らず、汽車にのるのは命がけというほど大嫌いで、清方の随筆によれば、一度よぎなく鉄道旅行をした折は徐々に顔面蒼白となり口をきかなくなり、しばらくノイローゼになって、照《てる》夫人をたいへん心配させたという。以降、晩年をのぞいて決して鉄道旅行をすることはなかった。

江戸情緒への愛惜においてやはり鏡花と文学的に結縁する谷崎潤一郎も、鉄道がにがてだった。若い頃は一時、ひどい鉄道恐怖症にかかったことがあるらしい。自作の『恐怖』（大正二年）には、汽笛が鳴り車輪が動き出したとたん、冷汗と悪寒で昏倒しそうになる、その深刻な「鉄道病」が反映されている。

この異色の短篇を読むと、たしかになるほどと、鉄道の脅威があらためて見直される。あのスピード、轟音、しかも見知らぬ多数の人といっしょに、泣こうがわめこうが定まった地点にしか止まらない鉄の箱の中に身を置くのが、しんしんと恐くなる。谷崎の恐怖は、今でいうパニック障害に当るのではなかろうか。

でも考えてみれば、そうした恐怖を感じる人がいるのもしごく当然、鉄道とは、それまでの時空をチェンジする大革命だったのだから。明治生まれの人の心とからだに、現在の私たちには想像もつかないほどの強烈な新しい感覚を刻みつけたはずなのだから。

それまではありえない速度を体験し、ありえない時間にありえない場所に立っている自分を見いだす。未知の多くの人々と、話し合うでもない無表情な時と空間を共有する。車窓にあらわれては消えるパノラマも、それまでの生活空間とは異なる広大な視野をしめし、視覚の変換をせまる。

古風な情緒をいとしみ、繊細な神経をもつ人ほど、鉄道旅行の体験にパニックをおこしそうである。鉄道を歓迎し、果敢に旅する人々のことばの勢いの陰にかくれ、そうした人々の存在は看過されてしまう。しかし旅と鉄道の時代の文学史においてはもう一つ、その裏側、鉄道恐怖の言説の水脈も照らしだされるべきであろう。

それにつけても鏡花はふしぎだ。『星あかり』をはじめとする作品にうかがわれるように、神経衰弱的気質であるし、高所恐怖や不潔恐怖もいちじるしい。清方や谷崎のように、いかにも鉄道恐怖の側に立ちそうな芸術家であるのに、まったくその逆、初期から鉄道に惹かれつづけているとは。

やはりファンタジー作家として、機械の未来進化に興味が深いのか。スピードによく感応する体質であり、気性でもあるのだろう。

まさに大蛇を想わせる長い細い車体の内部におさまり、その振動やカーブに身をゆだねるのは、この神経過敏な人にとって、むしろある種のエロティックな快楽であったのかもしれない。

ホームズがその禁欲的な生活の中でコカインをたしなみ、超常的な推理と想像を駆使するように、さまざまなタブーを自らに課してつつしむ古風な作家の生活において汽車電車は、麻薬にも似て非日常への酩酊をもたらす、創作に不可欠なひそかな薬餌であったのかもしれない。

――鏡花と鉄道をめぐっては、そんなことも今しきりに考えさせられている。

明治のバイリンガル

感性の中のキリスト教

動乱の近代中国を舞台に、土に生きる農民の不変のつよさを描く『大地』の著者のパール・バックは、宣教師の父母にしたがい、幼時より中国で育った。

彼女に、その母の辛苦と勇気にみちた中国での生涯を慕わしくつづる珠玉の追想記『母の肖像』（一九三五年）がある。

米国ヴァージニア州を故郷とする母のケアリは、州のカレッジを卒業後すぐ宣教師と結婚し、一八八〇年二十二歳で中国に旅立った。かねてより、異国での伝道活動をつとめるのが夢だったのだ。当時のアメリカの新教界は、アジアでの布教をさかんに展開しており、宣教師は妻帯して、あるいは姉妹をともない赴任するのが要件とされた。女性は夫や兄弟を助け、教会学校での教育や礼拝の音楽を担当する。

ケアリも生涯を、中国の女性と子どもの教育にささげた。教会学校で算数や地理・文学を教え、礼拝のオルガン伴奏と讃美歌のリーダーをつとめた。エキゾティックなオルガンの音色とともにその美声は、杭州や鎮江の町を流れ、中国の人々を驚かせた。

感性ゆたかなこの女性はそして、すばらしい語り手でもあったらしい。教会学校や家で子どもたちを集めては、聖書の物語やおとぎ話、ディケンズやサッカレー、スコットなどの名作、特に故郷アメリカについて語った。

母が語れば、酷暑にあえぐ中国の町から連れだされ、山々をのぞむヴァージニアの森のりんごの香をかぎ、露にぬれる真紅のラズベリーに触れるようだったという。パール・バックは讃歎する——「ああ、お母さん、あなたはどんなに私たちに母国への夢を与えてくれたことか！」（佐藤亮一訳、『母の肖像』より）。

目にみえるようだ、夏はベランダで冬は炉辺で、宣教師の妻らしく地味な淡い色の装いをしたこの女性のスカートの裾にまつわるように、まわりに子どもたちがすわって瞳をかがやかせ、その物語に聴き入るようすが。

パール・バックのストーリー・テラーとしての卓越した才能はもちろん、母のゆたかな物語が育んだものであろうし、聴き入る中国の子どもたちの中にももしや、長じて文学者になった人がいるかもしれない

そんな風に想像した時、私にはあざやかに、泉鏡花もその輪の中の一人として見えてくる。異国の女性のつむぎだす、いささかたどたどしい発音でのエキゾティックな物語の数々に頬を紅潮させて耳かたむけ、物語の中に吸いこまれてゆくようなアジアの男の子——それはそのまま、鏡花である。

なぜなら彼は九歳の頃より、まさにケアリのようなアメリカ人女性に深い薫育を受けたのだから。その人もまた、オルガンを弾き讃美歌を朗々とうたい、すぐれた語り手だった。ゆたかな多くの物語にて、おさない鏡花を虜にした。

その人――アメリカよりカレッジ卒業後すぐ宣教師の兄にしたがい一八八二年来日、以降金沢で伝道活動に就いたyoung and beautiful（当時の教え子の証言）なミス・ポートルのおもかげは、たとえば鏡花の初期小説『名媛記《めいえんき》』（明治三十三、一九〇〇年）になつかしげに映しだされている。

冒頭は、ミス・ポートルを映すりゝか先生の、「私《わたくし》の故郷の、亜米利加《アメリカ》の大な竹藪には、尾の尖《さき》に楽器を持つた蛇が棲んで、其《それ》が通る時にはチリチリといふ音がするんですよ」と優しくお話ししてくれる、あたたかい肉声ではじまる。

まるで先生は無尽蔵にお話を知る千一夜物語のシェラザードのよう、そして自分はそのそばをはなれずお話を毎夜聞くシェラザードの妹のよう、とりゝかの顔をうっとり仰ぎつつ、「此《こ》の外国の蛇の話を聞いてゐる少年」は想う。

もちろん少年は鏡花の分身で、金沢の町の荒物屋を借りての教会学校より流れてくるオルガンの音と妙なる歌声に惹かれ、りゝかと初めて出会った頃をこんな風に思いだす。

鳥が人間の言《ことば》を語つたら、聞く人はいかに其《そ》の耳を傾けるであらう。聞馴《きゝな》れたりゝかの、殊に髪《かみ》容《かたち》も服装《みなり》も、我が人間界にあるまじき、雲に駕《が》した天女のやうな人の口から、おなじ言葉を以《もつ》てものいはるゝ、一言一句《いちごんいつく》と雖《いへど》も、能《よ》く胸に響いて、心を動かされ、従つて人情も、我《われ》にかはらず、優しさも、可懐《なつか》しさも異ることのないのが知れると、敢《あへ》ていはゆる耶蘇《やそ》教の信徒といへば、必ず礫《はりつけ》にかゝつて死ぬものとは限らないことが解つて、追《おつ》て、あからさまに仮の其《そ》の荒物屋の店の、日曜学校へ出入したのである。

ここにはまさに、さきのパール・バックの追想記と対をなす、アジアの側から照射されるもう一つの〈母の肖像〉がある。

一

泉鏡花は母が急逝した九歳の頃より、金沢で布教するアメリカ一致派教会所属の宣教師が近所でひらく、日曜学校へ通いはじめた。そこで宣教師の妹の若きミス・ポートルに出会い、その縁で彼らの経営するミッションスクール真愛学校（入学後ほどなく、北陸英和学校と改称）に入学した。十四歳までの約三年間をここで学び、ひきつづきミス・ポートルの薫育をうけた。

研究者の村松定孝は、当時の鏡花と親しいおさななじみの湯浅しげに会い、七十歳近い彼女よりこんな証言を引きだしている。『泉鏡花事典』所収「泉鏡花小伝」より。

鏡ちゃんは、とても英語がペラペラで、英和学校の西洋人の女の先生に可愛がられていた。あまり鏡ちゃんだけを、その先生が可愛がるものだから、上級の生徒にいじめられることもあったらしく、そんなところを、その先生が見つけて、ますます劬《いた》わったようだ、

鏡花のいささかチェリーボーイ的なふんい気がうかがわれ、興味深いとともに、「鏡ちゃんは、と

ても英語が「ペラペラ」の言葉にとくに注目したい、どれほどのペラペラかはまずはさておき。

鏡花は母の出自が能楽の家であるのを自らも銘じ、作品中に謡曲・和歌を主とし、その他の伝統芸能の文脈を駆使する。その印象もあずかり、もっぱら古典の世界と交感する、純日本的作家と位置づけられる傾向がつよい。

それはたしかにそうなのだけれど、私たちは時折は、おさない頃よりキリスト教の教育をうけ、英語が上手で周囲にもそれを誇りとしていた鏡花の姿をもイメージしつつ、その文学を読んだ方がよいのではないか。

ミス・ポートルの存在は、鏡花の母恋いの主題と関わるモデル論としては、注目されてきた。しかし、鏡花とキリスト教との本質的な関わりについては、その重要を村松定孝が先駆的に論考「鏡花とキリスト教」において提唱しているものの、管見のかぎり、その後、具体的な考究は継がれていない。むしろ、ミス・ポートルはあこがれの人であるけれど、仏教信仰のあつい鏡花は、キリスト教自体には無関心であるとみなされる傾向がある。

たしかに、鏡花はクリスチャンではない。長じて後はキリスト教に、やや皮肉のこもった視線も投げかけている。しかしどう考えても――母が急逝したもっとも多感な年頃に、ひな鳥が口移しで餌をふくめられるように英語の発音をならい、聖書をはじめ異国の童話や小説のものがたりに耳かたむけ、讃美歌をうたい、日曜礼拝できれいな絵カードをもらい……五感にキリスト教文化が浸透していないはずがない。

まして聖書とは、ゆたかな古代神話を基盤とする、すぐれた世界文学である。感性するどい少年の鏡花が、この物語の金鉱に、魅了されなかったはずなどない。

鏡花の文学は多層的で、曼陀羅状で、いろいろの異なる要素が重ねられ融合され、たがいに隠し隠されて、魅惑的な混沌をなしている。ひときわキリスト教文化の要素は、日本の民間伝承や民俗、仏教文化などに、内包され覆われ吸収される傾向があるようだ。

しかし目をこらせば点々とあざやかに、鏡花の内なるキリスト教は見えてくる。たとえば、自身の若き日の東京漂流生活を映す『売色鴨南蛮《ばいしよくかもなんばん》』（大正九、一九二〇年）にも、微妙にキリスト教の糸が織り込まれている。

問題となるのは、このくだり――。


崖《がけ》の溝端《どぶばた》に真俯向《まうつむ》けに成つて、生れてはじめて、許されない禁断の果《このみ》を、相馬の名に負ふ、轡《くつわ》をガリ、と頬張る思ひで、馬の口にかぶりついた。（中略）ト突出《つきだし》た廂《ひさし》に額を打たれ、忍返《しのびがへし》の釘《くぎ》に眼を刺され、赫《くわつ》と血とともに総身が熱く、忽爾《たちまち》、罪ある蛇に成つて、攀上《よじのぼ》る石段は、お七《しち》が火の見を駆上《かけあが》つた思ひがして、頭《かうべ》に映《さ》す太陽は、血の色して段に流れた。


主人公の宗吉《そうきち》少年は故郷より東京に出てきて、ゆくあてなく、無頼の人々のあいだを居そうろうのように渡り歩く日々。

ある時おやつに、馬のクツワを摸す焼きもようが評判の相馬せんべいを買いにゆかされ、がまんできず溝のそばで二枚盗み食いしてしまう。せつないほどおいしくて……でも盗みは盗み、恥に身心がカッと燃え、いやしい自身を「罪ある蛇」と感じる、というのがこの場面である。

八百屋お七のレトリックなぞも散らされるので目が迷うけれど、「禁断の果《このみ》」や「罪ある蛇」などのキーワードにご注目下さい。ここにはあきらかに、旧約聖書創世記第三章エデンの園の物語──楽園に棲む初めての男女のアダムとイヴを蛇が誘惑し、それだけは採ることを神に禁じられた木の実を盗ませ、神の怒りにより楽園追放される物語が織り込まれている。ちなみに、だから以来西欧文化圏では、蛇は罪の象徴となる。

そして単なるレトリックにとどまらず、いわば人類の初めての盗みすなわち原罪を示すこの聖書の物語が、『売色鴨南蛮』ひいては鏡花文学の一つの柱ともいうべき、罪と清めのテーマの琴線に直接ふれるものであることに注目したい。

売色、の宗吉少年は蛇のような自分の卑しさを責め、自死しようとする。無頼の人の妾のお千《せん》がそれを助け、「貴方《あなた》が掏賊《ちぼ》でも構やしない」と抱きしめ、罪を清め、いっしょに逃げてくれる。彼女の力で宗吉は立身したけれど、一方それゆえにお千は悲運に沈み……さいごは、彼女に似る狂女に出逢った宗吉が、その「胸に額を埋めて、犇《ひし》と縋《すが》つて、潸然《さんぜん》と」泣くシーンで結ばれる。

つまり女性の献身に救われた主人公が、何重もの罪意識を感じ、許しを乞うため彼女を探し求める物語なのであって、このパターンはそれこそ鏡花の初期より晩年まで──『義血侠血《ぎけつきようけつ》』『薬草取《やくそうとり》』『日本橋』『峰茶屋心中《みねぢややしんじゆう》』『由縁の女《ゆかりのおんな》』などにさまざまなヴァリエーションにてくり返され、つらぬかれる。

明治の、いえ近代の小説にはめずらしく鏡花の男性主人公は、自身の内にかかえる罪意識が深い。彼の文学の主流は、罪とあがないの物語であるといってよい。

そこには仏教の罪障観が濃い影を落とすけれど、もう一つ、この人がおさない頃よりキリスト教教育をうけた人であることを考えれば、人間の原罪とそれを一身にあがなう救世主イエス・キリストへの信仰をさとす異教の影も、おおいに関わることは当然、想像されなければならない。

とりわけ鏡花には、キリスト教そして何よりもなつかしいミス・ポートルをうらぎり棄てた、背教者としての罪意識も濃いようだ。

ミッションスクールをおえて出京した十七歳ごろの鏡花は、おそらく他にめぼしい身寄りない東京で、一致派教会の本部を訪ねたはず。しかし北陸英和学校の内情にも少なからず幻滅したように、東京の本部にては、ますますその植民地政策的ミッション主義に嫌気がさし、この時期にキリスト教より決定的に離反したのではなかろうか。

伝記上に資料はないけれど、東京におけるキリスト教教会の伝道活動に皮肉な眼をそそぐ『五之巻』（明治二十九年）や『築地両国』（同四十四年）などの作品に、そんな状況のいくばくかが推察される。

にしてもそれは、ミス・ポートルの長年にわたる献身的な教えに対する罪に他ならない。ここに、鏡花文学をつらぬく罪とあがないの物語の原点があるのでは。ゆえにこそ、キリスト教に背を向けた東京漂流時代を映す『売色鴨南蛮』に、自身を罪ある蛇になぞらえる慙愧の意識が突出するのでは。

実はこれ以前にも鏡花には、エデンの園の蛇のイメージを駆使する作品がある。その『瓔珞品《ようらくぼん》』（明治三十八、一九〇五年）とはまさに、キリスト教対仏教の闘いを描き、彼の若き日の内面の葛藤をつづるものなのだ、注目したい。

主人公の青年の名は蘆澤辰起《あしざわたつおき》、辰のその名からして、蛇を連想させる。琵琶湖ほとりでうたた寝していた彼は夢にうなされ、ふしぎな美少女に起こされる。少女は手に紅瑠璃菓《こうるりか》——真紅の露の滴るような苺を盛った籠《かご》をさげていて、苺に目のない辰起は思わず、「咽喉《のど》が乾いて、咽喉が乾いて」「その苺を下さらんか」と少女に迫る。しかしハッと自分の無法に気づき、やはりそのようにかつて「他所《よそ》の庭園から苺を奪つた」せいで、ある女性を嘆かせ、彼女のつかさどる楽園を崩壊させた過去の大きな罪に思いいたる。

実はみていた夢もその一端、と以下、辰起が美少女に語る懺悔譚《ざんげたん》が軸となるが、この冒頭で彼はしきりに自分を「苺を横奪した毒蛇」「鱗《うろこ》がある」「毒蛇の目の血汐《ちしほ》」「此の身体を悪魔にし、毒蛇に」なったとなぞらえる。

そう、『瓔珞品』はある意味でエデンの園の物語の換骨奪胎なので、楽園の木の実はここで苺に、罪の蛇は、苺を盗む辰起に変換される。では、エデンの園なる楽園とは——。

それは都城子《つきこ》というフランス留学帰りの令嬢が、私財でいとなむキリスト教孤児学院の、ピアノの音色ながれ薔薇咲きみだれ、子どもたちが楽しくあそぶ芝生の庭をさす。

その庭には貴重な苺も育てられていて。今でこそ「釈門の大徳」として仏教学院をあずかる辰起だけれど、十年前は無為の貧しい浪人もの。苺の好きな彼のために毎日、弟分の玄吉少年がそこから苺を盗んできて、それをいじわるな学院職員に仕置されたのをうらみ、玄吉はひそかに学院に放火する。

燃えあがる炎、しかし駆けつけた消防の若い衆は教会が火元と見て、「耶蘇《やそ》教の家だ、消すな！」と叫び、そのまま帰ってしまう。仏教信徒としてかねて学院を敵視していた辰起は、近所の人々を先導して歌いおどり花火まであげ、火事見物する。「耶蘇《やそ》は磔《はりつけ》ぢや、天堂は焼けた、めでたい！」とさえ祝う。しかしその後。焼跡でオルガンにもたれ泣きむせぶかよわい都城子を見かけ、心より後悔する、「信仰も、我身も、此世《このよ》に忘れ果てて、悪かつた」。

——しかもつい先頃、十年前のあの火事は玄吉のしわざと知ったばかり。せめて都城子に「一言おわびが申したい」とすがる辰起に美少女は、都城子よりの爽やかなゆるしの言葉を与える。この籠の「苺は貴下《あなた》へ」「決してお怨《うら》み申しません」。

磔じゃ、との周囲の人々の罵声の中で燃えあがり、焼け崩れる学院と天堂の情景は、宗教戦争のようでダイナミック。辰起の負う仏教と、都城子の負うキリスト教とのはげしい対立がまずこのようにあり、そしてひとしく愛と平和を望む両者の融和、何より都城子のゆるしにて結ばれる構造となっている。

そのうえで都城子には、マドンナや羽衣天女、月のかぐや姫、湖の姫神のイメージがいく重のうすもののように投げかけられ、しまいには近江の山の神なる翁さえ登場する。

キリスト教対仏教のみならず、華麗な神仏習合芸術の様相をも呈するのだけれど、この一篇がキリスト教小説の骨格をもち、ミス・ポートルおよびキリスト教のおしえに捧げられるものであることはあきらかである。

都城子のいとなむ有隣学院はもちろん、真愛学校をほうふつさせるし、その後ミス・ポートルが幼稚園で教育に奉仕したという経歴（村松定孝の論考「鏡花とキリスト教」の報告による）をも映すであろう。

また、禁断の木の実のイメージとして掲げられる苺は、おそらく鏡花とこの異国の女性教師とを結ぶ、何らかのゆかりの果実と察せられる。ミス・ポートルをモデルとするミリヤアド連作ものの一つ、『二之巻』（明治二十九年）にても、女教師のミリヤアドが籠入りの当時貴重な苺を、生徒の少年に贈る場面があったのを思い出したい。

なので辰起とは、鏡花でもある。一篇が書かれたのは、前述のように彼がキリスト教に背を向けてほどない頃。なので鏡花はいささか辰起に乗り移り、美しいキリスト教学院長を嘆かせ、その楽園よりかがやく紅瑠璃菓を盗み、ためにそこを追放される蛇として、罪の色彩にみずからを染める。ゆるしを乞い、自身の内なるキリスト教と仏教の融和を言挙げする――『瓔珞品』の秘められた主題である。

二

初めて日曜学校へ通う子どもがまず出会う聖書とは、創世記のエデンの園とノアの箱船の物語が定番で、先生が紙芝居や絵カードを使って教えてくれるから、小さな人たちの心に絵像としても強烈に刻まれる。

まして人いちばい感性するどい幼い鏡花にとって、聖書への扉をひらくこの二つの劇的な物語は、心に深く染みいり、後々までもその文学のゆたかな水源となっているようだ。

『高野聖』や『夜叉《やしゃ》ケ池』をはじめ多くの作品にあふれる大小無数の洪水は、日本各地の湖沼伝説もさりながら、ノアの箱船すなわち神が人類に下す罰としてのダイナミックな洪水物語に、おおいに由来するだろう。罪の物語にことさら蛇が絡まるのももちろん、エデンの園の……。

で、しつこいようですが、またもやヘビ。こうした罪のシンボルとしての蛇を、今度は社会に突きつけ、戦争にひそむ殺人の罪を問う先鋭なもう一篇があるのに、注目しておきたい。

日露戦役より帰還し、神経症を病み、海辺で静養する若き海軍大尉の一夏を描く『尼ケ紅《あまべに》』（明治四十二、一九〇九年。ちなみに日露戦争は明治三十八年に終結）の全面は、蛇にまみれる。

これはあらすじというほどのものもなく、滋養強壮にヘビの生肝を飲むのがよいと聞いた大尉が、百姓に取ってもらった大蝮《まむし》の肝を飲むてん末に終始する。しかしおぞましさ限りなし、読んでいて自分の肌にも、蛇のようなブツブツのうろこができそう。

その蝮はメスで腹に子がいて、ちょうど大尉の美しい奥さまも妊娠していて。「斑々《まだらまだら》とした」紫色の肝を飲んだ後で子もちの蝮と知った大尉は気分悪くなり、肝を吐こうとする……あ、あ、でもできなくて、つらくって。

救いを求めてあたりをさまよう大尉の目に、小川のさざ波、自分の指、茶わんの破片、人の影さえ、ヘビと映る。行きあう人々の話題、その話し声、鳥のなく音もヘビと……つまり森羅万象にヘビが想起され、肝を飲んだ自分そのものが、刻々とヘビに化すのを感じる。

ちなみに肝を吐こうとノドに手を突っこんだ大尉が、その五本の指さえヘビと化し、自分をあざ笑うのを幻視するくだりはこんな風、すさまじい――「苦しさに悶《もだ》えて引釣《ひッつ》られた五本の指が一ツ一ツぐびりと曲つて、俗に言ふ皆鎌首《みなかまくび》。爪が白く目を開いて、えみ破《わ》れたやうな指の頭《さき》が、渦巻《とぐろ》いて、ケ、ラと笑つた」。

じっさいに蛇が大嫌いで大好きな、鏡花生来の性癖もこめてこのように、シュルレアリスティックな蛇芸術の極致が尽くされるので、『尼ケ紅』は従来、ホラー小説としてもっぱら読まれる傾向がある。けれどこの作品の骨子はホラーにあるのではない。大尉につきまとう蝮のたたりとか、静養先の寺に居つくぶきみな尼が、若き大尉夫婦に嫉妬し呪いをかける怪談的ストーリーなぞ、この小説の深刻な真の主題を隠す目くらまし、仮構にすぎない。

私たちはじっくりと、くだんのごとき蛇の幻覚に苦しめられる、大尉の病んだ心の風景をながめるべき。自身さえおぞましい蛇と化すのを感じる、彼のおびえわななく罪の意識に共振すべき。

なぜならそれは、日露戦争海戦にて多くのロシア兵を殺したことへの罪と恐れに源を発するから。前掲の、自身の五指を蛇の鎌首と幻視するシーンにはつづきがあって、おののき硬ばる自身のてのひらを、「潮《しほ》の光に虚空を掴《つか》んだ露西亜《ロシア》兵の拳《こぶし》を其《そ》のまゝ、肖《に》」ていると、海戦の殺戮を思いだし、大尉はぞっとする。

海辺の村にて大尉は、日露海戦の英雄として、村人や海軍志望の少年たちに尊敬されている。しかし、「日本海海戦当日、水雷艇を指揮した天晴《あつぱれ》勇士」であるこの若き英雄はじつは、戦争の心的後遺症を深く病む。

冒頭よりそれはあきらか、大尉は不眠症特有のうつら眠りの中で、「水雷艇の舷《ふなばた》」近くをふっ飛ぶロシア兵の生首の夢を見ていた。そこへ百姓が首を切り落とした蝮を持ってきて、以降、ロシア兵の生首に蛇の鎌首のイメージが張りつき、大尉を苦しめる。

そして静養するのがなまじ海辺であるだけに、多くのロシア兵が殺され、波間に沈んでゆく海戦のフラッシュ・バックにしばしば襲われる――「血は黒く、潮《うしほ》は白く、探海燈《たんかいとう》の余波《なごり》は蒼い。ソレ黄色い顔、切れた首、筒服《ずぼん》が流れる、腕が捩《も》げる、」。

つまりこの作品は、戦争帰還兵の心的外傷後ストレス障害（ＰＴＳＤ）を描くものなのだ。日本海海戦によってバルチック艦隊が壊滅し、小国日本が大国ロシアに勝った興奮と熱気がまだ冷めやらぬ頃――こともあろうに、海軍英雄のいたずく深刻な心的外傷をのぞきこむとは。白百合のように汚れなき妻に対し、殺しの罪にまみれるおぞましい蛇として自身を幻覚する、若き軍人の恐怖の意識にぴったり寄りそうとは――。

ヘビ芸術の冴えと相まって、当時としてまことに稀有な視点であり主題である。反戦ではないけれど、世間の人々が看過する戦争の殺人の罪を照射し、冷静な批評となっている。

あらためて、鏡花の中には世論世相にたやすく従わぬ、異質のものさしがあることをつよく感じる。これはこの人が年少の頃より、まだ藩制の遺風も残ってかなり邪教扱いされる異国の神の教えの下に一面育った経歴と、決して無関係ではないはず。

『尼ケ紅』では直接表面にはあらわれないけれど、愛の宗教として殺しを禁ずるキリスト教の価値観が、当時の好戦的風潮を相対化している。男性主人公がその罪意識において自身を蛇、と自覚する図式においても、くだんの『瓔珞品』に通底する作品といえよう。

三

じつは鏡花の戯曲にも、意外なほど色濃くキリスト教文学の影響がある。それは特にはドラマトゥルギーへの影響で、『夜叉《やしや》ケ池』にしろ『深沙大王《しんじやだいおう》』『天守物語《てんしゆものがたり》』にしろ、彼の戯曲はその軸に、迫害する側とされる側との対立抗争、すなわち封建的旧思想と新思想との闘いという、きわめて明確な図式をもつ。天守に棲む妖魔やたたり神などの日本的素材を扱いながら、劇の骨格はきわめて西欧的なのだ。

ここにはおそらく、ヘレニズム（ギリシャ思潮）とヘブライズム（キリスト教思潮）との対立と争闘の歴史を擁し、それを主題とすることの多い西欧歴史劇のドラマトゥルギーの深い感化があろうと推される。

特に鏡花の同時代――一八九〇年代から一九〇〇年にかけて、古代ローマ帝国による初期キリスト教への迫害史が西欧歴史小説によく描かれ、人気を博した。いかつい封建制に抗し、愛と自由をめざす新思想としてのキリスト教の闘いを、自分の生きる時代のリアルとして共感する読者が多かったのだろう。

中でも著名なのがポーランドの作家・シェンキーヴィッチの歴史小説『クォ・ヴァディス』（一八九五年）や、ロシアの詩人学者・メレシコーフスキイの歴史小説『神々の死――背教者ユリアヌス』（同年）で、特に前者は世界的に大ヒットし、早くわが国にも内村鑑三によりもたらされ、明治三十

三、一九〇〇年には高山樗牛や上田敏がこれを高く評価し……「この後数年間、シェンキーヴィッチは文壇の士から争うて熟読された」(『クォ・ヴァディス』木村毅解説)。

文壇デビューまもない鏡花も、もちろん熟読した口であろう。それにキリスト教に親しい彼は、他の人々よりすみやかに深く、この歴史小説の背景を理解し、物語を楽しんだはず。キリスト教についての教養は、作家としての鏡花の一つの強みである。

たとえばその『クォ・ヴァディス』こそは、かの『夜叉ケ池』(大正二、一九一三年)の重要な下敷なのではなかろうか。

『夜叉ケ池』の最終近くのクライマックス、あそこなどそのまま『クォ・ヴァディス』でしょう――百合、晃《あきら》、晃の親友の学円《がくえん》の三人が、百合を雨乞いのイケニエにせんと迫る村人にかこまれ、万事休するあのシーン。

ここぞ鏡花戯曲の骨子、迫害する旧勢力と迫害される若き恋人たちの対立構造が一気に露わになるところで、以前よりこの山場はたいへんにバタ臭いと感じていた。とりわけ村人たちに捕えられた百合が、黒い巨牛の背に縄でいましめられ、ああ、と叫んで黒髪ふり乱す情景などは、どうも日本の古風な山里にそぐわない。そのうえ、雨乞いの儀式では百合を全裸で牛の背にくくろう、などの村人たちの好色のささやきも刺激的で、まるで濃艶な裸体の美女の西欧画を見るよう。

となりに『クォ・ヴァディス』を置いてみるとよくわかる。百合の姿は、やはり巨牛の背に全裸でくくりつけられ、ローマ帝国闘技場にひき出されるヒロインの美少女・リギアの受難の姿に重なる。リギアをかばって佇立する二人の男性の配置も、まこと『夜叉ケ池』に酷似する。

リギアはネロ皇帝により恋人のヴィニキウスとひき裂かれ、キリスト教徒として闘技場で処刑されるため、このような姿で登場する。『クォ・ヴァディス』の名場面である――「観衆の歓呼を浴びながら巨大な独逸《ドイツ》産の野牛が、礫《つぶて》のやうに闘技場へ駆けこんで来た。その角の間には裸体の女が縛りつけてあった」(木村毅訳)。

晃が鎌をふりあげ「真黒き大牛」の背に縛られる百合の縄をといたように、リギアの下男ウルススが、巨牛よりリギアを解きはなち、守る。観覧席の柵を飛びこえ、ヴィニキウスもリギアをかばって立ち、ローマ帝国の勇士として群衆に同情を乞い、刑の中止をうったえる。

リギアを真中に円形劇場の中央に照射されるこの若き三人こそ、愛をさとす新しいキリスト教にしたがう新世代の象徴で、彼らをかこむ皇帝および群衆は、愛を知らず肉欲と我執におぼれる旧世界を象徴する。

この構図は、『夜叉ケ池』にも綺麗に当てはまる。百合をかばい村人の凶暴に抗する晃は、もちろんヴィニキウス。助ける学円はさしずめウルススか、または同じ真宗門徒として村人にいけにえ儀礼を中止するよう乞う彼は、ヴィニキウスの役割も兼ねる。

そして百合を真中とするこの三人もまた、因習にしたがう暗愚な村人に対し、「人は、心のまゝに活《い》きねばならない」と、愛と自由の価値を説く新世代の象徴に他ならない。

硬化し腐敗する旧道徳に対抗する、この新しい愛と自由の布告こそ、『夜叉ケ池』の主題で、とするなら巨牛にいましめられる美女受難の責め絵のエクスタシーもさりながら、思想劇としての『夜叉ケ池』の骨格に、『クォ・ヴァディス』はふかぶかと喰い込んでいる。

そういえば、『夜叉ケ池』以前の戯曲『愛火《あいか》』（明治三十九、一九〇六年）にも、キリスト教歴史小説『ポンペイ最後の日』（一八三四年）がなみならぬ影を落としている。

『愛火』のドラマの中央には、不動明王を祀るけわしい巌山がそびえ、シンボルとなっている。この山にこもり明王に祈願して土地に温泉を湧出させた青年僧が、恋のうらみに悪鬼となって山に放火し、さいご火炎の中で自爆するという激しい結末。なので当然、火焔をつかさどる不動明王への信仰あらわれる密教的要素の濃い作品と位置づけられてきた（吉村博任「鏡花曼荼羅――「春昼」における密教的風景」など参照）。

しかし密教、だけでないはず。青年僧の立石秋哉《たていしあきや》によってこのシンボリックな巌山がしきりに、古代ポンペイの都をほろぼしたヴェスヴィアス火山にたとえられるのに注目したい。

温泉宿のうつくしい娘・お雪をめぐって、理学士であり伯爵であるかつての友人と対立する秋哉は、山に籠城しつつ友人にこう叫び、吠える。

――理学士、ポンペイの都を埋めたヴエスヴイアスを知つとるか。（中略）神が蓋《ふた》した栓を抜いて、坤軸《こんぢく》の炎を吹かせ、火の森、火の岩、火の土、火の砂、火の雨を降らせて遣《や》る。（中略）

――煙に咽《む》せて、砂利《じやり》を嚙《か》め。炎を飲め。石を吸へ。泥船《どろぶね》に火の棹《さを》さして、帆柱に錨《いかり》を上げつゝ、熔岩の波に漾《ただよ》うて、血汐《ちしほ》と油の澈《しぶき》を飛ばす、汝等《なんぢら》が最期《さいご》の光景《さま》を、胡坐《あぐら》かいて見て遣《や》らう。理学士、ヴエスヴイアスの噴火を知るか、急いで令夫人にもことづけろ。ヴエスヴイアス、ヴエスヴイアス！

このくだり、なんと〈ヴエスヴイアス〉の連呼六回。ヴェスヴィアス火山はナポリ湾をのぞんでそびえ、西暦七九年の大噴火で古代ローマ帝国下のポンペイ市を全滅させた。

この悲劇は多くの詩歌小説につづられ、西欧の歌枕のごときものとなる。アンデルセン『即興詩人』の中でもこの火山は、主人公アントニオの浄化と再生をうながす黄金と真紅の炎の聖地として描かれる。

明治三十四年刊行の森鷗外の名訳『即興詩人』を愛読する鏡花としては、そんなヴェスヴィアスの印象も心に刻まれるのだろうけれど、『愛火』のドラマ構造にはあきらかに、『ポンペイ最後の日』のイメージが濃く取りこまれている。

やはり世界的な人気を博したこの歴史小説も、『クォ・ヴァディス』と同じく、古代ローマ帝政下の初期キリスト教受難もので、ネロ皇帝の治世より十年後の、ローマ貴族のぜいたくな別荘地のポンペイを舞台とする。英国のロード・リットンの作で、日本には早く『欧州奇話・寄想春史』全三編（明治十二〜十三年）として抄訳され、ひろく読まれた。

苛酷に奴隷をつかい、「ナザレの信者」を迫害して享楽的にくらすローマの人々を罰するようにヴェスヴィアス火山が大噴火し、「山からふき出た熱湯の奔流」「火のなだれ」「灰の雨」の中を人々は海へと逃げまどう。ラストのこの噴火のイメージが、『愛火』のくだんの立石秋哉のセリフ、ひいては巌山にての彼の自爆に重ねられていよう。

秋哉はかつて親友の桃井伯爵の夫人にもてあそばれて世を捨て、今また愛しいお雪を、妻子ある伯爵にうばわれた。——この有閑の心なき享楽の人々に神の怒りの火焔こそ降れ、ポンペイのごとく滅びよと呪い、祈る。

また、命をかけて恋する桃井伯爵の妻と子を守り、みずからは秋哉の心を鎮めるために炎噴く山へとむかうお雪には、『ポンペイ最後の日』の珠玉のヒロイン、盲目の美少女のニディアの面影が映されている、あきらかに。

「花をめしませ　花をめせ　ふるさと遠くはなれきし　目しいの娘の花をめせ」という花売り娘のニディアの歌は、多くの読者に愛誦された。『ポンペイ最後の日』とは、このけなげな少女の献身的な恋の物語でもある。彼女は自分をあわれみ奴隷の境遇を解いてくれたグローカス青年を慕い、彼とその恋人を、ローマ貴族の陰謀から救出する。大噴火の中をともに逃げ、しかし自身はさいご、二人の幸福をいのりつつ海へ身を投げる。

「花をめしませ　花をめせ」と儚くうたいつつ、自分の化身のような可憐なすみれの花を売るニディアの姿には、森鷗外もかなり感銘をうけていたらしい。彼のドイツ三部作の一『うたかたの記』（『水沫《みなわ》集』所収）の冒頭近くに、「すみれめせ」とうたって酒場のテーブルを巡る花売りの美少女が登場するのは、あきらかにニディアへのオマージュであろう。

そして鏡花もどうも、ニディアへの想いはかくべつのようで、『愛火』のお雪のみでない。そういえば『黒百合』のあの薄幸の花売り娘、恋する男のために危険をおかして霊山へ黒百合を採りにゆき、彼を守りとおして自らは大洪水に呑まれるあのお雪にも、ニディアの可憐と献身が託されているのではないか。そして彼女の姉妹、『薬草取』にて主人公青年を守り、霊山へとぶじに導く花売り娘にも、そういえばどこかしら、「花をめしませ」の哀調がひびいている。

四

今まで、鏡花文学をつらぬく罪とあがないの主題や、ドラマトゥルギーの骨格に深くかかわる要素としてのキリスト教文化の問題をまず考えたけれど、さて逆に深部より表層へと浮上してみましょう。文章上のレトリックやイメージ、背景風俗などの面においても実はなみならず、鏡花は聖書を引用している。そのいささかを見まわし、彼におけるキリスト教文化の滲透をさらに測っておきたい。

もちろん一連のミリヤアドものにはキリスト教の色彩濃く、この女性教師が、「讃美歌、九十の譜、歌こそは星月夜の、ナザレに於ける羊かひ」の曲をオルガンで奏しつつ歌う場面などしきりに出てくる。連作のさいごの小説『誓之巻』（明治三十年）にいたっては、「神よ、めぐませたまへ、憐みたまへ、亡き母上」と、信徒らしき祈りの言葉でラストが結ばれる。

それからたとえば『築地両国』（明治四十四年）は、鏡花おとくいの車中スリもので、粋な美女と少年が組んで時計を盗む相手は、「エホバは神なり、真の智恵なり」と電車内で大声で説教するクリスチャンの「老嬢《オールドミス》」。ここで鏡花のまなざしは、少年にしつこく「保羅《ポオロ》に（クオーバヂス）と仰有《おつしやつ》た時のやうな、神の霊光を拝んで、一所に祈禱を捧げませう」と誘う彼女の、ひとりよがりで遊戯的な信仰を辛らつに照らしだす。

さらにこまかく見れば、長篇小説『芍薬《しやくやく》の歌』（大正七年）の冒頭近くには、やはりいささか皮肉な調子で、「茶表紙の原書の聖書《バイブル》」をひらき、それを懐中電灯で照らしつつ、肉欲の罪をいましめる章を唱えながら夜の洲崎《すさき》遊廓かいわいを巡回する、「斥候伝導《せきこうでんどう》」のようすが活写される。『炎さばき』（大正六年）には、「私は基督《キリスト》教の信者だで、（中略）イエスキリストは救の神だぞ」と説く牧場主が登場する。『河伯令嬢《かはくれいじょう》』（昭和二年）には、さりげなくエルサレム聖地巡礼の話題がはめ込まれているし、そういえばかの『湯島詣』（明治三十二年）にも、エデンの園の話題があった。

中でも注目したいのは、金沢ものの『飛剣幻《ひけんげん》なり』（昭和三年）の冒頭に、多数の神像が流出する大暴風雨の光景を、ノアの箱船の大洪水にたとえるくだりのあること――「凄《すさま》じい海嘯《つなみ》の時、ノアの船に乗るやうに、虚空の濤《なみ》に盪々《たう〳〵》として此処《ここ》に漂着された、前記、本所栄螺《さざえ》堂の羅漢たち」。

これは単なるレトリックでなく、この小説の軸をなす神罰としての火災譚を導きだすたいせつな伏線。『飛剣幻なり』は、信仰うすく神仏をないがしろにする金沢の町の人々に姫神が怒り、さいごは主人公とその永遠の恋人にだけ予告して、町に大火を下す。人間の悪に怒った神が、義人のノアにのみ予告して箱船を作らせ、あとの人間を大洪水でほろぼす創世記の災厄譚、あるいはそれにつづくソドムとゴモラの町の大火譚が、あきらかに二重奏となっている。

こうした例の他にも、まだある。鏡花にとって、罪人を神とするキリスト教の特異、それを象徴する十字架のイエス像は強烈だったらしい。『照葉狂言《てりはきょうげん》』『峰茶屋心中』『二世《にせ》の契《ちぎり》』『星女郎』など多くの作品に、封建時代の刑罰のイメージに重ねられながら、磔刑のイエスの図像がまき散らされている。

それに登場人物のセリフのサビの部分に、聖書の引用の利くことは、小説戯曲を通じてかなり目だつ。

たとえば、くだんの『夜叉ケ池』。村人の好色と残酷にいきどおる晃が、ためらう百合をはげまし、村を捨てる決意を述べるセリフは出色だけれど、「支度《したく》が要るか、跣足《はだし》で来い。茨《いばら》の路は負《おぶ》つて通る」とはあきらかに、イエスの受難の道のイメージを匂わせる。

旧道徳への反逆者としてむち打たれ、いばらの冠を頭にかぶせられたイエスは、自身が磔《はりつけ》にされる十字架を背負い、血を流しつつ裸足でよろめいてゴルゴタの丘の処刑場まで歩く。新約聖書にて著名なイエスのさいごの逸話であり、〈茨〉とは以降、受難や殉教を象徴する。

『瓔珞品』にて前非を悔いる辰起が、「昔の人がした通り、此《こ》の上に茨を負うて」罪をあがないたいと述べるのも、同じくこのエピソードを念頭におく。

そしてまた、エデンの園の物語イメージを駆使する『頬白鳥《ほおじろ》』（明治四十一年）なる中篇小説も、忘れてはならない。因習に閉ざされた村の中で不幸な結婚に囚われ、かごの中の頬白鳥のように哀しく泣く人妻のお民に、東京から来た若き貴公子が恋をする。

貴公子はとにかく彼女がかわいそうで、村より連れ出そうとするものの、そんな不義をしては「婦人《をんな》の道」が立たぬと、お民はためらってばかり。ええい、と焦《じ》れて貴公子は、そんな婦道なんか誰かが勝手にこしらえたもの、そんなイカサマ蹴とばせ、かごを出よ、外には「楽しい美しい花園だの、熟した旨《うま》い木の実」があると説く。ぐっと甘やかなセリフでお民を誘う——「籠を抜けて、一足出りや、己《おれ》が居るよ、己はお前の花園だよ、旨《うま》い木の実だよ」。

ここでエデンの花園と禁断の木の実は、『瓔珞品』とはまた違う使い方をされていて、籠の鳥であるお民が今まで手にするのを禁じられてきた、かがやかしい自由と恋のよろこびの象徴となっている。

――とこのように、目をこらせば鏡花文学の随所には、豊かな文学としての聖書のことばが、金糸銀糸のように織り込まれている。

彼の美意識や詩藻にも、聖書は少なからぬ泉をそそぎ入れているようで、たとえば一年それぞれの季感に寄せての女性美を詩的につづる散文『婦人十題』（大正十二年）の六月の項は、ほたるをながめる貴婦人の清楚な風情をこううたう、「此《こ》の君、其《そ》の肌、確《たしか》に雪。ソロモンと栄華を競へりとか、白百合の花も恥づべきか」。

この麗句は、新約聖書でイエスが弟子たちに、この世の衣食について思いわずらうな、ひたすら天なる神を信ぜよとさとす美しい金言――「野の花のことを考えて見るがよい。紡ぎもせず、織りもしない。しかし、あなたがたに言うが、栄華をきわめた時のソロモンでさえ、この花の一つほどにも着飾ってはいなかった」（『ルカによる福音書』第十二章二十七節）を典拠とする。

そういえば旧約聖書の『雅歌』は、世界でも有数の古く美しい詩の宝庫であり、百合の花を女性になぞらえる官能的な詩も多い。儚く清らな女性美を白百合として愛でること多い鏡花の詩情の、これも大いなる淵源と想像される。

「わたしはシャロンのばら、谷のゆり」「おとめたちのうちにわが愛する者のあるのは、いばらの中にゆりの花があるようだ」「わが愛する者はわたしのもの、わたしは彼のもの、彼はゆりの花の中で、その群れを養っている」「そのくちびるは、ゆりの花のようで、没薬《もつやく》の液をしたたらす」（『雅歌』より）

『雅歌』の多くは愛の詩で、考えてみればこんなエキゾティックで豊潤な異国の詩の蜜が、若い鏡花の胸に、ぞんぶんな滴りを垂らさなかったはずはない。

また、新約聖書は旧世界をくつがえし、新しい神を示す革命者としてのイエスの、過激な箴言《しんげん》でみちている。イエスは説く、自分は「平和でなく、つるぎを投げ込むために来た」「父、母、妻、子、兄弟、姉妹、さらに自分の命までも捨てて、わたしのもとに」来よ、と。

旧道徳のしがらみを破り、愛しあう人生の新しい幸せを説こうとする鏡花が、世界を大きくチェンジさせたこのすぐれた革命のシュプレヒコールを、活用しないわけもないのだった。

そう思えば鏡花文学にはまだまだ、キリスト教文化が織り込まれているかもしれない。鏡花がその文章の中に溶金する古典のレトリックについては、従来もっぱら和歌や謡曲など、日本古典文学との関連が注視されてきた。しかし向後は主題とのかかわりも含め、古典としての聖書もぜひ、視野に入れられなければならないだろう。

五

聖書のみでなく。もちろんミス・ポートルは、パール・バックの母のケアリのように、それに付随する童話や文学、欧米の風物に関するさまざまのお話に鏡花を楽しく誘ってくれたはず。全貌の解明はむりだけれど、せめてこの機会に、おさない鏡花が彼女を介して親しんだであろう、日本近代初の児童文学雑誌『喜《よろこび》の音《おとづれ》』について触れておきたい。

なぜか今まで注目されないけれど、このキリスト教児童文学雑誌は、おそらく九歳の頃より鏡花が夢中になって愛読したもので、キリスト教に彼を惹きつけた一つの要因であるし、その文学的素養を早く形成するものとしても重要である。

この雑誌のことは、ミス・ポートルひいてはキリスト教との初めての出会いに重ね、長篇小説『由縁《ゆかり》の女《おんな》』（大正八年）の中で、鏡花の分身的な主人公・礼吉《れいきち》の口を借りて述懐されている。久しぶりに故郷の金沢に帰った礼吉は生家の近くを訪ね、「毎日曜、其処《そこ》で説教と信者の集会を開く基督《キリスト》教の教師で、然《しか》も年の少《わか》い、美しい西洋の婦人」の優しい薫育をうけた幼い日を回想する。初めて彼女に逢った日を想いだす。

当時、礼吉の家は父が負債を負い破産したため、町の規則にしたがい、その旨をことわる貼紙を門に張っていた。家全体が屈辱にしずんでいた。そんな折、「清らかな涼しい薄色の服」をきて白馬に乗る女性が通りかかり、貼紙を見てかわいそうに思ったのか、これ上げます、と片言の日本語でキリスト数の子ども向け雑誌を礼吉に手渡して去った――「薄い雑誌は、竹に雀の表紙がついて、（喜びのおとづれ）と言ふのであつた――其《そ》の道の人は今も尚《な》ほ覚えて居よう、東京なる一致派教会の本部にて、月次《つきなみ》出版したお伽話《とぎばなし》の載つたのである」。

異国の女性にもらったこの雑誌をさっそく父親に見せたところ、（喜びのおとづれ）の題名の縁起のよさに大いに喜んで、「礼吉は、それから日曜学校を覗《のぞ》くやうに成つた。其《そ》の縁で西洋人の経営する学校に通つた」。

――と、これが礼吉の述懐であるが、当時の泉家のほぼ事実を映すものだろう、ここを読んでかねてよりの疑問もはらりと解けた。

まだまだ異教が白眼視される北都・金沢において、しかも日蓮宗を信仰する古風な職人の家で、長男がキリスト教に親しみ、ひいてはミッションスクールに学ぶのがなぜ許されたのか、と前からじつに不審だった。

布教活動の一環としての真愛学校にはおそらく給費制度があり、貧しい少年の進学に適していたのが第一の事情であろうけれど、縁起をかつぐ名人肌の父親にもキリスト教は、主婦亡く貧しくどん底の家に明るさをもたらす、(喜び) として受けとめられていたのだ。またはそう感じ、異教に救いを求めざるをえないほど、泉家は世間で孤立し、困窮していたとも考えられる。

子どもの鏡花にとっては、ただで本や綺麗な絵カードをくれる教会とはなんてすてきなところ、と大きな驚きだったに相違ない。なにしろ小さな頃から本が好きな鏡花は、立ち読みなどして色々苦労し、お話を読んでいたのだし、日曜学校で配られる幼きイエスや羊飼い、天使、ノアの箱船など描いた彩色の絵カードは、子どもたちが必ずそうするように箱にでも入れ、たいせつに集めていたはず。

そんな異国の絵をながめながら、時々は自分でそこからお話をつむぎ出したりしていたのではないか。もし明治二十五年の金沢の火事で生家が焼けてしまわなかったら……亡母の形見の絵草紙や錦絵とともに、ミス・ポートルがくれたそんな「絵札《カアド》」(『名媛記』) や聖書も残されていただろう。

さて鏡花にとってかく重要な『喜の音』とは、彼が述べるように、表紙に印刷される「竹に雀」の絵で有名で、このレイアウトは大正期まで変わらなかった。

明治九、一八七六年に米国ブルックリンの「外国日曜学校文学補助会」の依頼を受けて、『よろこばしきおとづれ』として創刊されたものがタイトルを変え、明治十五年三月に改めて『喜の音』として牧師の三浦徹を編集発行責任者とし、第一号が刊行された。十二ページで定価が一銭。発行部数三〇〇〇、大部分が、日曜学校へ通う児童に配布するため、教会によって予約講読されていた。ほぼ大正七、一九一八年まで長寿刊行されている（沖野岩三郎『明治キリスト教児童文学史』および森田絵理「三浦徹とその仕事」など参照）。

鏡花が近所の日曜学校へ通いはじめたのは明治十六年頃だから、ちょうど『喜の音』の創刊から、これに親しんだこととなる。『喜の音』の前身の『よろこばしきおとづれ』は、キリスト教雑誌としても初期の本格的刊行物だけれど、沖野岩三郎が注目するように、それは日本近代初の児童文学誌として重要である。

子どものための工夫が随所にみられ、救主「エスキリスト」を讃美するひらがな歌が楽譜付きで掲載されていたり、ですます調のやわらかい言文一致体でつづられていた。そして単にキリスト教のことのみならず、児童の見聞を広めるため、「氷山の話」「アフリカの砂暴風」「化石」「望遠鏡」「火山」など、世界の地理風俗や科学の記事もゆたかに提供されていた。もちろん、お伽話も載せられている。

こうした特色を、『喜の音』も引き継ぐ。はじめのうちは西欧の童話や教訓話が多く、たとえば明治十六年四月号に掲載された、一少女が、崩落した鉄橋を進む汽車の前に身を投げだして、数百人のいのちを救う「乙女の善行」などは、大人気を博した。挿絵も西欧の銅版画が使われた。

この頃から熱心な日本人牧師たちによる伝道も高まり、読者がふえ、三浦徹のつかさどる喜の音社は、さらにキリスト教児童文学の刊行にのり出す。明治十六年十二月には三十六葉の挿絵のある『幼児の友』なる冊子が発行され、十八年には英国の女性作家による児童むけの物語『世を渡るたつきの風琴』が刊行された。流浪の風琴弾きの老人とクリスチー少年の物語は美しい挿絵の効果もあり、多くの子どもに愛読されたという（以上、前掲の沖野・森田の研究による）。

キリスト教との出会いが鏡花を、こうした先駆的な児童文学の気流のただ中に誘ったことは重要と思う。ミリヤアドものの『三之巻』（明治二十九年）や、『化鳥《けちよう》』（同三十年）『鶯花径《おうかけい》』（同三十一年）で特徴的に幼年童話調が採用され、「ずん〳〵行くんだもの ね、僕は困つたの」「何処へ連れて行くのかな」「愉快《おもしろ》いな、愉快いな、お天気が悪くつて外へ出て遊べなくつても可《い》いや」などといち早くなめらかでむじゃきな口語体が駆使されるのも、『喜の音』で数々のおはなしを愛読した体験ゆえであろう。

そして『喜の音』は一つの入口で、そこからさらに鏡花が早く、ゆたかな西欧の童話や物語の世界を知り、読みすすめたことが察せられる。それに、顕微鏡や医学士、理学士などを好んで登場させる彼の科学博物趣味の芽ばえを作ったのは一つ、『喜の音』の科学博物地理記事かもしれない。この雑誌に掲載された物語や教訓話が、鏡花の初期作の種子となっている可能性もある。具体的な作業は、後日に期したい。

六

明治の文学者はもちろん、英語にすぐれる人が他にも多い。坪内逍遥、森鷗外、上田敏、夏目漱石、永井荷風、田山花袋、柳田國男、島崎藤村……こうして見るとあらためて、近代文学を形成するのは母語の日本語ともう一つ、英語なのではないかとさえ思える。その中にあって、泉鏡花の英語力や欧米文学への理解力がどれほどのものなのか、そんなことを問う気はさいしょから毛頭ない。

重要なのは、自発的に英語を選び、学校あるいは独習で学んだこれらの人々に対し、より自然にひな鳥が母鳥に口移しされるように英語を覚えた鏡花のケースが、かなり特異であることだ。角度を変えればそれは、エリート養成教育下に男性的に英語を学んだ人々と、植民地的ミッション主義の下にきわめて女性的に学んだ鏡花との、大きな差異とも捉えられる。

たとえば明治二十、一八八七年十六歳より九年間、二十四歳までミッションスクールに学んだ島崎藤村は、その学校生活を自伝的小説『桜の実の熟する時』（大正八年）に映していて、そこには「Now, Gentlemen――」と学生に呼びかけ、「一切亜米利加《アメリカ》式に生徒を紳士扱いにする」合理的できびきびしたアメリカ人男性教師がもっぱら登場する。

対して鏡花の『三之巻』（明治二十九年）には印象的に、女性教師ミリヤアドの差配するフェミニンな教室のふんい気が描かれる。特に、strawberry の意を失念したお気にいりの生徒の「予《よ》」に対してミリヤアドが、声をひそめて「赤いもの、小さい、小さい」などと片言でささやき、さらに焦《じ》れて「これほどの、」と自分の服のボタンをゆびさすシーンなど忘れがたい。

このあたり全体に、英語とともにミリヤアドのたどたどしい日本語が小さく親しく響いていて、それは教師のというより、幼児となぞなぞ遊びする母の声のよう。そしてさいごにはどうしてもその名を覚えぬ子どもの手を取り、じっさいのモノに触れさせるように、籠盛りの紅い苺が、ミリヤアドより「予」に贈られる。

このようにして言葉が習得されるならば、それは母の口移しにより幼児が世界を知ってゆく過程と、そう変わらない。その意味で、鏡花こそ同時代の誰よりも、バイリンガルなのだといえよう。

そしてバイリンガルであるゆえに、母語と異語のあいだを往還し、時にそのはざまに迷い引き裂かれる混乱や葛藤をも、鏡花という書き手はその内に深くかかえ込んでいる。そんな様相を顕著に示すのが、『化鳥』（明治三十年）という小品である。

『化鳥』は、ミス・ポートルの想い出をつづるくだんの『名媛記』と同年の発表で、内容的にも微妙に連関することに注目したい。おさない八、九歳の男の子「私《わたし》」が主人公で、語り手。終始あどけなくつづられる。

「私」は、さんざ踏みつけにされた末に世間の人々を「畜生」と観ずるにいたった「母様《おつかさん》」と暮らしている。その世界観の影響をもろに被っている。一方もうひとり、「私」には慕わしい女性がいて、それはある時川に落ちた自分をふわっと抱きあげ助けてくれた人。「母様」に聞くとその人は、「翼《はね》があつて天上に遊んで居るうつくしい姉さん」だという。

もう一度その姉さんに逢いたくて、「私」はあちこちを探しまわる。時には自分も姉さんと同じ鳥になってしまった、などと恐れ、夢み、気もそぞろの日々をただよう……。

作品いっぱいに翼を広げるこの妖しい鳥の形象については、息子に隠れて遊女として身すぎする母の姿の暗喩とする解釈が、もっぱらなされている。

けれどこれはうちかけの長い袖をひらめかせる遊女でなく、天を浮遊するエンジェルのイメージなのではないか。『名媛記』にても、アメリカ人女性教師りゝかは、しきりに異国の妙なる鳥にたとえられている。翼あるこのイメージもおそらく、エンジェルに重ねられていよう。「私」はつまり、二人の母なる女性がそれぞれ示す世界観や道徳のあいだで大いに迷い、放心するほどなのであろう。

「母様」が教えるのは、いわば地を這う呪詛と冷嘲の論理。世間の人を猪や猿に見立て、心中であざ笑う。対して妙なる飛鳥のイメージをまとう女性は、天上をゆびさし、救世主による愛とゆるしの論理をさとす。

ほぼ同時期のやはりひどく謎めいた小品『鶯花径』（明治三十一年）もそういえば、二人の母なる女性のあいだで、いずれが真の母かと混乱する男の子の、深刻な神経衰弱を描く物語であった。「ねん〳〵よ、ねん〳〵よ、」と鞠唄をうたってくれた「母様《おつかさん》」と、「私はね、私はね、私はあなたの母様よ。」とささやき手をつないでくれる「少《わか》い母様《おつかさん》」とのあいだで――「あたまがぐわら〳〵といふ」ほど混乱する坊やはやはり、『化鳥』の男の子と同じ年頃なのであった……。

『化鳥』や『鶯花径』の「私」とおなじ頃、九歳で鏡花は母を亡くし、教会学校へ通いはじめている。母の読みといてくれた江戸の絵草紙やその仏教信仰から、聖書や讃美歌、外国の物語へ、そして異国の女性の語る片言や英語へ――もちろん幼い鏡花は、深沈と混乱し、とまどっていたはずなのだ。

とするならこれら一連の作品は、二人の母すなわち二つのことばと文化のはざまにひき裂かれる幼いバイリンガルの葛藤を、象徴的な手法で描く作品と位置づけてよい。

そういえば――『化鳥』の頃からだ、鏡花の作品の中に、人間のことばとは違う異語のざわめきがめだって増えてくるのは。キッキキという猿の声、ひきがえるの気配、蝙蝠《こうもり》の羽ばたき、鯉のはねる水音、蜩《ひぐらし》の声、風の音、葉ずれの音、そして何といっても紙面にあふれるような種々の鳥たちの声……。はじめは確かに鳥のなき声なのだけれど、耳を澄ませばしだいにそれは、人間のことばと聴こえてくる。「きよ、きよら、くらら、くららつ！」が、「……京から、今日ら……来るか、来るか！」（『沼夫人』）とすなわち、東京から今日来たのか、と何者かが主人公へ問う声に。

鏡花の文学にめざましい、鳥の形象とそのオノマトペの一端である。もしかしたらこんな特徴にも、異国の人の美しい鳥のような声からしだいに意味を聞き分けた、鏡花のバイリンガル的な言語感覚がいきているのかもしれない。バイリンガルとしての鏡花の問題は、かなり水深がふかいようだ。

藤壺幻想

源氏物語を森鷗外が、悪文とまでは言わないけれど、「読み易い文章ではない」として低く評価したのは、近代文学史において著名なエピソードである（明治四十五年の与謝野晶子『新訳源氏物語』に寄せた序文参照）。

けれどそれは何とか欧文脈を取りいれて、新しく明晰な文章を創出しようとしていた近代作家としての鷗外の一側面であり、教養人としての彼は、この優美な恋物語をみとめていた。とくに、女性には必要な教養と思っていたらしい。

与謝野晶子の口語訳の仕事もバックアップし（といっても晶子のそれが、雅びに重きをおくより男性的な漢文脈でハキハキと、物語を明確化するものであるのに賛意をしめしたのであろう）、その晶子にたのみ、妻子に源氏物語の講義をほどこしてもらっていた。

長女の茉莉《まり》の回想によれば、茉莉は何度か、晶子の家へかよって源氏物語をおしえてもらい、家ではいつも母が源氏物語のページをめくり、愛読して、源氏のここがいいねえ、などと話していたという。

それにしても作家としての鷗外は、源氏物語の文脈がまとう粘着的な女性性に、へきえきしていた。

そこから何かを学ぶ気など、てんでなかった。

鷗外のこの傾向は、二十世紀初頭の近代日本の〈知〉を象徴する。前代の戯作と一線を画そうとする新しい〈小説〉は、古典のおんな物語の命脈を必要としなかった。鷗外のみならず、夏目漱石も源氏物語には冷淡であったという。

物語の復権を意識し、近代の書き手として源氏物語をふかく愛した存在としては、鷗外・漱石に代表される知の啓蒙期のもうひとつ後の世代に属す、谷崎潤一郎まで待たなければならないのだろうか。けれど忘れてはならない――谷崎の前に、明治の作家として稀有に源氏物語に親しみ、その愛執の主題をおのが作品に反映させた存在として、尾崎紅葉がいたことを。

紅葉の源氏物語への志向については、すでに村岡典嗣そして丸谷才一が、指摘している。とくに丸谷は、紅葉が五十四帖すべて通読しているとしたうえで、愛妻を亡くして泣きの涙にしずむ紳士を悲喜こもごもユーモラスに描く紅葉の長篇小説『多情多恨《たじょうたこん》』（明治二十九年）が、源氏物語の涙のはじまり桐壺巻に由来することを、洞察する（岩波書店『紅葉全集』第六巻「解説」参照）。

この洞察は、するどく的を射る。紅葉の源氏物語への親しみについては、弟子の鏡花の証言がある。鏡花が紅葉の家の玄関番をつとめていた若いころ、夜になると二階の師の書斎より、ろうろうと源氏物語を音読する紅葉の、男でもほれるいい声がひびいてきたものだという。


先生は朗読がお上手で第一声がいゝ。お自分の作の事ではありませんが、夜分二階で源氏などをお読みになるのを玄関で聞いて、うつとりしました。

（大正十四年「新潮合評会」における鏡花の談話より）

神のごとくあがめる師の紅葉が、毎夜、源氏物語を音読するならば、とうぜん鏡花にとってもそれは一種の聖典であったはず。それに鏡花にとって源氏物語は、亡き母の愛読していた思い出もこもる書。

じつは紅葉以上に鏡花は、源氏物語びいきだったのではないか。いえ、ひいきというより、もっとつよくはげしく——自己幻想のなかで鏡花はひそかに源氏物語を生き、もうひとつの自分の源氏物語を書き継ぐことをつづけていた作家と、ある面いえるのではないだろうか。

鏡花文学の母恋い、そして姉なる人を亡母にかさねる特異な恋のテーマについては、すでに研究史の定番というくらい注目されている。

しかしそれが、源氏物語の明らかなもじりでもあることについては、なぜかとんと、言われない。鏡花の恋愛ものは多く、人妻とのみそかの恋をつづる。これは明治・大正期の不倫ロマンスにみえて実は、光源氏と藤壺との古典的な恋ものがたりのモティーフの乱反射のただなかを駆けぬける。

そして重要なのは、たんに古典の優美にならうのではない点。皇族を降りた源氏が、義母であり帝の寵妃である藤壺と愛しあう行為にふくまれる、反道徳と体制への謀反の主題を、近代的に庶民的に変奏させ、継いでいる。

では、さあ、このような意味で鏡花の文学を濃くながく貫通する、〈藤壺幻想〉とも名づくべき紫いろに染まる主題に、しばし分け入ってみようではありませんか。

＊　＊　＊

すでにお気づきの方も少なくはないはず。鏡花における至高のヒロインは必ずや、どこかしら身に紫の色をまとう。

もちろん鏡花はその女性美の表現として、ふるさと金沢の友禅染めや七宝細工、蒔絵、あるいはアール・デコのガラス芸術をほうふつさせるさまざまな色を使う。なかでも紅《くれない》は、無垢な少女美のシンボルであって、それに対する紫がきわだつ。紫とは、人の妻なるヒロインに与えられる至上の美色。

鏡花の文学には大別し、こうした紅のヒロインの系列と、紫のヒロインの系列があるといえよう。そして紫のヒロインのもっともめざましい例としては、たとえば『星《ほし》の歌舞伎《かぶき》』（大正四年）の照樹《てるき》があげられる。

照樹は鈍感な「博士」にしとやかに添うものの、強欲な姑の意に支配される結婚生活に耐えられず、突如、劇的にミステリアスに姿を消す。照樹を慕う若い画家が彼女のゆくえを追いもとめ、せつない恋の迷宮にまよいこむ。

そのうるわしい人妻、照樹。登場のはじめより、紫のイメージをまとう。大正期の鏡花によくあるパターンで、物語の冒頭はいきなり、混みあっている路面電車の車中よりはじまる。

晩春の夜の電車の中で、「二十四五の美しい夫人」なる照樹がほっそりと立つきゃしゃな姿は、ひときわめだつ。半襟《はんえり》は「薄紫《うすむらさき》、藤の刺繍《ぬひとり》」で、品のいい丸髷《まるまげ》をいろどる「手絡《てがら》の色は藤紫《ふじむらさき》」。紫尽くしのその風姿は、芳香をはなち池のみぎわに揺れる藤波にたとえられ、照樹の指にかがやく紅宝石《ルビー》は、「藤の花の咲く中に、紫の香に酔うて、うつとり夢を見る」ちょうちょうの妖しい緋色《ひいろ》の瞳にたとえられる。

鏡花は、さらに一言で彼女をこうとらえる――「藤は面影《おもかげ》である」。

藤の化身のごときその麗姿がかえって災いしたか、このすこし後に照樹は、人を押しのけ車中を歩く老女にのしかかられ、よろめいた老女が照樹の「髷《まげ》を摑《つか》んで、のめる重量《おもみ》で、ぐい、と引」き、そのせいで丸髷はくずれ、きらめく鼈甲《べっこう》の櫛はむざんに折れて。これが、照樹出奔のきっかけとなる。

彼女は老女の手の穢《けが》れを忌み、夜桜らんまんに咲く神社の御手洗《みたらし》に寄り、髪を洗おうとする。

じつは彼女は、夫や姑はじめ、うるさい親せき連のそろう宴席へおもむく途中。同行の青年画家の方がおろおろし、そんな洗い髪でハレの席にのぞめば、どんなに非難されるやらと心配する。ええ、よくわかっています、でも汚れた髪はいやなのと、やわらかくしかし決然と、照樹は髪をほどく。

丸髷から洗い髪への変身が、歌舞伎のようにあざやか。もちろん既婚女性のシンボルの丸髷を解くことは、自身の意志も感性も腐らせる忍従的な結婚生活からの、意志的な逸脱を意味する。

ゆえにこの転換は、〈姦通罪〉など設け、女性をその夫の所有物としてイエに囲い込み、くくりつける当時の社会制の残酷に、まっすぐ突きささる。

ちなみに〈姦通罪〉が刑法第百八十三条に定められるのは明治四十年、「有夫ノ婦姦通シタルトキハ二年以下ノ懲役ニ処ス」とする。もんだいになるのはあくまで「有夫ノ婦」であって、「有妻ノ男子」でない点がミソ。この粗野粗暴な法律はなんと、昭和二十二年までつづく（川本三郎『白秋望景』

参照)。

だから、夜、知りあいの青年とともに洗い髪でいるなんて、人妻にとっては危険が大きすぎる。しかし照樹の意図をうけて青年画家も勇気をふるい、初めて会った瞬間から心うばわれたこと、できるならわが身を裂いてその血をそそぎ、あなたの「髪を濯《すゝ》いで差上《さしあ》げたい」と告白する。

二人が初めて出逢った初夏のたそがれ、箱根の温泉宿の水流のほとりでも、そういえば照樹は洗い髪だった。水の精のオンディーヌのようだった。

白百合の咲く山あいで、川風にうつくしくなびくその洗い髪は、やわらかく自由な照樹の本来の気質を表わす。そしてこの時も、人妻なる彼女は、至上の紫色につつまれていた。

見わたせば、初夏の箱根の山なみは「宝冠」のように白ゆりを咲かせて雪山のよう、山を下った宮《みや》城野《ぎの》にかけては、百合の代りに紫陽花が咲きみだれる。「紫の雲」にもまがうその中を、照樹は肩も胸もかくれるほど、紫陽花をいっぱい抱いて現われる。まさに紫夫人。

それが、裳《もすそ》から胸を埋《うづ》めて、恰《あたか》も大《だい》なる車輪の如く、紫の雲に乗つたやうに、すつと通つて、藍《あゐ》に翻《ひるがへ》つて、橋に乗ると、水をうけて、霧を払《はら》つて、颯《さつ》と浅く浅葱《あさぎ》に浮いて、そして艶《つや》かに碧白《あをじろ》く燃えた。

今、夜の神社の境内にふたりきりでいて、それにつけてもその折の照樹の神々しいまでの姿、「早《はや》川《かは》の青い流に紫の花の影が思はれて成りません」と青年画家は、しみじみ回想する。

藤にも紫陽花にもたぐえられる照樹は、紫のヒロインの一つの頂点。しかしここまでめざましくなくとも、鏡花えがく気高い人妻たちはほぼどこかしらに、紫のイメージをまとう。

その傾向はじつに、鏡花の初恋の、金沢の時計商の娘の湯浅《ゆあさ》しげより発生する。紫のヒロインは、しげをモデルとする女性の嫁ぎ先に、〈紫谷《むらや》〉の名字を当てる初期作『誓之巻《ちかいのまき》』や『怪語《かいご》』より特徴的に登場する。

鏡花の内なる紫色は、しげの嫁いだのが、加賀の豪商の庶子なる藤谷外茂吉《ふじやともきち》であり、以降、彼女が〈藤谷〉の姓をまとうことに明らかに由来し、湧き出るものである（しげの嫁ぎ先については、泉鏡花記念館図録『鏡花』参照）。

ゆえに、母なる姉なるひとのシンボルカラーに他ならないのだけれど、その母恋いとは複雑に屈折し、人妻ものへとよじれる方面をもはらむこと、ここで紫色は源氏物語に結びつくこと、おおいに留意しなければならない。

この方面は、亡母へのまっすぐでおさない思慕をうたう童心の詩というよりも、あやしい危険をはらむ。古典の罪の恋のものがたりの系譜をひき、特に人妻との恋を〈姦通〉とし、女性をその夫の所有物と定める明治・大正社会の不自由と野蛮に、敢然と投げこまれる一種のダイナマイトとして機能する。

小説の最奥に秘められる紫は、その時にこそ、あざやかにシンボリックにかがやく。おもい禁忌の張りめぐらされた中に微笑する帝妃、藤壺の色として。

その傾向を、初期作の『怪語《かいご》』（明治三十年）がまずよく示す。

この作品は小さなものなのに、過重なほどに何度も、主人公の青年の脳内に何者か（運命か）がささやきかける、「他人之妻《たにんのつま》」「他人之妻《ひとのつま》」ということばがキーとして、絶叫調に響きわたる。鏡花の自筆年譜によればこれは、『他人之妻』なる題で発表するはずだった長篇を、一部切りとり、『怪語』として発表したもの。

そのためであろう、人妻の存在はじめ全てが尻切れとんぼ。人妻誘拐をたくらむ怪盗集団を登場させながら、そして彼らを追う任務一徹のガチガチ巡査（『夜行巡査』のキャラクターを想わせる）を主人公と接触させながら、とうとつに鏡花はそのいっさいに幕をおろす。

それだけにいっそう、「他人之妻」なるキーワードと、人妻を恋う青年の激情が、つよい印象をはなつ。そしてさいごまでほぼ姿を見せないその最愛の人妻こそは、紫の禁色をまとう。エンドロールで示される彼女の名は、紫谷秀。

石川県……町……番地、紫谷秀《むらやひで》。
耳に絶叫するものあり、「他人之妻《たにんのつま》！」精神《こゝろ》は点首《うなづき》ぬ。噫《あゝ》「他人之妻」と。上杉新次《うえすぎしんじ》は蒼くなりぬ。

主人公「新次」の名も、彼の恋う「紫谷秀」の名も、同時期の浪漫的自伝小説群『一之巻《いちのまき》』より『誓之巻《ちかいのまき》』に共通し、鏡花の自己イメージを映す作品群の一環であることは明らか。

しかし『一之巻』シリーズとは異なり『怪語』では、姉なる秀を思慕する弟としての小児的な性格でなく、危険をおかして永遠の女性なる人妻のもとへ駆け、彼女を怪盗団から救おうとする青年・新次の騎士的な性情と行動力が突出する。まるでアーサー王伝説中の、王妃ギネヴィアを救わんと馬を駆る、騎士ランスロットのようでもある。行く手に死と破滅の待つことを予言されながら（これが題名の由来）、他人の妻のタブーの決壊を破り、大雪降りしく道を、紫谷秀へと駆ける新次の罪意識と激情とが、はげしくとどろく。

この主題は『怪語』においては中断頓挫するけれど、目をこらせば、大正八年より十年に発表された長篇『由縁《ゆかり》の女《おんな》』にまさしく受け継がれている。

これも故郷もの。妻のすずやおさななじみのいとこを映す女性たちが登場し、多彩なモティーフがはなひらく中で核となるのは、鏡花の分身的な作家の礼吉《れいきち》が、故郷の初恋のひとで、今は大家の雪邑《ゆきむら》家の「令室《おくさま》」のお楊《よう》に、至純の愛をささげる一徹の姿である。

毒虫に刺されて肌ただれ、人をよせつけず山中の白菊谷《しらぎくだに》にこもり、霊水を浴びて本復を期するお楊のもとに、人妻を恋う罪をおかして礼吉は、馳せ参じんと決意する。

その決意、『怪語』と通底する、異様におもおもしい激情にて彩られる。おなじく何度も、「人妻《ひとづま》」のキーワードがとどろき渡る。こんな大上段の叫びや激情、鏡花の小説の男性主人公にはまことに珍しい。管見のかぎり、『怪語』と『由縁の女』にのみ突出する特徴である。どんな風か、礼吉の独白や心中語よりいくつか拾ってみよう。

帰郷した初めは、お楊への気もちをおさえていたけれど、麗しい雪邑の奥方が、こともあろうに毒虫に美貌をおかされ、苦しむことを人の噂に聞くにつれ、懊悩と思慕にもだえて礼吉は、たびたびお楊の幻を見る。「世をかへたりとも許さるまじき、人妻《ひとづま》を、我《わ》が此《こ》の恋は何事ぞ」と、その恋の是非をあらためて自らに問う。

しだいに「生命《いのち》をかけた恋なれば」と、いのちがけの永遠の恋として自覚し、ひらきなおり、「其《そ》の黒髪。瞳。眉。」と彼女のおもかげを追い、ついに「決心した……」「私は覚悟した」と「心に叫ぶ。そしてこうつぶやく――「決心とは、覚悟とは、世の規《のり》、人の矩《おきて》も避けよ、……鬼も魔も道を開け。断じて翌朝は出直して、白菊谷《しらぎくだに》に分入《わけい》つて、いま一度人妻《ひとたびひとづま》を見る事である」。

くり返すけれど、おさない頃より恋い、大家の奥方となってからは会ったこともないお楊に一目だけでも会いたいと願う礼吉のことばと行動は、つよく、はげしく、命さえ賭す覚悟をはらむ。これがすなわち、初期作『怪語』に通底するテーマである。

決意し、白菊谷へ分け入る礼吉をさらに、こうしたことばが支える――「此《こ》の心、此《こ》の思ひ、お楊《やう》を慕ふ此《こ》の心、此の思念《おもひ》が留《や》まずんば、其《そ》のいづれにも、一人《にん》にも、誰にも、救はるべく、助けらるべく、慰めらるべき身ではない」「いや、思ひ返すまい。覚悟した」「人妻を恋ふるもののために、何《なん》とて霊験《れいけん》あらせ給ふべき」。

じつに数えてみればどれほど、「人妻」の語が、この作品中にでてくることか。明らかに、他者の所有物としての人妻を恋う倫理的是非が、ここにおもく問われている。

ふり返れば、『怪語』の前後より、人妻ものは持続的に書かれている。ある時は主枠であったり、ある時は外枠であったりするけれど、枚挙にいとまないほど書かれつづけている。

『化銀杏《ばけいちょう》』（明治二十九年）は、夫を生理的に憎む人妻と、彼女の異様な独白を聞きつづける少年の仲がいささかあやうげであるし、『清心庵《せいしんあん》』（同三十年）は、お楊に通ずる大家の奥方が家を出奔し、おさななじみの青年とただ無垢によりそう不思議を注視する。『山中哲学《やまなかてつがく》』（同年）は、故郷の初恋の人妻を守り、山中の危険なトンネルを越える鉄道技師のドラマである。

それにうっかりしていたけれど、かの名だかい『外科室《げかしつ》』（同二十八年）はまさに、高貴な人妻にたった一目、一目で心うばわれた、若き医学生の物語ではないか。

とある春の日、小石川植物園で瞬時まなざしを交しあっただけの二人の恋は、九年後、気鋭の医師となった彼が彼女の胸の手術の執刀をすることにより、結実する。夫の伯爵も愛娘の存在もはるかに遠のき、寒々とした密室で伯爵夫人は彼のメスを胸に受けとめ、至福の痛みのうちにほとんど自死する。医師は独身を守り、数年後、夫人の命日近くに逝く。鏡花は問う、「天下の宗教家、渠等《かれら》二人は罪悪ありて、天に行くことを得ざるべきか」。

恋愛と婚姻の自由を世に問うのは周知のように、初期より鏡花に一貫する重要な主題であるが、そこで〈人妻〉が、ほぼ不可欠のモティーフとなっている事がよくわかる。

自身の初恋の記憶を核としつつ、かなり戦略的に〈人妻〉の存在を物語の中心におき、彼女へのプラトニックな侵犯の物語を展開することにより、精神の自由の提唱を、鏡花が戦いとろうとしていることに気づかされる。

このような高らかな調子で人妻ものが、社会へのダイナマイトとして炸裂するのは、主に初期より中期の明治三、四十年代の大きな特徴で、他にも『女仙前記《じょせんぜんき》』『きぬぐ川』『春昼《しゅんちゅう》』『沼夫人《ぬまふじん》』など、硝煙の匂う名品が、りくぞくとつづく。

大正期に入っても人妻ものは書きつづけられるけれど、戦意はいちおう鎮静し、ダイナマイト的人妻ものは終息したかに見える。以降はもっぱら、人妻のおかしがたい気品が、理想の女性像として好まれるかに見える。

しかし、しかし、しかし、前述の大正六年発表の『星の歌舞伎』と『由縁の女』だけは変わらずに、調子が高い。いえ、『由縁の女』などはいやましに高く、タブーを破って人妻に近づこうとする主人公の情熱は、火を噴くよう。

これはもしや、社会をさわがせたかの歌人の〈姦通〉事件、北原白秋と人妻の松下俊子が愛しあい、俊子の夫の訴えにより二人が公に罰せられ、明治四十五年七月囚人馬車で市ヶ谷の刑務所に送られた事に、鏡花なりに発奮しての作品でもあるからではないか。

その出発より、恋愛と婚姻の自由を世に問いつづけてきた鏡花である。この社会的事件にもの思わないはずはない。それは彼にとり、前々年の大逆事件とおなじ重みをもつほどのトピックだったかもしれない。

プラトニックラヴを身上とする鏡花であるから、肉欲的な白秋のありように抵抗感はあるであろうが、ともあれ目の前で、愛しあったゆえに、すぐれた歌人とその恋人が、罪びととして囚人馬車の辱《はずかしめ》を受けている。相もかわらぬ社会の野蛮に、鏡花として、何らかの意気をしめさぬわけもない。

事件ののちに、白秋はこう歌う――「雪の夜の紅《あか》きゐろりにすり寄りつ人妻とわれと何とすべけむ」。あるいは詩にこう省みる――「人妻ユヱニヒトノミチ　汚シハテタルワレナレバ、　トメテトマラヌ煩悩ノ　罪ノヤミヂニフミマヨフ」。

白秋の詩歌におけることさらなる〈人妻〉の語のひびき、タブーを破ることへの粛然たる罪意識、まさに『由縁の女』にて、故郷の人々に「密通詩人」呼ばわりされ、自らもおのが罪を問う礼吉のはげしい独白に共通しよう。事件直後でなく、しばらくの間をおいての発表であることにも、鏡花の慎重な心くばりがうかがわれる。

さて注目したいのは、おそらく白秋の姦通事件の刺激もあり、大正期にめだって高らかにはげしく、人妻へのゆるされざる恋の浄福をうたいあげるこの『由縁の女』に、紫色のイメージのみならず、直接に源氏物語の引用されることである。

鏡花の紫の物語に潜在する源氏物語、ひいては犯しがたき母なるひと、帝妃である藤壺の宮のイメージが、その最奥より一気にひきずり出されてきた感がある。

紫色と源氏イメージのひらめくのは、『由縁の女』のクライマックス、お楊を追って白菊谷へと分け入る礼吉が、崖から転落し、気絶し、白菊谷に棲む老女に助けられてようやく、霊泉のほとりにたどりつく場面である。

その前、命がけで激流をわたって谷へと到ろうとする礼吉の脳裏に、「紫」の閃光がはしるのだけれど、その紫光のイメージは、霊泉にてお楊らしき人を見かけ、思慕のきわまりに、「世に生れて、はじめてお楊の姿を視《み》た」ころの幼時を思いだす礼吉の、記憶の絵巻のなかの源氏物語へと着地する。

母の生前も没後も、その愛蔵の絵草紙を見るのを楽しみに、近所の娘たちがよく礼吉の家へ遊びに来たけれど、お楊もその一人。母亡き後は、母に似たお楊を慕い、いっしょにこたつにあたって国貞の絵のきれいな田舎源氏に見入ったものだった――「田舎源氏《いなかげんじ》の国貞《くにさだ》の絵の藤《ふじ》の方《かた》が、よく其《そ》の人に似て居るのである」。

お楊は、田舎源氏の藤の方、つまり藤壺の宮にかさねられている。それだけならば古典に託す優美な夢いろの母恋いですむかもしれないけれど、ここで二人の見入る田舎源氏物語の場面が三ヶ所、直接に引用されていて、そこがおおいに要注意。

それは正統の源氏物語でいえば、若紫の巻に当る。「藤壺の宮、悩み給ふ事ありて」里下りした機に乗じ、光源氏が宮のもとへと忍び入り、思いを遂げる密通の場面。前段で、光源氏は北山の山中に、藤壺の姪に当るのちの紫上を見いだしてもいるので、まさにこの一巻は紫いろに染まる。

源氏物語の大きなクライマックスであり要《かなめ》でありながら、義母なる帝妃と子なる臣下という二重のタブーをはらみつつ二人が通ずるこの箇所は、仏教・儒教の統《す》べる中世以降の社会倫理に反し、かつ皇統の乱れにかかわる要素として、無視され削除されることが少なくなかった。

中世においては、人心をまどわす物語を書いた罪で紫式部が死後、地獄に堕ちたという伝承が生まれたのも、主に若紫の巻のため。昭和十四年より十六年にかけて行われた谷崎潤一郎の源氏物語の口語訳の仕事においても、この要の密通劇を皇室にえんりょし、よぎなく削除したのは著名なエピソードである。

となれば、天皇制の栄えが久方ぶりに中央に返り咲き、それを柱とし、ピラミッド状に整然たる軍国主義国家が創設されようとしていた明治期にも、源氏物語忌避の傾向がかなりあったのではないか。

この稿のはじまりに、鷗外や漱石など明治の先端の知識人が、教養としてはともかく、創作するさいの眼中に源氏物語をおかなかったことを述べたけれど、それはもしやすると——おんな文脈、おんな子どもの読みものとしての源氏物語に関心が向かないのもさりながら、天皇制をベースとし近代国家の建てられる草創期に、皇統の中での不倫を軸とするこの罪の物語は、いろいろな意味でふさわしくないと判断し、回避した面もあるのではないか。

とりわけ鷗外は、陸軍軍医総監として国家の要職にあり、折にふれ、天皇の陪食にもあずかる身である。もしや彼の声高な源氏物語悪文うんぬん説には、その方面への配慮もいささか、めぐらされていたかもしれない。

しかし、おんな物語の命脈を重視していた、市民そして庶民の紅葉は、ごくごく自然に源氏物語に手をのばした。そしてその弟子たる鏡花も、積極的に源氏物語の花を摘む。さりながら鏡花の場合は、師のようにむじゃき、おおらかでもない。亡母と師の愛する古典だからという孝子的動機を守りつつも、この罪の恋の物語のはらむ毒をじゅうぶんに意識し、戦略的に活用している節《ふし》がある。

なにしろ彼は前述のようにことさらに、多くの人が見ぬふりして通り過ぎる、源氏物語の畏《おそ》れおおき密通ドラマの前に立ちどまり、そこをこそ自身の作品に移し植えるのだから。

＊　＊　＊

と同時に、鏡花は慎重である。密通のテーマを扱うさい、彼が新しい盾とするのは、西欧中世文学の騎士が意中の貴婦人にささげる、至純の献身的プラトニックラヴ。であるからこそ彼は、源氏物語原典の密通の情景でなく、そのもじりとしての江戸の戯作の源氏物語、柳亭種彦《りゅうていたねひこ》の著『偐紫田舎《にせむらさきいなか》源氏《げんじ》』を活用する。

前述、『由縁の女』で娘時代のお楊とおさない礼吉が、仲よくならんで見入る田舎源氏のページとは、藤壺の宮をもじる「藤の方」の寝所に夜ふけ、これも光源氏をもじる義理の息子の「光氏《みつうじ》」がしのび入り、「わたくしの、こひをかなへてくださりますか」とかきくどく、場面。

藤の方はうなずいて、「みちにそむくともそなたのため、いのちすつるはかねてのかくご」、さ、共寝せんと光氏を手でさし招く。すわ密通と、ここで種彦、読者を湧かせるけれど、これは江戸の戯作らしい一種のだまし絵の手法で、実はこの義理の母子はかねて打ちあわせ、二人が姦通すると見せかけて敵をあざむき、お家を守ろうとする所存。たがいに名誉を汚し、身をすてて、お家騒動を鎮めようとする、義のきずなに結ばれての二人の演技としての姦通であることが、判明する。

皇統の内なる密通ドラマをこのように、けなげな武家義理物語に変換することにより種彦は、若紫の巻のもんだいのくだりを、江戸の道徳の中で安心・安全なものにしつつ、読者の想像力が透し絵の密通劇のページをめくるのも可能にしていて、パロディゆえのこのよじれを、鏡花は十全に活用する。

お楊は、藤の方ひいては藤壺の宮の移しで、彼女を「姉《ねえ》さん」「母《おつか》さん」「奥さん」と呼ぶ礼吉が、光氏ひいては光源氏の移しであるのは、言わずもがな。

源氏物語とのあいだにもう一種、田舎源氏を通すことにより、お楊と礼吉を結ぶのは精神的愛で、二人の仲は藤の方と光氏にひとしく、潔白であることがアピールされる。ここが、母なる姉なるひととのあいだに、光源氏が恋の果実をやどす正典とは、決定的に異なる。

実はこうした田舎源氏の使い方は、『由縁の女』よりかなり以前、社会批判の色彩の濃い長篇小説

『風流線《ふうりゆうせん》』（明治三十六～三十七年）にも特徴的に見いだされる。

ヒロインの富豪夫人・美樹子《みきこ》は、物語のはじまりより紫色のイメージを揺曳させる貴婦人。彼女は鼓の名手の幸之助《こうのすけ》青年より、紫 調《むらさきしらべ》の秘曲をさずけられ、紫の緒の鼓《つづみ》を打つ、「紫の雲の上」にいるような女性とたとえられる。

弟のようにかわいがるその幸之助を、ある夜、美樹子は自分の寝間にこっそり忍ばせて。そしてぜひ「私の子」になって、そして密通のまね事してくれるよう頼む。かきくどくのが紫夫人の方という配置は逆ながら、この構図はまさに、田舎源氏の藤の方と光氏に重なる。

それでは「母子の不義ではありませんか」とおどろく幸之助に美樹子は、そう、自分はあえて不義の女、人倫をはずれた「畜生《ちくしやう》」になりたいと吐露する。というのも夫の富豪が慈善家の仮面をかむって実は、貧しい人を人と思わぬ「畜生」なので、妻の自分もあえて夫にしたがい「畜生」に堕ち、世の人々におわびしたい、というのだ。

田舎源氏の、そらごととしての密通というモティーフを活用しつつ、よじれはさらに複雑。「真《まこと》に道に背《そむ》いて、操《みさお》を破るといふではなし」とことわりつつも、美樹子は恋慕に染まるように、「貴下《あなた》とだもの、幸之助さん、浮名《うきな》に立つて、罪を被《き》て、殺されても死《しに》たうござんす」とかきくどく。そらごとと真実が交錯する、妖しいささやきを幸之助の耳に吹きこむ。

『風流線』の一つの主題は、貧民を救う収容施設を建てて実は、貧民を管理し労働力を搾取する社会権力の裏面をあばくところにあり、鏡花の社会小説においてよくあるように、みずから汚泥にまみれて義を果たさんとする、いけにえとしてのヒロインがその渦中に立たされる。

『風流線』ではそれが美樹子なので、まるで進んで社会の十字架にかけられようとする彼女の過激な捨身の姿勢に、直接の言及はなくとも、源氏物語正典の罪の恋とその贖いのイメージのまつわるのは、見のがせない。

＊　＊　＊

鏡花が源氏物語を愛することは、自身の作品の題名に時々、『わか紫《むらさき》』『夕顔《ゆうがお》』『浮舟《うきふね》』などと、ゆかりの名を冠することにもよくうかがえる。またちらちらと文章中に、紫式部にかんする話題も出てくる。

彼が源氏物語を享受するツールとしては、謡曲の源氏ものがあり、何より亡母の愛読した『修紫田舎源氏』があって、この書物は彼の遺品の中にも残され、愛読の証となっている。

はたしてしかし、オリジナルの源氏物語を読み通していたのか？　ここは定かではないけれど、前述のように師の紅葉が、夜々朗誦するほどにその文章を鐘愛していたものならば、大の勉強家の鏡花が読んでいない方が、不自然といえる。

そして何より、鏡花がおのが作品へ源氏物語を移し入れるさい、まことにダイナミックにこの古典のはらむ毒――いつの時代にも危険な、王と王国に対する反逆、すなわち王妃と王の子との密通の主題をえらびとっていることこそ、その何よりの証であり、おおいに注目すべき点だと思う。

『外科室』や『怪語』を嚆矢とし、明治・大正期にかけて鏡花がつづる人妻ものとは、〈密通〉というタブーを設け、主人公にそのタブーを決壊させることにより、近代人としての精神の自由を世に問う、社会小説としての意義をもつ。

もちろんそこに、母なる姉なる永遠の女性への母恋いのモティーフもからんでいて、だからこそ藤壺の宮と光源氏の特異な関係性が招致されるわけだけれど、今まで人妻ものはあまりにも全的に、浪漫的心情としての〈母恋い〉にのみ結びつけられすぎてきた。

鏡花は、優美な貴族的な源氏物語のみを愛したわけではない。もう一つ、世の規範や道徳にそむく、罪と逸脱の物語としての源氏物語を愛し、それを自身の社会小説の核心に取りいれている。そこに、明治・大正を席捲した〈姦通罪〉にたてつく、一連の人妻ものがはなひらく。ただし、精神愛という新しい要素を注入して。

彼の人妻もののヒロインは前述のようにそのほとんどが、紫色をまとい、禁忌の貴女としての藤壺の宮のイメージを揺曳させる。『外科室』にて、藤の花房の下を歩く貴船《きふね》伯爵夫人も、雪ふぶきのなか紫の頭巾をかむる『山中哲学』のヒロインも、紫の小袖にその存在感の託される『清心庵《せいしんあん》』の摩耶《まや》も、あざやかな紫の日傘をさして登場する『春昼』の玉脇《たまわき》みをも――。

紫とは、至高の、雲上の、禁忌の、罪のいろ。そして紫夫人を思慕する少年あるいは青年とは、いうまでもなく光源氏なので、しかも多くの場合、彼らには、早くに母を亡くした鏡花自身の境涯がいくぶん刻まれる。いわば、鏡花の分身的存在に他ならない。

つまり、こう言える。鏡花とは、もう一つの源氏物語を書き継ぎつづけた作家なのであり、自己イメージの中でひそかに光源氏を生きた人なのである、と。

人妻ものは大正期まで連綿と書かれ、その数も多く、作品としての重量感をはなつものもあることを考えれば、これは鏡花論において重要なトピックである。

そしていささか、近代文学史も地殻変動する。源氏物語をことに愛したのは、谷崎潤一郎を第一人者とし、彼につづく芥川龍之介や小島政二郎、室生犀星、堀辰雄など昭和期に活躍する作家たちの、古典回帰の動きとみなされるけれど、どっこい、彼らの前に鏡花が大きくそびえ立つ。

源氏物語を近代小説に移植する作品としてはもっぱら、谷崎の『細雪《ささめゆき》』や『夢《ゆめ》の浮橋《うきはし》』が名高いが、鏡花の一連の人妻ものは、そして光源氏をひそかにイメージする自己の分身的主人公に、「生命《いのち》を掛《か》けて申します、私は生れました時からの約束のやうに、貴女《あなた》を、貴女を恋ひ、こがれ、慕ふんです――」（『由縁の女』）と、母とかさなる貴夫人に告白させる、鏡花の源氏物語への打ちこみようは、おささおさ谷崎作品に劣らない。

まず源氏の鏡花、そして源氏の谷崎と、二者をならべ称するように、近代文学史が書きかえられてもよいかもしれない。

鏡花のおやつ、口うつしの夢

ぱしゃん、と足もとで、飴《あめ》でつくった鳥がこわれる。硝子《ガラス》が割れるのよりもっと繊細な、かすかな音は、その人の登場によく似あっている。愛らしく小さなキャンディーの鳥のようにその人も、ぱしゃん、とまるで誰かがいたずらをして地に叩きつけたように、いきなり可憐な姿を刺されて、流血のなかに倒れるのだから。

みずからも駄菓子職人であり、駄菓子を愛して全国を行脚する研究家の石橋幸作によれば、子どもたちの集まるかっこうの場に屋台を下ろし、細工を売るのが「吹き飴売り」で、これは江戸よりはじまり、細工も、桃太郎や浦島太郎、馬、狐など子どもの喜ぶものさまざまだけれど、別名を「鳥コ飴」とも呼ばれるように昔から、鳥の意匠がポピュラーという。

鏡花はその力作長篇『日本橋《にほんばし》』（大正三年）の冒頭にまず、日本橋裏通りの子どもたちの世界を描出し、そのなかに人のよい飴屋のおじいさんの屋台を置き、そしてかわゆい素足にちょいと駒下駄をひっかけ、近所から飴細工を買いにきた、花はずかしい娘を立たせる。

綺麗でめだつので、なのに内気でおとなしそうなので、子どもたちは娘をからかいはじめる。娘がくろうと――芸妓だということももちろん、利ざとい下町の子は計算していて、悪態つく、べろを出す、輪になってとおせんぼする。子どもの残酷と集団のぶきみを、ちゃんと鏡花は見すかしている。

そしてああ、娘のトーテムともいうべき、彼女がたいせつに胸にいだく「紅《べに》と浅黄《あさぎ》で羽を彩《いろど》る飴《あめ》の鳥」にもついにわんぱく小僧の手がかけられて、地べたに払われて、こなごなに……。

「可哀相《かはいさう》に、鶯《うぐひす》を」と思わず身をかがめ、地に砕けた小鳥をいたわろうとするこの娘、お千世《ちせ》のしぐさはあどけなく優しく、かつ声にださない悔し涙がにじむ。

子どもが好む、駄菓子なのがいい。そのたわいないものを、姉さん芸者の好物で、病床にいる彼女へのおみやだからと、宝珠のように守るお千世の心意気がきよい。鏡花のドラマトゥルギーの核にはしばしばこのように、世間的には無価値のたわいないものを、必死で守る人物が配される。損得づくの社会の常識や価値観にあらがう、童心と純情の詩といってよい。

それにまた、お千世のいだく飴の鳥とぶっきり飴の袋は、この娘の背景のくさぐさをも想わせる。かつての名妓ながら今は狂気を発し、日がなぼんやり遊んですごすという、姉さん芸者お孝《こう》の心身のおぼつかなさ、弱りようも。お菓子といえば飴しか知らずに育ったのであろう、芸妓たちの貧しい子ども時代も。

いろいろな意味で、芸妓と飴細工とはじつに妙なる取り合せなので、はじまりの光景のなかの点のように小さな存在ながら、しっかりと人物の性情やその環境、運命といった物語の水茎にゆき届いている。その意味で、とっぴなようだけれどこの光景は、かの『椿姫』、オペラ座におけるマルグリットの登場にも劣るまいと思う。

——紅白の椿をかならず手にいだきオペラ座にあらわれるマルグリット、ゆえに椿姫にはもう一つ欠かせないものがあって、それはあまいあまい砂糖づけの乾ぶどう。これも決して、品のある上等なお菓子ではない。作中でも「そんなもの」とされている。彼女は「ほかのボンボンは決して食べない」くらい、むやみにこれが好きなので、売店でそれを買い、ボックスで笑いさざめく彼女にそれを渡したのが、アルマン青年とマルグリットのはじめての出会い——。

あまたるい砂糖ボンボンは、オペラ座の浮かれたざわめきにも、とりわけ娼婦やとりまきの紳士の醸す軽薄な遊びのふんい気にも、なんだかとても似あっている。うわべは愛くるしくて、壊れてしまいそうにきゃしゃで陽気な椿姫のイメージにも。

けれどお砂糖は、もう少し深いところにも滲透している。洗練され、もの慣れた高等娼婦の中に、ふしぎに失われないで新鮮にいきづく少女性や、いなかで育った彼女の貧しい子ども時代をも照らしだす。さらにいささか深読みすれば——口にする次から次へと溶けるあまい「そんなもの」は、紳士たちをふりまわすようでいながら、彼らの気まぐれに心身をすりへらされてゆく、愛らしい消費品としての〈椿姫〉の象徴なのかもしれない。

話が明治の小説をはなれて、遠くフランス十九世紀中葉の娼婦物語に飛んでしまいましたが、しかし娼婦とボンボン、芸妓と飴細工の取り合せは、はたして偶然であるやいなや。

そういえば『婦系図《おんなけいず》』にいちじるしく、『椿姫』の影響のしるしを読みとっていたのは、若桑みどりだった。もちろん確実にあきらかに鏡花は、このパリの哀れな娼婦の散華物語をよんでいる、きっと愛している。

鏡花の多くの娼婦物語も結句、粋で高慢な遊び女《め》でなく、華やかにみえる世界の荒波のなかで息たえる、少女のように無垢でけなげな女性の物語であれば、椿姫の浪漫に学ぶところも濃かったのにちがいない。とすれば鏡花の脳中で、パリの砂糖ボンボンが、下町の飴に変換される過程を想像するのも、許されようか。

ともあれ考えてみれば、フランスはさすがにお菓子の国なので、マカロンを印象的に登場させる『シラノ・ド・ベルジュラック』をはじめとし、ゾラがよく描く苺菓子、フローベル『ボヴァリー夫人』の壮麗なウェディングケーキや夜会のアイスクリーム、プルーストのかの象徴的なマドレーヌなど、じつにお菓子の使い方がじょうず、小説におけるお菓子描写の伝統を感じさせられる。可憐な口福と、小説作法が結びついている。

ひるがえってわが日本文学史をながめると、肉的悦楽をいましめる儒教仏教の影響か、全般的に口福をえがくのは苦手なわけだし、ましてお菓子とは女子どもの喜びもの、ということで童話はいざしらず、おとなの小説がその存在に光をあてることは実にまれである。

そうしたなかでお菓子を愛し、こまやかにいつくしむように描く第一人者としてあげられるのはなんといっても、泉鏡花と永井荷風であろう。お菓子をささやかな、それゆえにいとしい日常生活の平和のシンボルとする荷風のお菓子哲学も、聞くべき価値が大きいのだけれど、さて今は鏡花。

童心の詩人ともいえる鏡花の特色は、その愛着が徹底的にたわいない、がんぜない、子どもの好む駄菓子に向けられることで、もちろん彼自身の子ども時代へのノスタルジーが結晶している。しかもそこに多くの場合、幼年期の口唇的性愛がからむ。独自のエロスの境地が生まれている。

こうばしい下町のつけ焼きだんご、焼きたてを紙袋に入れてくれるおせんべい、ぼたもち、おまんじゅう、かりんとう、金沢のさとう氷、棒飴、くるみ糖――鏡花文学の随所にちりばめられるお菓子は、子どもの世界のにぎわいを伝え、また季節感を伝えるよき歳時記でもあるけれど、いきなりこんなアメを差しだされたらどうしよう、ドキッとしてしまう。

それこそ鏡花自身の子ども時代の思い出の断片を、コラージュのように貼りつけて進展する恋物語、『由縁《ゆかり》の女《おんな》』（大正八年）のなかの印象的なシーン。鏡花の又従姉《いとこ》をモデルとする、おきゃんな少女が登場する。

礼吉《れいきち》とお光《こう》はいとこどうしで、けんか仲間。ある秋祭りの日に礼吉が遊びにゆくと、きれいな振袖着て路地にいたお光が駆けてきて、「あい。」とさし出したのは、なめかけの「口紅が附《つ》いて酸漿《ほゝづき》のやうに紅《あか》い」お祭りのアメ。あなどられたような、こそばゆいような気がして礼吉は受けとれない。勝気な少女はキッとして、アメを溝《どぶ》へすててしまう。

ほのかに好きあっている二人は、こんな何度かのかけ違いをへて、『たけくらべ』の信如《しんによ》と美登利《みどり》のように、やはり結ばれない。

しかも美登利とおなじく、小さな女王さまのように気ままにふるまっていたお光は、家のイケニエとなり、まだ少女の頃にむりやり結婚させられる。しかもアメ騒動のあったお祭りの夜、お光が日常的に家の中で、性的虐待をうけていることが明らかになる。

お光の家には大伯父にあたる男が居そうろうし、父亡き後の女ばかりの家を支配する。お光は毎晩、大伯父の寝床に引き入れられ、酒くさい彼に抱きすくめられ、人形のように目をぱっちり開けて、ただ耐えている。

お祭りの晩にお光の家に泊って、そのことを知った礼吉は、緋いろの長じゅばんを着たお光といっしょにふとんにくるまり、離れない。父母のいない家のなかで、可愛がるという名目のもとにそんな性的虐待をうけるお光を、せめて一夜は守ろうとする。そして礼吉は、大伯父にひどく殴られる。

こんな闇をかかえていることがわかってみると、昼間おめかしして「白粉《おしろい》をつけて、紅《べに》をさして、髪を蔓下《かつらした》に結《ゆ》つた」お光の姿がひとしお哀しく、浮きあがる。子どもと少女の境をたゆたうエロスを発色する。

食べかけのつばで濡れた紅いアメは、お光の口紅やあかい長じゅばんにも妖しくつながる。もちろん礼吉の胸にも、紅いアメはおさななじみの少女とのKissを象徴するものとして、長くつよく胸にきざまれているのにちがいない。

かえりみれば、恋愛小説の名手の鏡花がきわだって執着するのは、お菓子をなめる、分かちあうという間接的な行為を通しての至高のKissの感触、その思い出なので、そうした傾向をさらにはっきりと露呈する小説に、やはり金沢ものの『道陸神《どうろくじん》の戯《たわむれ》』(大正十四年)がある。

鏡花の生家はお城近く、浅野川のほとりの下新町《しもしんちょう》で、近所に菓子舗の森八《もりはち》があった。加賀百万石の伝統で茶道がさかん、よって菓子舗の多い城下町でもこの老舗は別格で、紅白の落雁〈長生殿《ちょうせいでん》〉や紅白のぎゅうひ餅〈千歳《ちとせ》〉にて知られる。

じつは鏡花の母は、千歳が好物だったらしい。江戸でゆたかな娘時代をすごした母は、雪国の貧寒な食生活になれるのに苦労した。千歳はかくべつの気に入りだったけれど、貧しい職人の家ではめったに買えない。なまじ近所であるだけに、鏡花はくやしい思いもしたらしく、『道陸神の戯』にはそのうっぷんも映されている。
「当国第一と人も許した老舗《しにせ》の菓子屋で、紅白、精製のぎうひ饅頭《まんぢう》は、其《そ》の店の金看板である。（中略）平民なぞは近づき難い権式《けんしき》なものである」と物語の中盤で、にがにがしげに語られるのはあきらかに森八、その名菓・千歳のこと。

久しぶりに金沢に帰省した主人公、鏡花の分身的存在である劇作家は、初恋のひとに逢いたくて帰ってきた。そのひとも亡母も好きだったのが、この紅白のぎゅうひ饅頭。子どもの頃、母の一周忌に供えようとお小づかいはたき、二つだけ買おうとしたら店員に、「よしな〳〵。」とばかにされた。いまこそ恨み晴らさんと、老舗にのりこみ、たいせつな人に贈るのだから「一番といふ折を出しておくれ」とおうへいに命じる。このあとが、いささか偏奇。劇作家のせつなる望みは、この菓子折をもって初恋のお美根《みね》に逢い、その紅いお菓子を彼女が食べたあとの、彼女の歯と唇に濡れる残りを自分が食べること。それが積年をかけて忘れられない想いのせめてもの昇華と、とまどう美根にうったえる。切々とうったえるけれど、そんな失礼なことできません、と美根に否まれる。

目をこらせばこうした偏奇な欲求は、点々と鏡花文学にしるされている。たとえば故郷を出て旅する青年が、みしらぬ美女に口うつしで名物の栃《とち》の実餅をもらう『貴婦人《きふじん》』（明治四十四年）なども、考えてみれば、ふしぎな作品である。

美女の白い頬が近づいて、お菓子を口うつしされて、「甘さ、得《え》も言はれぬ」味にうっとりすると、みるみる彼女は白い鳥に変身する。童話のようでいて、そこここに官能の滴りが刻印される。

鏡花自身の若く貧しい東京漂流時代を映す、『売色鴨南蛮《ばいしょくかもなんばん》』（大正九年）の中のおやつの情景も忘れがたい。ゆくあてなく同郷のごろつきの家にいそうろうしている宗吉《そうきち》少年は、ある日おやつに、塩せんべいを買いに行かされる。よい香りについ二枚、盗み喰いし、それをごろつきどもにからかわれ、罵倒されて。

自分で自分が情けなく、あわや自殺しようとするところを抱きとめてくれたのが、ごろつきに囲われる美しいお千《せん》。あんな所にいてはだめ、私が守るからいっしょに逃げようとお千は言い、少年と美女は手をつないで、広い東京の中へとさまよいでる。

ああ、彼女とともに仰ぐ半月さえ、孤独な少年には、「可懐《なつか》しい亡き母の乳房の輪線」と見える。とちゅうでお千はわざとせんべい屋の前で立ちどまり、歩きながら食べましょうと、せんべいを買ってにっこりする。自分の罪を思いだして恥じらう少年に、あんなことくらいで「弱虫だね」とささやき、「大通へ抜ける暗がりで、甘く、且《か》つ香《かうば》しく、皓歯《しらは》でこなしたのを、口移《くちうつ》し……」に食べさせてくれるのだ。

罪のにがい味は浄化され、かわりに唾《つば》で濡れた温かくこうばしいものが、口中にひろがる。これなどはありありと、母鳥に優しく餌をふくめられる口うつしの感覚の再現であり、変奏である。

鏡花の文学は、淡いKissは別格とし、なまなましい男女の肉の結びつきを決して描かない。代りに子ども時代の胸ときめくさまざまの、未分明の官能の感覚が、成年男女の性愛にも移し植えられる。つなぐ手と手のおぼつかない感触、なめあうアメ、母あるいは姉なるひとの、くすぐったいような添い寝のぬくもり。

ゆえに間接的で象徴的な、ふしぎな性愛の世界が現出する。ごく単純だけれど、微妙に多様な意味を発光するしぐさは、弟とかわいがっているのか、もしや愛しているのか。近づいて触れて、それ以上はゆるされない白い霧の中にいるようなたよりなさ、底しれなさ。子どものういういしい原初の感覚が、特徴的に性愛をきよめ、透きとおらせている。

そんな愛の情景の中で、お菓子も単なるおやつではない。至高のエロスとしての口うつしのゆめを宿す。

だからこそ、鏡花のえがくお菓子はいずれも唾が湧きそうにみずみずしくあざやかに――お祭りのあめも、紅いおまんじゅうもくるみ糖も、姉なるひとがそっと懐紙につつんでくれる紅白の花の干菓子も――貴重な宝珠のように作品の中にかがやいて、私たちの目を惹《ひ》いてやまない。

指環物語

透きとおって、はかない。白い珊瑚《さんご》のような、水晶のような、芙蓉《ふよう》の花のような鏡花文学のヒロインにはたして現実の肉体があるのかは疑問だけれど、たやすく抱きよせられそうでいて、実はますます霞の奥に遠のくゆえに醸される肉感は、そうとう深い。そしてその身体のどこがもっとも印象的なのかといえば――何といっても、手と指なのではなかろうか。

彼女たちに特有の母性的な優しさはまず、手と指ににじみ、香りたつ。『高野聖《こうやひじり》』にて傷ついた青年僧の肌に水をかけていやす、こんな神秘的な手つきをおもいだしたい――「手が綿《わた》のやうに障《さは》つた。それから両方の肩から、背、横腹、臀《いしき》、さら〳〵水をかけてはさすつてくれる」。

さらさら、さらさら、と水音の中で青年僧はヒルにかまれた傷をなでられ、さすられ、いたがゆくってうっとりする。「花びらの中へ包まれたやうな」に気が遠くなる。

うしろから肌をすべるこの指やてのひらの感触こそが、『高野聖』のなかの唯一の肉体的交合で、どうやら鳥獣とも交わるらしい山の女性のそうした動作は、とてつもなく淫靡と見えながら、同時に幼児に湯浴みさせる母なるものも想わせる。ゆえに単なる男女の肉欲の枠組みをこえ、母子や姉弟関係とも重なる複雑微妙な光をやどす。けだし、鏡花文学の至高のエロスである。

この構図を、青年でなく小さな男の子の側より描くヴァージョンも当然あって、初期作の『鶯花《おうか》径《けい》』などはそのすぐれた例。神秘的な白い手が、主人公のような作品である。八、九歳くらいの「坊や」である「私」は、ふっと気づくと誰かに手をひかれ、森の中のうすぐらい小径《こみち》を歩いている。

しなやかだけれど意志の力のこもった手。この人はだれ、「何処《どこ》へ連れて行くのかな」、もしや鬼かしらと、恐くて顔も見られない、ただその「白い手」を見つめて歩くのみ。とはいえくやしくて恐くて、「私」は痛いよ痛いよとさわぎ、その手がのどや胸をなでてくれたすきに、花びらのような指に喰いつく。と、前歯に硬いものがカチリと当り、瞳を近づけて、よく見れば……。

俯向《うつむ》いて瞳を寄せて、――白魚《しらを》のやうな紅《べに》さしに指環を一個《ひとつ》嵌《は》めて居る。私の歯は、其《そ》の彫刻した鳥の喙《くちばし》がついばむで居る木の実に擬《なぞら》へた小さな紅宝石《こうはうせき》をくはへて居たのをきつぱり見た。

この瞬間、小さな男の子の視線といっしょに私たちも、紅い木の実をついばむ妖しい鳥の棲む、ミクロな指環の森の世界に吸いこまれるような感覚にとらわれる。題名の鶯花径の世界――うぐいすが樹々や花々のあいだで鳴きかわす森の中の径は、入れ子のように、指環の中にもはめ込まれている。

まるで優しいお母さんから坊やをさらってゆくようなこの白い手の女性はいったい何者？　と、読者の興味をあつめるミステリー仕立のこの小説の主題は深刻で、小さな男の子が白い手にみちびかれて辿る小径の先には、男の子が記憶の深みに封印する陰惨な殺人事件が、流血の色もあかあかと横たわっている。

母が急逝したころ、しきりに母を恋うて泣きじゃくる男の子の声に、哀れな父親は狂気を発し、刀を取ってわが子を殺そうとした。

母といっしょによくお参りした鶯谷《うぐいすだに》の尼寺まで、亡き母にすがるように逃げる男の子を追い、狂気の父親はあやまって、尼寺で遊んでいたよその子を殺した。飛びちる血を見たっきり、男の子は「あたまがぐわら〳〵と」して正気を失っていたのだけれど、あえてその惨酷な殺人現場に男の子を立たせ、記憶を回復させたのは白い手のひと、すなわち、あやまって殺された子の母親。

決して恨まない、取りのこされた私たち二人、手をとって母子として生きてゆきましょうとそのひとは、白衣の看護婦となって今まで、亡き子に代えて、男の子を守ってくれていた。しかし、男の子のはげしい母恋いは、この新しい母の上にさらなる悲劇をよんでしまったのか……と読者を震撼させる辺りで、物語はおわる。

ミステリー的な謎で読者をひっぱる力と、小径をつたって森の中へ、すなわち記憶の深層の母子関係の葛藤へと旅する心理学的な主題とが、じつに巧みに融けあっている。

白い手こそは母性のシンボルで、抱きあやしてくれた亡母の「手の細い、白い」記憶から、「私」は、もう一人の母の「指が細くつて、花片《はなびら》で出来てるやう」な手へと移譲される。二人の母のあいだで混乱し、ひき裂かれ、新しい母の指にかみつく。

その指に、めざましい指環がはめられているのにも注目したい。鳥は、鏡花がしばしば妙なる女性の化身とするもので、自然の鳥獣や植物をあしらう指環の意匠はまた、当時として先端のおしゃれなアール・ヌーヴォー風と察せられる。紅宝石すなわちルビーが小さな歯に当る感覚は、幼児の口唇的性愛とその快感の極致をしめしていよう。

また、「私」が指環を見た瞬間から空間がチェンジされ、まるで指環の中のもうひとつの森に、二人が入り込んでゆくような錯覚がしかけられているのも面白い。

つまり平板な飾りでなく、女性風俗ではなく、指環には、いろいろな意味とイメージがこめられていて、鏡花はどうやらこの装飾品になみならぬ思いと造詣をいだいているよう。

そんなことを念頭に鏡花文学のページをひらくと、ここにも、ああ、ここにも……鏡花の愛する、めざましいヒロインの手には必ずといってよいほど、ダイアモンド、ルビー、エメラルド、サファイヤ、真珠……などの宝珠をいただく指環がかがやいている。

しばしその多彩に見とれ、かぐわしい手の優しいしぐさにも見とれたい。それはすなわち、鏡花のエロスと美意識の本源に触れ、その文章を特徴的にいろどる超常的な光、かがやき、色感をあらためて見直すことにもつながろう。

一

それにしてもキレがいい、水ぎわだっている。そもそもジュエリー文化は西欧が本家で、特に指環は古代的呪性のこめられる聖具でもあるので、西欧には昔より、指環物語が多い。魔法の指環をめぐるメルヒエンや、宝石・指環を盗む物語としての探偵推理小説が、りくぞくと生み出されている。

鏡花の好むメリメにも、地中より発掘されたヴィーナス像に、貴公子がたわむれに自身の婚約指環をはめ、その約束どおり初夜をすごしに来訪した石像に、むごたらしく圧殺されるという負の指環物語『イールのヴィーナス』がある。これなど鏡花、必ずや読んでいよう。

しかし西欧に伝統ながい指環物語とて、こんなに粋でカッコイイ指環を描いているかどうか――。月夜の小路を、十八、九歳の美少年が通りかかり、近所の子どもたちの仕掛けた糸に足をとられる。しかしあわてず、次の瞬間キラリと指環で、糸を切る。子どもたち、ワッと叫んで逃げてゆく。

瀧太郎《たきたろう》は早速《さそく》に押当《おしあて》て居た唇を指から放すと、薄月《うすづき》にきらりとしたのは、前《さき》に勇美子《ゆみこ》に望まれて、断乎《だんこ》として辞し去つた指環である。唯《と》見ると絲《いと》はぷつりと切れて、足も、膝《ひざ》も遮《さへぎ》るものなく、瀧太郎の身は前へ出て、見返りもしないで衝《つ》と通つた。

初期の名品『黒百合《くろゆり》』（明治三十二年）の、千破矢瀧太郎《ちはやたきたろう》。この指環は彼が常にはめる「針の如く細く、然《しか》も爪《つめ》ほどの大さの恐るべき鋭利な匕首《ナイフ》を仕懸《しか》けた」純金製で、十一歳の時に犯罪者としての天才を、女賊のお兼《かね》に見出され、この指環を贈られた。深夜の浅草の金龍山《きんりゅうざん》で、お兼が指環のからくりの秘密を明かし、なつき寄ってきた野良犬の片耳をそいでみせるシーンはすさまじい。

以降、この黄金の指環は彼のトレードマーク、これにより身を守り、種々の物を盗む。少女のようにきゃしゃながら、鷲《わし》のように鋭いまなざしの瀧太郎に、キラリとかがやく凶器の指環はよく似あう。

そしてかえりみれば、『黒百合』に最高にうるわしいアンドロギュヌスとして君臨するこの少年の指環だけが、鏡花が男性に贈るものなのだ。戯曲もふくめ、鏡花文学の中には三十三もの指環がかがやくけれど、男性の指に光るのはこの一例のみ、あとはすべてヒロインにささげられる。

師の尾崎紅葉が、周知のように『金色夜叉《こんじきやしや》』のはじまりに、威たけだかな財産家・富山唯継《とみやまただつぐ》の指にいやらしいほど大きな「金剛石《ダイアモンド》」の指環をはめたのに比べると、対照的でおもしろい。

鏡花は、権力や金力のシンボルとしてのダイアモンドや指環への興味は、まったく無い。紅葉はじめ国木田独歩や田山花袋、永井荷風などもその明治小説に、新しくおしゃれな風俗としての指環を描いてはいるけれど、見えや虚飾、特権階級のシンボルとして使う傾向がめだつ。しかし鏡花は異なる。たいへん特異に独自に、全身全霊、宝石のかがやきの魅力に吸いこまれている。地中より掘りだされるこの稀有で神秘的な鉱物の存在そのものに、目をうばわれている。

ではしばし、キラリと危険な瀧太郎の黄金の指環につづき、鏡花宝石箱の中からいくつかの愛らしい、すばらしい指環を取りだして日の光に透かし、よく見てみましょう。

ここにあるのは、じみだけれど奥ぶかく光る黄金と真珠の指環。『予備兵《よびへい》』（明治二十七年）のヒロインの円《まどか》が左手にはめるもので、出兵する恋人との別れに初めて手をつないだあかしに、それは涙に濡れていたいたしい。悲しみの象徴ともいうべきこの指環こそ、鏡花文学にさいしょに描かれるもの。

となりに転がるのは、くだんの瀧太郎のガールフレンド、『黒百合』に登場する元気のよい科学少女・勇美子《ゆみこ》のはめる紅いルビーの指環で、彼女のはつらつとした愛らしさに似あっている。むじゃきな勇美子は、それと瀧太郎の指環を交換しようと提案し、瀧太郎につよく拒まれてムッとする。

『註文帳《ちゅうもんちょう》』（明治三十四年）は、吉原遊郭かいわいの人々の、時代に置き去られてさびれた暮しを、二月の雪の日に描く。お若《わか》は遊郭の一人娘で、あやかしに憑かれ、恋する人を哀しく殺してしまう。吹雪に遭い、彼女の家の門をたたいたエリート青年・脇屋欽之助《わきやきんのすけ》の前に立ったのは、指環の手をしなやかに障子にかけて、雪に咲く紅梅のように清らかなお若の姿であった。

つづいては『風流線《ふうりゅうせん》』（明治三十六〜三十七年）で活躍する女賊のお龍《りゅう》、じつは旧藩主・侯爵令嬢の小指にもルビーの指環がきらめいているし、『紅雪録《こうせつろく》』『続紅雪録《ぞくこうせつろく》』（同三十七年）にてゆきずりの青年を自分の別荘に拾い、うぶな彼を「さあ撲《ぶ》つて頂戴《ちやうだい》な、」などと突ついてからかう、有閑貴婦人の指にも宝石がかがやく。逗子の海辺を舞台とする『悪獣篇《あくじゅうへん》』（同三十八年）のヒロインの浦子《うらこ》もまた、その「芙蓉《ふよう》の花片《はなびら》」のような手に宝石をきらめかせる。

しかし何といっても、『婦系図《おんなけいず》』（明治四十年）のこの名シーンに目が惹きつけられる。早瀬主税《はやせちから》の情人はお蔦《つた》だけれど、精神的にもっとも愛すのは、兄妹のようにいっしょに育った少女の妙子《たえこ》。よぎなき事情で東京を去るとき、主税はまずこの少女を訪れ、騎士《ナイト》のように妙子の手を取ってその指環にキスし、永遠の愛を誓う。

西欧騎士物語をおもわせるこうした構図、鏡花は好きだったようで、戯曲『愛火《あいか》』（明治三十九年）にも印象的なくだりがある。温泉旅館の養女のお雪はじつは、橘伯爵の娘であった。ようやく彼女を探し当てた伯爵は、かねて用意してあった〈橘　雪子《たちばなゆきこ》〉と彫らせた宝石入りの指環をうやうやしく娘の手にはめ、「一寸《ちよつと》キスをする」。中指に愛らしく五色の糸の裁縫指環をはめていたお雪の、境遇の変化と凜たる変身を表わす。

ああ、そして、これらの貴婦人のあでやかな指環も忘れてはならなかった――まず、『印度更紗《いんどさらさ》』（大正元年）にて夫の留守のひまをもてあまし、「鸚鵡《あうむ》さん、しばらくね……」とかごの中で飼う白おうむに甘く語りかけるヒロイン。ルビーかがやく手の甲に、ペットをとまらせるのが習慣らしい。美女とおうむの取り合わせは鏡花の好むもので、妖しいエロスがただよう。

このように、鏡花がその理想のヒロインにはめるのはだんぜんルビーの指環なので、至上のヒロインともいうべき『星《ほし》の歌舞伎《かぶき》』（大正四年）の照樹《てるき》もルビー。冒頭、電車の中に立つ彼女の姿は、藤咲く風情にたとえられ、指に光るルビーは、藤波の香に酔い遊ぶ「胡蝶《てふてふ》の緋《ひ》の瞳《ひとみ》」のようとうたわれる。

あまつさえ戯曲の『紅玉《こうぎよく》』（大正二年）は、ルビーの指環が軸となる。指環の形とも重なる、子どもたちの遊びの輪から、ふしぎなあやかしが始まり、夕方の空に大きな虹の輪がかかる。貴婦人が右手中指にはめる紅玉を夕虹にかざし輝やかせた時から、青年画家との不倫の恋が生じる。黒いからすの仮装をした貴婦人が、青年の渡す指環を鳥になぞらえ、紅い唇でくわえるシーンは、倒錯的で息をのむ。人妻との恋のあやうさに、神秘的な〈環〉のイメージがちりばめられる。

さて取り出したのは、まだたった十二の指環のみ、他にも両手あわせて「金剛石、紅玉、緑宝玉、青玉、黄玉」など七つもの指環をきらめかせる『伯爵《はくしやく》の釵《かんざし》』（大正九年）のヒロインも気になるけれど、ひとまず鏡花宝石箱を閉じ、しずかに考えてみたい、パタム……。

二

前述のように、いわば近代のひとつのシンボルともいうべき新しい装飾品の指環を、その作品に描く作家は少なくない。しかし彼らに宝石への根本的興味はなくて、平凡な黄金の指環か、権力の象徴としてのダイアモンド、せいぜい真珠くらいしか描かれない。

くらべて鏡花は、見てきたように、多彩な色石を使い、女性美の発光源、愛のあかし、恋ごころの発露とする。特異な指環愛を展開する。それはまず彼が、そうした指環をつくる側の工芸師の系譜に立つことと、無関係ではないだろう。

父の泉清次《せいじ》は工名を政光《まさみつ》、加賀藩細工方金工を師とする工芸職人である。けれど廃藩置県により加賀の工芸王国は瓦解し、工人は貧窮に沈んだ（笠原伸夫『評伝泉鏡花』参照）。明治政府は国内産業の興隆をめざし、博覧会をさかんに催したけれど、加賀の工人は製作費自己負担、入賞作さえ売れることは稀だったという。そのあたりの工芸博覧会の貧寒な内情は、鏡花の小品『手習《てならい》』（大正八年）によく映し出されている。

ゆえに他の工人どうよう父の清次も、自身の芸を尽くす大作を手がける機会はめったになく、ふだんは近在の女性の指環やかんざし、櫛など作り、糊口をしのいでいた。

落魄しつつ父のはげむ家職への想いをこめ、工芸師の作った櫛や髪ピンがモノから脱化し、動き、薫り、霊妙な存在へ昇華するふしぎなフェティシズムを描く作品が、著名な『さゝ蟹《がに》』（明治三十年）

をはじめ、鏡花には多い。

そしておそらく、父恋いのこもるこうした工芸への執着こそ、師の尾崎紅葉と自身をつなぐ絆《きずな》とも、鏡花はひそかに考えていたろう。なぜなら隠してはいたけれど、紅葉の父は、下町で知られる幇間《ほうかん》であり、牙彫《げぼ》り職人であったから。玄関番として紅葉の家に住んでいた鏡花は、早くにそんな事情は知っていたであろうから。

そんな師弟の結ぼれを暗示するような神秘的な翻案小説が、紅葉の訳として一篇あって、その題名も『鏡花縁《きようかえん》』(明治二十六年)。原作未詳とされていて、実際には紅葉門下の松居松葉が訳したものと推測されているけれど(岩波書店『紅葉全集』別巻「解題」)、さてどうなのだろう。

この作品の発表年は、泉鏡太郎が紅葉に入門して一年余で、〈鏡花〉の筆名を師より賜わった年に当る。そんなことや、題名から考えてもこれこそは、英語にすぐれる鏡花が下訳し、紅葉がまとめた英国ゴシック・ロマン小説なのではなかろうか。

しかもおそらくこれは、宝石の絡む、女性の虚飾とうらぎりのドラマとしての『金色夜叉』に少なからぬ影響を与えていると思われる。『金色夜叉』とおなじく、『鏡花縁』の中央にも、宝石が象徴的にかがやく。

早く母を亡くした鬱病気質の青年「われ」は、恋する女性の誕生日に、思いのたけをこめた個性的な「オーパルの指環」を贈る。しかし結婚後、じつは残酷な「女神《じよじん》」であった彼女は、夫の毒殺をはかる。おりしも居あわせた親友の医学士の機転により、「われ」は危難をのがれる。この酷薄な女性を象徴するのが、彼女が好んで身につける「緑色の宝石もて作れる蛇形《じやぎよう》の装飾《かざり》」なのである。

『金色夜叉』の宮はこんなはげしい女性ではないけれど、明治の小説にはめずらしく、女の側から男の純情をふみにじるという革命的な性情は、蛇にもたとえられるこうした世紀末的ファム・ファタルの流れをいくぶん汲む。また、暗鬱でまじめな「われ」が時として起こす発作的な神経興奮と、貫一の悲嘆ヒステリーは、かなり似かよう。

そして鏡花にもあきらかに、この小説はなみならぬ刺激をもたらしている。というのも、『日本橋《にほんばし》』（大正三年）のヒロインのお孝《こう》は、いつも黒ダイヤの瞳のプラチナの蛇の指環をはめていて、それは彼女のトーテムでもあった。

お孝は気まぐれで一人の実業家を破滅させ、その非情のエロスは、男を巻き殺し、とぐろなす白い蛇体にたとえられる。あの個性的な発想は、『鏡花縁』にてスネーク・ジュエリーを身につける、ヒロインの悪女ぶりによることが想像される。

このジュエリー小説は、いかにも彫金師の子に似あうし、主人公の青年は、当時ノイローゼぎみの弟子を映すようと感銘し、紅葉はこれを鏡花に訳させ、『鏡花縁』の題名を与えたのではなかろうか。

加えてこの頃、鏡花がもう一つめざましい工芸師ジュエリー小説にめぐりあい、よし、自分も工芸師の子なればこうした芸道神秘ものを書きたい、と発奮した可能性についても注目しておきたい。

それは、鏡花が愛読した森鷗外の創作・訳文集『水沫集《みなわしゆう》』におさめられている、ドイツ・ロマン派作家のホフマンによる推理小説で、『玉を懐《いだ》いて罪あり』と題する。鏡花は明治二十五年に『水沫集』が刊行された時、ただちに買い、極貧の身で何度か質に入れながらも、手放さなかった。

その中でもホフマンの作品は彼の目をつよく惹《ひ》いたはずで、なぜならこれはルイ十四世の宮廷を背景に、名人とうたわれる宝石細工師・カルヂリヤックの工芸への偏奇な情熱を、真に迫ってつづるものだから。

カルヂリヤックは徹底した名人気質であり、骨折った作品でも、「気に入らぬ所があると、直《すぐ》に鎔爐に打込んで仕舞ふ」。このようすには、当時まだ存生の鏡花の父の、工人としての一徹が、つよく想いあわされたろう。

そしてカルヂリヤックはそれゆえに、深い闇をかかえている。おさない頃より宝石に目がなく細工師となったが、完成した宝飾品を人にわたすと「物も食へず、夜も寝られず」、ついに依頼主を殺して、己が作品をうばうようになる。殺人に快楽さえ感じるようになる。かくて宮廷をもおびやかす残酷な連続殺人事件がおこり、その謎を、宮廷一の才女・スキュデリー嬢がみごとにとき明かす。

ジュエリー文化栄えるルイ王朝の風俗絵巻としてもすぐれているし、優しくたおやかに謎をとく閨秀の知的な姿が印象的、老宝石師がひそかに彼女だけにいだくあたたかい感情も。それに圧巻なのはもちろん、老細工師がその内に秘めるいびつな情熱で、理屈では処理できぬ人間の心理の複雑な綾を照らしだし読者に突きつける、ホフマンの本領である。

この直後に、鏡花に『活人形《いきにんぎよう》』（明治二十六年）という探偵小説がある。ホームズばりの神出鬼没の名探偵が活躍するのだけれど、この中の目玉は、邸の中の美女人形の身体の或るところを押すと、秘密部屋への通路がひらく仕掛。この仕掛などは、夜な夜なカルヂリヤックが石像を押して秘密の通路をつたい、殺しに出かけるシーンをほうふつさせる。『玉を懐いて罪あり』愛読の一つのあかしと捉えられる。

そもそもホフマンは、時計職人や宝石細工師、人形師など、精緻で手のこんだ製作に魂を打ちこむ、工人を好んで描く。

そしてより広く見わたせば、このドイツロマン主義作家のみではない。鐘作りの工人の情熱とその破綻をえがくハウプトマンの戯曲『沈鐘《ちんしょう》』（一九〇一年）や、英国の伝統的なリネン織工の、まるで蜘蛛《くも》のように紡ぎつづける一生をえがくジョージ・エリオットの小説『サイラス・マーナー』（一八六一年）などにも通底するように（ちなみに『サイラス・マーナー』は、紅葉の『金色夜叉』の下敷の一つとされる）――。

機械化と大量生産のすすむ産業革命下において、伝統的な手工業者をえがくことは、ほろびゆく過去の世界へのオマージュひいては近代の相対化につながる。視点を変えればそれは、資本家に搾取される、手仕事労働者の貧しい生活への照射ともなる。社会小説としての大きな視野もそなえる。

ゆえに工芸工人ものは古くさいどころか、近代社会小説としての可能性を豊かにはらむ。西欧小説に学んだこうした認識こそひとつ、鏡花の工芸ものの出発点であるし、指環物語の糸口でもあろう。

三

けれどいかに鏡花が工芸に熱心とて、三十三もの指環を製作するとは――女性の装飾品としては、櫛もいささか、かんざしもたまには作っているけれど、何としても指環はずぬけている。ここには彼のもっとも大切な、女性美への思いがこめられているらしい、つまり手と指への――。

あらためて読めば鏡花のヒロインほど、繊細にこまやかに手と指を動かす女性は他にはいない。この動きがなかったら、もしや彼女たちは哀しい人形にまがうかも、とさえ思われる。

鏡花は愛撫や媚《こび》の動作でなく、日々の生活の中にいきいきと動くそれらが好きで、色々なしぐさを楽しそうに描く。針に糸を通して縫い、水を汲みお料理し給仕し、花を摘み虫を追い、波うちぎわで蟹をつまみあげ、ちょっと帯のしごきを直し、額にふれ鬢《びん》にさわり、ハンケチをしとやかに広げ……枚挙にいとまない。

鳩のようにまろやかな胸や、折れそうなうなじ、玲瓏《れいろう》と白い顔、花鳥風月の自然イメージを尽くす着物美とも相まって、鏡花のヒロインにみずみずしい生気とかろやかさ、とりわけ何ともいえぬ優しさを与えるのは、このような手と指のこまやかな動きなのだ。「爪紅《つまべに》」「紅《べに》さし指」というゆかしい言葉が文中に頻出するのも、そのあらわれ。

たとえばこんな指にまず、ほれぼれと目がすいよせられる。『芍薬《しやくやく》の歌《うた》』のヒロインは、洲崎《すさき》の鮨《すし》屋《や》の娘の幾世《いくよ》。遊女だった母の墓まいりをする彼女の姿でまずめざましいのは、「日に翳《かざ》す手の指」のしろさ。そして幾世は重い水桶をけなげに支えて墓石に花をたむけ、こんなしぐさを――「と濡《ぬ》れた指に線香の色の赤く染まつたのを、熟《ぢつ》と優しく見て、一寸《ちよつと》吸つて取りさうに、唇へ当てたのも紅《べに》さし指」――こんなびみょうに可憐なしぐさ、現代の小説ではとうていお目にかかれそうにない。

お鮨といえば、『玄武朱雀《げんぶしゆじやく》』の男装の美少女・珠《たま》ちゃんの、「筍《たかんな》の根よりも白い、細《ほつそ》りした手」も忘れがたい。

おさななじみの青年といっしょに勇ましく身を固め、長屋の夜の火の見まわりの途中に小腹がすいて、なじみの屋台の鮨店へ。好物にむじゃきに手をのばす風情も、少女らしく透きとおっている——「珠《たま》は露ならでは触れさうもない、白い、細い、節《ふし》の立たない指を出して、動くと、おあつらへに手が懸《かか》る」。

そしてそんなつまみ食いのおてんばを、ひそかに恋する人に見つかって……勢いよく鮨を取ったものの、どうしよう、とはじらいに震える少女のきゃしゃな指には下町の娘らしく、いろいろのきれいな糸で綾をかけた裁縫指環がはまっている。描きながらうっとりと、鏡花が少女の白い指にみとれている感じがただよう。

鏡花のえがく手や指には、こうした透きとおる少女性への讃美とともに、少女が内にはぐくむ優しい母性への思慕がかさねられている。彼は少女の中に母を発見し、母の中に少女を発見する——これこそ鏡花文学の絶対の恋ごころといえる。

たとえば『日本橋《にほんばし》』の葛木《かつらぎ》医学士が、芸妓の清葉《きよは》にこがれるきっかけも、母や姉を想わせる清葉の優しい手ゆえであった。彼のために御銚子《ちようし》を炭火にかざす、「節《ふし》の長い紅宝石《ルビイ》を嵌《は》めた其《その》美しい白い手」に恋してしまったのだ。「親か、姉か、見えない空から、手だけで圧《おさ》へて、毒な酒はお飲みでない、と親身に言つてくれるやう」な手だったと、葛木は親しい芸妓のお孝《こう》にのろける。

葛木のこの思慕を、おさない男の子のミクロな視線を駆使してあらわす作品もある。『蠅《はえ》を憎《にく》む記《き》』は、姉に守られてすごす幼い日々の至福をうたうもので、姉の手への思慕とともにここには、指環の原点としての〈環〉への執着が、いろ濃く発露することにも注目したい。

おさない金坊《きんぼう》はそろそろおひるねの時間、ねころんで金魚鉢や姉の針箱をながめるうち、ふとおいたして針箱より糸巻をひっぱり出す。するすると絹糸がすべりでて、眠りにおちる金坊に、多彩な環の幻想をみせる。

宛然絲《さながらいと》を環《わ》にしたやうな、萌黄《もえぎ》の円《まる》いのが、ちら〳〵一ツ見え出したが、見る〳〵紅《くれなゐ》が交《まじ》つて、廻《まわ》ると紫になつて、颯《さつ》と砕《くだ》け、三ツに成《な》つたと見る内、八ツになり、六ツになり、散々《ちりぐ》にちらめいて、其《そ》の紅となく、紫となく、緑となく、あらゆる色が入乱《いりみだ》れて、上になり、下になり、

糸の環はまるでいきているよう、増殖し、分裂し、集結しひらめき、万華を尽くす。

きれいな幻にうっとりと入眠する金坊をしかし、彼の眼には巨大なモンスターとみえる蝿《はえ》が襲う。このあたりの蝿のすりあわす足やびくびくする動きの描写、まことにいやらしい。ああ、いやだ、でも眠くて動けない……その時、「雪の如き手に団扇《うちは》を提《さ》げて」入ってきた姉が、「しなやかに手を振つて」いやな虫を追い払う。そして「紅差指《べにさしゆび》」で、虫よけの呪文をしてくれる。

無力な幼児にとって姉の優しい手の振りは、「仏の御加護《ごかご》、おのづから、魔を退《しりぞ》くる法」とさえ感じられている。金坊は姉が使う針箱の糸にさえ、よき魔法を感じており、前段の彼を眠らせる色糸の環の幻想はつまり、姉がいつも指にはめる裁縫指環のイメージ、けだし姉の守りの手の象徴であろう。

鏡花の指環の、これが原点だと思う。糸でつくった可愛く質素な裁縫指環こそ、彼の身辺の女性たちがはめていたもので、そこには女性の指のはなつ呪力も感じられている。

女性が指で環をつくり、よき呪いする、あるいはその動作があやかしの発端となるなどのストー

リーは、『笈摺草紙《おいずるそうし》』や戯曲の『紅玉《こうぎょく》』をはじめとし、鏡花文学のひとつの特徴をなす。

〈環〉の意味を深くたどれば、環の象徴する円環構造と古代祭祀儀礼に必須の憑依状態との密接な関連や、鏡花文学の志向する永遠回帰の時間性などの大きな問題が立ちそびえよう。

しかしその問題についてはすでに先行の考察も多くあり、ここでは彼の熱心にえがく指環も、その一端につらなることのみ、指摘しておきたい。女性の指にはめられる時、その形状はとくにシンボリックなので、その円環性と永遠性は、女性の身近で守られてすごした幼年期の慕わしい思い出にかさなる。

それにまた、鏡花という書き手の芯にはいついつまでも、金坊のような幼児的なミクロの視点が新鮮に保たれており、そこから女性の手や指が特異にクローズアップされ、微妙な深い性愛の領域が創出されていることにも注目したい。

それについては、ヒロインの白い手を「仇気《あどけ》なき口に含まする、乳房」のようと表現する『鴛鴦《えんおう》帳《ちょう》』の一節にもどきんとするし、『龍潭譚《りゅうたんだん》』にて、小さな男の子の「われ」が、添い寝してくれる女性の、胸に当てた片手とふとんに垂れた片手をじいっとみつめ、ついにその眠る手がにぎる守刀《まもりがたな》を引いてしまい、周囲を染めて血が流れる紅い夢も、まことにエロスの極みとしてめざましい。

さらに手が、もやもやとした神秘的なエロスをかきたてる例として、『髯題目《ひげだいもく》』にてはじめて登場するヒロインの、眠る姿をあげておきたい。

芸人の娘ながら豪商にとつぎ、姑にさいなまれ胸を病む小燕《こえん》は、忙しい家事のあいまにふと寝入る。日々さげすまれながらひたすら耐える彼女の内なるくやしさ、苦しみ悶えを、手こそがあらわす。

気苦労のある為《せゐ》か、片手は深くかき合せた胸へしつかりと載《の》せて、乳《ち》のあたりを押へるやうにしながら、片手はなえたやうに下《おろ》して、掌《てのひら》をあけて、ものを忘れたやうに垂《た》れて居るが、玉のやうで、黄金《きん》の指環を嵌《は》めて居る。

うまく言えない、けれど何だか手が手でないような。なえて垂れる片手の風情など、「玉のやう」との特異なたとえのせいもあり、なやみやつれた女性の白い顔のようにも見えてくる。

小燕その人は意識なく眠っていることが、いっそう彼女の手に深い表情を与える。そういえばくだんの『龍潭譚』の美女も、眠る手の表情を、幼児の視線にしげしげと見つめられていた。

つまり二人とも眠れる美女なので、かすかに屍体愛好の傾向もまつわる。こんな要素は、美女を眠らせてそのうつつなき肉体の表情や香りをおもうさま探索する、のちの川端康成の官能的短篇『眠れる美女』を想わせる。あるいはそれこそ腕、手、指への特異な欲情をつづる川端の『片腕』を。『片腕』はきみょうなファンタジー小説で、若い娘がとつじょとして右腕を身体よりはずし、「私」に一晩あずける。この腕もやはり、屍体のそれに近い腕なのだろう。「私」は、夜の薄闇の中でその腕のふくらみ、ひじ、手、指のすみずみまでミクロな視線でながめまわし、ついには耐えきれず「娘の指を唇《くちびる》にくわえ」る。

このように、少女や女性の手・指への愛執は、川端にもいちじるしい。その一つのエロスの原画が、彼の愛読する鏡花文学にあることが察せられる。そして両者をくらべると、異性愛の肉体交合のさまざまを戦略的に暗喩する川端の手や指に対し、鏡花のそれが淡々と日常的、ゆえにより象徴的であることもよくわかる。

鏡花の性愛とは、幼児と母の関係性を原点とし、その周縁に転移しひろがる領域で、たとえば男根を軸とする領域とはまったく別種のもの。なので彼は川端のように、若い娘の指のあいだから「女の露が出るなら……」(『片腕』)などとは、ぜったいに書きはしないのである。

四

さて鏡花における女性美の結晶としての手や指については、一応の考えを尽くしたので、次には、指環の周辺の宝石の色や光もながめておきたい。

指環のみならず、鏡花宝石箱では、櫛やかんざし、帯、カフスにまで宝石や黄金がはめこまれ、闇の中のほたるのようにそこここに、ルビー、サファイヤ、エメラルドの裸石《ルース》も光っている。それらの光は、彼の文章を超常的にいろどる。鏡花文学の神秘幻想を生成する重要なマテリアルであることは疑いない。ここには、西欧の童話やファンタジーの幻想をささえるキラメキ文法が、おおいに活用されているのではなかろうか。

通読すれば、鏡花が光やキラメキを志向するのは『照葉狂言《てりはきょうげん》』(明治二十九年)の頃からで、この小説のラストは空たかく明星が、「きらめきて、またゝき、またゝき、またゝきたる」という光の印象でむすばれる。

この初期作品の後にさらに、二人のヒロインがそれぞれ花や星をかたどる宝石を身につけ、月光をあびて光かがやく女性美を発揮する、明治版かぐや姫のような『白羽箭《はくうぜん》』などもつづくのだけれど、ふしぎな宝石メルヒェンともいうべき『伊勢之巻《いせのまき》』（明治三十六年）は、とりわけ気になる。

ここでめずらしく鏡花は、男性主人公に宝石の光を与える。名医夫人の稲子《いなこ》と恋におちた名医の患者の立花《たちばな》は、伊勢の宿で、稲子と密会をはかる。だれか来た気配にしかたなく稲子の部屋の押入に隠れた立花は、ふしぎや、そのまま深い闇に迷いこむ。と、彼が身につける「襟飾《えりかざり》の小さな宝石」と「手釦《てぼたん》の玉」がみどりいろの蝶のように光をはなち、ゆくてを示す。

そして二人の妖精のような少女にみちびかれ、立花は初恋の人の待つ神秘の池へと進むのだけれど、そのとちゅうで渡る宝珠の川のイメージがめざましい。

一歩進むと、歩くに連れ、身の動くに従うて、颯《さつ》と揺れ、撥《ぱつ》と散つて、星一ツ一ツ鳴るかとばかり、白銀《しろがね》黄金《こがね》、水晶、珊瑚樹《さんごじゆ》、透間《すきま》もなく鎧《よろ》うたるが、月に照添《てりそ》ふに露違《つゆたが》はず、然《さ》れば冥土《よみぢ》の色ならず、真珠の流を渡ると覚えて、立花は目が覚めたやうになつて、姿を、判然《はつきり》と自分を視《なが》めた。

押入の奥がそのまま異界に通じる発想といい、さらに宝石の川を渡って初恋の人の待つあずま屋へたどりつくコースといい……伊勢まいりの古色蒼然たる民俗を背景とするこの『伊勢之巻』にはなんと、ホフマンの童話『くるみ割り人形とねずみの王さま』（一八一六年）が濃く影をおとしている。どう考えても、そう思われる。

くるみ割り人形とマリーは、マリーの家の大きな洋服だんすの中に入り、そこから「百万の小さな宝石を散りばめたようにひかっている」野原に出る。そしてかぐわしいレモネード川やオレンジ川を渡り、ばらと銀色にかがやく川を渡って、人形の国のお菓子の都に到着するのだった。

ホフマンをはじめとするドイツ・ロマン派の幻想性と鏡花の幻想性との微妙な交響については、つとに三島由紀夫、種村季弘が指摘している。

それに関してくわえて注目したいのは、早くから西欧の童話に親しみ、お伽《とぎ》小説の書き手としても活躍した鏡花がまず、メルヒェン作家としてのホフマンに出会っている可能性。そして『くるみ割り人形とねずみの王さま』がそうであり、おなじくホフマンの『ファールンの鉱山』などもそうであるように、その幻想世界にあふれるキラキラした色や光、宝石の装飾文脈にいち早く気づき、影響をうけている可能性である。

いわばそうしたジュエルな色や光は幻想をかもす土壌で、異界を構築するメルヒェンの主要な文法ともいえる。そういえば鏡花が愛読し、明治四十年に登張竹風《とばりちくふう》と共訳したハウプトマンの戯曲『沈《ちん》鐘《しょう》』にても、異類たちの棲む山や森の異界は、ひたすらジュエルな色彩で表現されていた。

山姫のラウテンデラインは、よろこばしげに恋人に自分たちの異界の美しさを誇り、鏡花はじつに楽しそうにそれを訳している――「貴郎《あなた》にならば、秘密の山に秘《かく》してある、金剛石《ダイヤモンド》、紅玉、黄玉、翡《ひ》翠玉《すいだま》、紫水晶、皆な見せてあげませう」「ほら、水晶、ほら、金剛石《ダイヤ》、ほら、此《こ》の袋、袋には、金沙《きんしや》、金沙、黄金《きん》の真砂《まさご》が充満《いつぱい》で」。

鏡花の著名な戯曲『海神別荘《かいじんべつそう》』（大正二年）の幻想性にも、宝珠のかがやきが一役かっている。こちらにはあきらかに、アンデルセンの童話『人魚姫』の幻想的な海底世界への感激がたどれる。『海神別荘』にて、海を支配する公子の住むサファイア色の宝石の城「琅玕殿《らうかんでん》」は海底にそびえ、城内は珊瑚《さんご》やめのうできらきらしく飾られている。かたや人魚姫のお父さま、海の王の治める城はもっとも青く澄むブルーエスト・ブルーの海の底にあり、珊瑚、こはく、真珠で作られてかがやく。

陸の男に恋うて人魚姫が人間に変身し、陸へ上がるのに対し、陸の女が海の男に呼びよせられて海底へ下り、海の掟にしたがって、公子とおなじ蛇身となる……こう並べてみれば、『海神別荘』とははっきりと、『人魚姫』を反転させた構図のファンタジーなのである。

ついでにいえば、アンデルセンと鏡花、この二人の北国生まれの幻想作家には、ふしぎに通底し、共通する要素が濃いのも気になる。

かたや靴職人の子、かたや金工職人の子であって、ともに父親がはげむ家職への思い入れがつよい。彼らの作品には折にふれ、父親の作るモノが登場する。それらのモノはいきて動き、妖しい存在感を発揮する。特異なフェティシズムがドラマの核となる。

この特色についてはたとえば、赤いすてきな靴が少女を狂ったように踊らせつづけるアンデルセンの『赤い靴』をイメージしていただけばよいし、亡父を映す金工師の作った蟹《かに》や千鳥《ちどり》の細工が、いのちを得て走り、飛ぶ、鏡花の『さゝ蟹』や『無憂樹《むゆうじゆ》』を思い出していただけばよい。

それに両者とも雪国に育ち、降る雪の、ふぶく雪の白色が生む種々の幻影より物語をつむぐ点も、共通する。『銀短冊《ぎんたんざく》』『さら〱越《ごえ》』『雪霊記事《せつれいきじ》』など鏡花には、雪を幻想的にうたう作品がめだつ。この分野には、『雪の女王』にて、雪と氷の青くつめたい詩情を確立した雪の詩人、アンデルセンの影響がかなりあるに相違ない。

ちなみに日本における初のアンデルセンの翻訳は、福田清人の論考「日本におけるアンデルセン紹介史」によれば、明治三十一年。以降、明治三十四年に尾崎紅葉にもアンデルセン『大クラウスと小クラウス』を翻案した童話がある。それに何といっても、同三十五年に刊行された森鷗外の『即興詩人』が、アンデルセンの名を一気に巷間にひろめた。

もちろん鏡花も早くにアンデルセン童話の存在は知り、英語にすぐれているので英訳本で、くわえて上田万年の訳による『安得仙《あんどるせん》家《か》庭《てい》物語《ものがたり》』（明治四十四年）などで、この北欧の作家の透きとおった不思議なうつくしいお話の数々をよんでいるにちがいない。

五

他にも、鏡花の宝石づかいのめざましい作品は多い。伊勢の二見《ふたみ》の浦を舞台とする『浮舟《うきふね》』のある面は、この地で画期的に、御木本《みきもと》幸吉のはじめた養殖真珠事業へささげるオマージュでもある。海中の貝にはぐくまれる真珠の幽暗な白光が、海で、源氏物語の浮舟の君のようにあわれに溺死するヒロインを照らしだす。

白痴の青年だけに見える山のきのこのお姫さまが、「紅玉《こうぎょく》、碧玉《へきぎょく》、金剛石《ダイア》、真珠、珊瑚《さんご》を星の如く鏤《ちりば》めた羅綾《らりょう》」をまとい、踊る『茸《きのこ》の舞姫《まいひめ》』も印象的。きらきら光るヌーディなうすもので、山姫が舞う姿は、ギュスターヴ・モロー描く、舞姫サロメをほうふつさせる。

それに、すばらしい翡翠《ひすい》の珠が主人公となり、人の手から手へと渡るそれを、八犬伝のように追いかける長篇『芍薬の歌《しやくやくうた》』がある。『鴛鴦帳《えんおうちよう》』にて、ウィーン直輸入の貴重な黒ダイアを、ヒロインがおしげなく金づちで砕き、「石の精だと思ふ紫の濃影が颯《さつ》と」飛びちる場面ももちろん、忘れてはならないだろう。

金工師の子である鏡花は、まこと根っから、宝石に目がない。とともに西欧のファンタジーの幻想性を支えるジュエル感覚にいち早く反応し、それを自作品に活用している。

明治生れの他の男性作家、いえ女性作家もとても及ばぬ、この人の宝石宝飾品へのなみならぬ造詣をうかがうために、ぜひ、『伯爵の釵《はくしやくかんざし》』（大正九年）なる作品で彼のかたどる、華麗な髪飾りもながめておきたい。

それは、「白金《プラチナ》の高彫《たかぼり》の、翼に金剛石《ダイヤ》を鏤《ちりば》め、目には血髄玉《スルウドストン》、嘴《くちばし》と爪《つめ》に緑宝石《エメラルド》の象嵌《ざうがん》した、白く輝く鸚鵡《あうむ》の釵《かんざし》」。女優の紫玉《しぎよく》が、パトロンの某伯爵より贈られたもので、その名品を人々は、〈伯爵〉と呼びならわす。

宝珠を尽くしてかがやくこの釵を、のちの場面で鏡花は、こともあろうに歯槽膿漏をいたずらく老人の口中に突っ込ませ、純白の高貴なオウムを一転、臭気と膿にまみれさせる。

そのサド・マゾ的な特異な美意識についてはさておき、あらためて、鏡花の宝石宝飾品への造詣にうならされる。オウムの意匠がまず個性的、その紅い目をかたどるスルードストンなる色石の名も、この作品で初めて知った。

想いおこせば、『鷺花径』にて匂うような神秘の白い手がはめる指環も鳥の意匠、そして『日本橋』

のお孝のトーテムともいうべき指環は、黒ダイヤの瞳をもつ白金《プラチナ》の蛇であった。鳥や蛇の意匠に宝石のあしらいをするこれらの個性的なデザインは、自然の草花、鳥獣のモティーフを画期的に展開した一八九〇年代のアール・ヌーヴォー・ジュエリーを、あきらかに意識するものであろう。たとえばお孝の指環は、パリの宝飾芸術家・フーケが、女優サラ・ベルナールのために一八九八年に製作した妖艶な蛇モティーフの腕環をほうふつさせる。古代ローマの意匠を復活させた蛇シリーズの腕環や指環は、のちにパリの宝飾メゾン・カルティエやブシュロンに受け継がれた（『アール・デコ・ジュエリー』参照）。

そう考えると、さらに視野がひらける。鏡花は、富と権力のシンボルとしての宝石をえがくことには興味がない。ひたすらその色や光、きらめきを愛する。こうした本質こそは、従来の宝石の意味を転換し、王侯貴族の格式をあらわす重厚と荘厳の象徴から、画期的な光の芸術へとそれを変容させたアール・ヌーヴォー宝飾芸術に共振する。

鏡花の宝石づかいはたとえば、ガラスと宝石を混交させてオパール色の夢のあわいを創出し、その神秘の谷間に花々や鳥、昆虫を息づかせるルネ・ラリック（一八六〇〜一九四五年）の宝飾芸術にたぐえるのが、もっともふさわしいのではないか。

彫金や七宝も駆使し、光のたわむれる透明な小世界、異界を追求するラリックの画期的な宝飾品は、一九〇〇年のパリ万国博覧会にて世界に広く知られるようになるのだから、まさに鏡花の同時代人。神秘的な沼地とそこに棲まう鳥や蜻蛉などを愛する傾向も、両者は響きあうものがある。さらに鏡花の場合は、至高の女性さえ、そのオパール色の世界の中にたたずませる。

指環にまず目をうばわれ、妙なる手のエロスに魅了され、さらに行間にちりばめられる光やきらめきを追ってみて——鏡花の文学を超常的に染める色調や、手をのばすとふっと異界にふれるような、水を想わせる独特の透度についても、その成分のいささかが具体的にわかってきた気がする。

鏡花の色調は、前代的な歌舞伎や絵草紙の色をベースとする。強烈な血潮の紅色、それと対照的に雪にまがう白色を多用し、はげしいドラマトゥルギーを形成する。と同時に、先駆的に近代の新しいマテリアルが駆使され、そのベースに融合している。

そこここにガラスや鏡、レンズ、水晶、宝石のさまざまが仕掛けられ、それら多面体より生ずる反映、反射、屈折を通し、主に青・紫・緑の寒色が、色彩であるとともに光やきらめきとなって紙面にあふれ、流れる。

いくぶん、同時代の宮沢賢治の、月や星の光、鉱物、宝石、ガラスの色と光を活用する、天上的な童話との類似も看取される。ともに、積極的に西欧のメルヒェンを摂取する、時代の新しい感性と位置づけられよう。そしてそれは事によると、現在の私たちにまでつながる。現在のアートやファッションをおおう、光やきらめき、透明をいちじるしく志向する文化の先駆として、時に鏡花を感じてもみたい。ぐっと彼が、身近になる。

しかも鏡花は、私たちより過激でさえある。彼の感受する肉感にまで、宝石愛がふくざつに入り組むのを目にし、おどろくことも少なくない。

指環にもどれば、たおやかな手にきらめくそれは女性のトーテムであり、究極的には女性そのものも、不可侵の透明と硬度をたもつ宝珠であれかし、と鏡花は願っていた節《ふし》がある。抱こうとすればたちまちに、青く冷たくかがやく「真珠《またま》」と化して透きとおり、消えてゆく。彼の女性美の一つの理想は、宝珠としての肉体である。

そのめざましい例として、『沼夫人《ぬまふじん》』（明治四十一年）のページをひらき、結びとしよう。

ほぼ百年前のこの小説の、どこをひらいても、沼の水が匂う。水のほとりの鳥が鳴きかわし、「緑は緑、青は青で、樹の間は薄暮合《うすくれあひ》」とうたう声にさそわれて、私たちはいつのまにか、たそがれの微光に緑のグラデーションを織りなしてさやぐ、原生林のなかに立つ。

ラリックの青いガラス芸術の世界に入りこむとは、こんな感じだろうか。沼に綾なす水紋の蒼さや、水面すれすれに飛びかう翡翠《かわせみ》の影に目をうばわれる。ひたすら静か。読む私たちの心身も、水と樹々に降りてくるたそがれの蒼さに染まる。

この原生林で、主人公の小松原は、ながい間そのゆくえを探していた、恋しい人妻にめぐりあう。彼女はしきりに、芭蕉の大樹のための、月光もとどかぬ沼の暗さをなげく。

かつて自分のせいで大けがを負わせた彼女のために、せめてできることと、空をさえぎって繁るその巨樹を、小松原は身にしみて嬉しく伐《き》り倒す。すると現われた白い月を、「あゝ、嬉しい」と背中をたわめて仰ぐその人は――あ、あ、あ、……かがやく宝珠と化して、蒼い沼の水にとけて消える。

背撓《せなたわ》み、胸の反《そ》るまで、影を飲み光を吸ふやう、二つ三つ息を引くと、見る〳〵衣《きぬ》の上へ膚《はだへ》が透き、真白《ましろ》な乳《ち》が膨《ふく》らむは、輝く玉《たま》が入ると見えて、肩を伝ひ、腕《かひな》を繞《めぐ》り、遍《あまね》く身内《みうち》の血と一所に、月の光が行通《ゆきとほ》れば、晃々《きらく》と裳《もすそ》が揺れて、両の足の爪先《つまさき》に、美《うつくし》い綾《あや》が立ち、月が小波《さゝなみ》を渡るやうに、滑《なめ》らかに襞積《ひだ》を打つた。

声にだして読めば、このくだりの神秘はひときわ心にしみる。月の光に透きとおる宝珠の「晃々《きらきら》」は、鏡花の理想の美であり、至上のエロス。しかしそこに、リアルの肉体への不感症冷感症の青い水脈の通うのもあらためて明視され、興味をそそられる。鏡花の指環は、宝石は、かく奥ぶかい。

鏡花と水上瀧太郎

ツイッターやフェイスブックなどにより、現在はさかんな勢いで新しい人間の関係性ができている。画面を通し、顔を見たこともない人ともおしゃべりができる、友だちになれる。自在に発信できる。未曾有のポリフォニーの世紀がはじまりつつあるのにちがいない。大きな単一の声に支配されることなく、ここからもそこからも種々の声の湧く状況は、たくみによく利用すればもちろん、既成のシステムに対する革命や新生をうながすことができる。すばらしい可能性をはらむ。すでに実績もめざましい。

けれど一方、日常的レベルでの、その多声のあんがいの貧しさも懸念されている。ぼう大な手間ひまかけておしゃべりしているのに、真の対話のまるで成立しない場合のままあることも、指摘されている。

画面に書く自分に酔っていて、じつは相手はどうでもいい場合。自分のストーリーに夢中で、相手の情報だけを搾取している場合など。——たしかにこんな風だと、たとえ何十人と知りあおうと、自分の等身大の鏡像が、無限に画面に映りつづけるだけのこと。

評論家の宇野常寛が、その著作『リトル・ピープルの時代』で先鋭に指摘するように、新しい関係性の創出というよりも、自己増殖の殻にこもった密室型のストーリーテラーが、不毛に繁茂しかねないこととなる。

こうした功罪をはらむ電子的な人間関係の世紀の、画期的に展開する節目の今だからこそ、すこし昔のことを振りかえっておきたい。

何十人などとは知りあわない代りに、小ぶりの社会・世間でいとなまれていた、濃密な関係性に目をとどめておきたい。近過去でありながら、今はほぼ失われ、滅びた関係性の民俗をかえりみ、そこからおおいに学んでおきたい。

たとえばここに、泉鏡花と水上瀧太郎という、とびきりの材料がある。ともに文学者でありながら、後者が前者の文学に年少の頃より傾倒し、おとなになって巡りあい、ほぼその半生を、前者に無償で尽くした。ひたすらに、その文学の永遠の栄えを念じた。

文学史の上では、紅葉と鏡花の強烈な師弟関係が有名で、まだしもその方が、現代の私たちにはわかりやすい。

弟子を同居させ、日々の暮しをともにしつつ、叱り、しつけ、教える紅葉は、先駆的に近代社会の風俗を描き切る作家である一方、厳重な師弟関係による芸道の伝授を尊ぶ、伝統的な芸術家なのである。よって、弟子の人生の全般に口さしはさむのも当然で、こともあろうに師の自分の病中に、芸妓と同棲をはじめる弟子の鏡花の不敬をはげしく叱責するのも、芸道の上ではごく自然のなりゆき。

これを私たちは大仰に、恋愛の自由をさまたげる紅葉の圧制と非難するけれど、およそ百十年前の封建色をとどめる師弟関係としては、そう珍しくない叱責なのにちがいない。

さてしかし、鏡花と水上瀧太郎の関係性はよりファジーで、わかりにくい。封建時代の既成の上下関係には、当てはまらない。どこか恋にも似て、神秘的でさえある。封建時代を突きぬけて、もっと古風であるのか、それともきわめてモダン、未来的であるのか？

二人は師弟ではない。同業者仲間でもない。といって、作家とその愛読者、パトロンとして片づけてしまうのにも、ためらいが残る。ともかく水上が鏡花の文学に一目惚れし、終生惚れつづけ、鏡花の至近に身を置いて、この世間知らずの天才を守り通した。

本名は阿部章蔵、明治二十年生まれであるから、鏡花の十四歳下。父は、福澤諭吉に学び、明治生命保険会社を興した実業家で、その後を継ぐべく慶應義塾大学で修学し、明治生命保険会社社員と作家の両立生活をいとなんだ。筆名の水上は、鏡花の『風流線』の主人公の水上規矩夫より、瀧太郎は、『黒百合』の主人公の千破矢瀧太郎よりとる。水上瀧太郎の人となりについては、坂上弘「震災と水上文学」（岩波文庫『銀座復興』「解説」）等にくわしい。

何しろ水上は新婚そうそう、鏡花の番町の家のすぐそばの、築二百余年の武家屋敷（借家）に引っ越してきて、爾後、鏡花の生活経済面にもこまやかに世話をやいた。

前金渡しのために執筆を急かす出版社としばしば掛けあい、良い作品を生む時間のゆとりを鏡花に贈ったのも、彼。紅葉の猛反対を銘じて、すゞ夫人との内縁関係を保ちつづける鏡花を説きふせ、入籍にこぎつけたのも、彼。煩雑な手続きはおそらく水上が行ったので、罪人がくぐる門を自分もくぐるのは厭だという鏡花を引っぱり、裁判所へ行くのがとにかく一苦労だったと、友人の小島政二郎に語っていたという。鏡花の没後にその遺産が、すゞ夫人に正しく渡るべくをおもんぱかっての、苦労人らしい配慮だった。
なかんずく、鏡花生前の全集の刊行の中枢に、この世なれた実務家であり、すぐれた批評家そして名編集長である水上の位置したことは重要で、鏡花の名が燦然と文学史に刻まれるための礎石となった。

思うに、いくら天才といえど、文学史におもくその名が刻まれるについては、かなり運不運もあるのでないか。周囲に名だたる讃仰者のそろうことも必要であるし、後世まで残り、さらに新編や再生をうながす良質で端正な全集・選集の刊行されることも、たいせつな要件であろう。

この点、鏡花は強運である。紅葉亡きのち自然主義の単独支配に圧迫されて孤立するなか、『三田文學』主幹の永井荷風の支援をうけ、『三田文學』系の新鋭の作家たちとの縁ができた。ここで鏡花の孤立は逆に尊ばれ、敬愛をあつめた。その縁の輪から、鏡花生前の全集刊行の企画がたちあがった。

大正十四年、鏡花五十一歳の七月より春陽堂から刊行が開始された『鏡花全集』全十五巻の編集にたずさわったのは、ほとんど『三田文學』に関わり深い、当代一流の作家たちである。しかもみな手弁当で、鏡花文学への敬慕により参集した。

この経緯は、編集実務の中心となった水上の回想記「『鏡花全集』の記」に記録されている。まず、小山内薫、谷崎潤一郎、久保田万太郎、芥川龍之介、里見弴、水上瀧太郎の六名により、「鏡花全集相談会」が結成され、水上は相談会の「常任責任者」に就いた。

芥川の提案により、六名は編集者といわず、参訂者と称することが定められた。しかも参訂者の名はいっさい、全集には掲げないこととなった。こんな点にもよく、無私無償の精神がつらぬかれている。鏡花への敬愛の一種の表現法で、こんなスタイルは、〈自己〉を刻印する権利を至上視する現代には、たえて久しい。

六名の参訂者の他に、実務編集担当として、鏡花の信頼する画家の小村雪岱と、命がけの鏡花ファンである濱野英二がえらばれた。編集局は水上邸におかれた。実質上、小村と濱野とともに編集実務にはげみ、参訂者の作家たちとのパイプ役をつとめたのは、水上であろう。

全集作成の基幹はあきらかに、水上を司令塔とする小村、濱野の三人である。明治二十六年より現在にいたる三十余年間の鏡花の「作品の全部を収録する事」「作品年表を附する事」が定められ、中学の頃より水上が手を尽くし集めていた初出誌、新聞、単行本が、収録作品の土台となった。不足については、濱野が時間のゆるす限り探索した。

この時代、今より情報量は少なく、本の発行部数も小さい。また、あいだに多くの出版物の焼尽した関東大震災もあった。初出誌のゆくえを探すのは、とくに困難であったろう。短期間の編集で五二四篇のあつまったのは、水上コレクションの土台あったゆえ。もちろんこれが、後続の全集・選集のベースとなる。

友人の久保田万太郎によれば、水上は、父の命により大正元年アメリカへ留学するにさいしても、留守のあいだに発表される鏡花作品はもれなく集めてほしいと久保田に頼み、出国したという。単行本や著名な雑誌はさておき、小さな地方新聞に鏡花が発表することもままあり、その間ハラハラしつつ久保田は、友との約束をはたすべく努力した。

こうして成った春陽堂『鏡花全集』は、その内容見本文に芥川龍之介が、「鏡花泉先生は古今に独歩する文宗なり」にはじまる流麗な筆をとり、鏡花をメリメやバルザックに比肩する世界文学者として位置づけたことでも著名である。

日本の古風因循な作家とみられがちの鏡花の神秘と怪異の作風を一転、西欧ロマン主義の神韻に結びつけ、鏡花をダイナミックに先鋭に、世界文学者として押し出した。

鏡花を愛する人々の誠情の結晶ともいうべきこの生前の本格的な全集は、いろいろな意味で、鏡花がながく評価される気流を形成した。実働のリーダーである水上の功績は大きい。彼は忌憚なく出版社の経費・校正作業にも意見をのべ、春陽堂の番頭を泣きくずれさせたことさえあるという。

あらためて思う――身近に無償で尽くす讃仰者を惹きつけることも、天才の条件なのか？〈自己〉にとらわれるリトルピープルの群居する現代はいざ知らず、少なくとも明治生まれの天才の周囲にしばしば、その知のかがやきに魅了される讃仰者のいることは、日本近代文学史や学問史にめだつ現象である。

永井荷風にも、損得ぬきで初期中期の彼の作品をすばらしい装幀にてぞくぞくと刊行し、彼に思うさま自由に書かせた籾山《もみやま》書店の社主の籾山仁三郎をはじめとする、多数の傾倒者がいた。

しかし何といっても近代文学史上にきわだつのは、民俗学者の折口信夫の例だろう。彼にはつねに、同居して家事万端から諸事務、採訪旅行を支える同性の弟子がいた。これは学問の弟子とは限らない。建築家として会社で実務にはげみつつ、折口を天才と信じ、ながく同居をつづけて折口を経済・生活両面で支えた、鈴木金太郎というような人もいる。

ちなみにおなじく民俗学者の南方熊楠の特異な粘菌研究も、親友とその姉妹をはじめ、彼の天才に感応する多数の人々の助力によって成立している。

ひたすら自己実現を志向する現在の私たちとはかなり異質の精神の方位が、こうした関係性には明らかにつよく働きかけている。これは一つには、俗に〈男が男に惚れる〉というような、ホモソーシャルな共同体の文化であるのかもしれない。しかし今は、性急に判断するのは控えておこう。

水上の場合は特に、その讃仰に盲従的な要素のいささかもないのが、大きな特色である。盲従的傾倒者となるには、この人はあまりに知的・剛毅にすぎる。

水上は、小学生の時に七歳年上の兄の本棚に鏡花作品のあるのを見つけて読み、とりわけ『誓之巻』（明治二十九年）に感動した。近所の悪童に、男女の動物的な交わりについて初めて知らされ、ショックをうけた時だったので、鏡花の描く清らかな精神愛の世界に救われた。「此《こ》の世に生れて来た甲斐のある事」を実感できた。その恩恵をこころに刻み、それより一心に鏡花作品を愛しつづけた。

しかしこの熱愛は、盲従とはほど遠い。初期よりの鏡花文学の歴史に寄りそいつつ、最良の批評家でありつづけることこそが、水上の骨頂。それもむべなるかな、周知のように水上は、実業家であり作家、そして『三田文學』の歴史にのこる名編集長でもある。関東大震災で中断していた『三田文學』をふたたび興し、実質上の主幹として若い才能を見いだし、大切に育てた。

彼の随筆群『貝殻追放《かいがらついほう》』を読めばよくわかるように、その知性は、清廉な道義と良識を核とする。おなじく良識と道義をじつは核としながら、バロックなゆがみでその知性をおおうのを愛する三島由紀夫のありようとは位相が異なるものの、しかし若い、あるいは埋もれた才能をいち早く発見して世に出し、かつ世間の常識や社会道徳の俗と怠惰に、果敢にもの申す水上の姿勢は、やや後に、行動的そして生産的な批評家として重きをなした、三島にも比肩するのではないか。

ゆえにもちろん熱愛すればこそ、鏡花文学を評するに、幇間的に絶讃するなどありえない。その作風の変遷と複数の本質をよく理解しつつ、停滞や自己模倣については手きびしく批判する。鏡花自身は気づくことのできない、鏡花文学の未来にひろがる可能性を読みとり、書き手にさししめす。

そうした批評の一つの代表が、「鏡花世界瞥見《べつけん》」(昭和三年)である。

ここで水上は、第一作『冠彌左衛門』にて口火を切る、鏡花の熱情的な世間への挑戦的姿勢を、その文学のベースとして注目する。その作風の浪漫主義より神秘主義へと展開する推移にも注意をはらいつつ、「自由を欲し、束縛を嫌ふ」鏡花の精神のかがやきを賞揚する。

その他の特質にもこまやかに触れつつ、一方、その自由の精神の表現法としてのパッションが、時を経るにしたがい色あせ、たゆみ、常套的になっている消長をも見のがさない。

パッションの磨滅にふれつつ、忌憚ない評言がつらなる。完璧な宝珠を思わせる鏡花世界は一方に、「鏡花世界に立籠る」閉鎖性の危険をはらむこと。最近は愛読者と慣れあい、皆のほっとする予定調和的大団円で、安易に物語をとじる傾向のあること。神秘主義を象徴主義に昇華させず、たんなる怪談に堕す力のゆるみの出てきたことなどが指摘される。

この辺りは、読んでいるこちらが震えるほど。当時五十四歳の鏡花に対し、「年と共に心の柔軟性を失つて、しかけ物のお化しか出せなくなつた」のでないかと、そこまで踏みこむ。

これはしかし、「明治大正昭和にわたる此《こ》の巨匠」を時代の化石とさせず、生前の全集の出たことで安閑とさせず、これからの未来性をひらかんとするゆえの、誠意を尽くした直言であろう。

永井荷風は、批評には、評する対象の置かれた歴史をふまえる史眼が必須であると説いた。ならばこの「鏡花世界瞥見」は、まさにその典範。鏡花作品の著名な一部分だけつまみ喰いし、自分の論理のために鏡花作品を利用するたぐいの論とは、まるで別格。水上は、初発より鏡花作品を知る読者としての歴史を背負い、鏡花にくまなく伴走し、その多様な本質と可能性を見いだす。

論のさいごは、張りを失ったパッションの代りに、新しいゆたかな境地を手のひらにすくい取り、読者に、何より鏡花に、さし出す。あまり目だたないけれどここにもほら、円熟してゆく書き手にふさわしい、まろやかな奥ぶかい境地があると説く。

水上の賞美するのは、日常の淡々しい想いをつづる鏡花の近来の随筆で、「珠玉の如き名品がつぎつぎにあらわれ、新たなる鏡花世界の魅力を発揮してゐる」と論をむすぶ。

これにはいたく同感する。中期以降の鏡花がぽつぽつと発表する随筆は、ドラマティックな小説や戯曲にくらべ、いまだ注目うすいけれど、消えゆく虹の光やはかない幻燈のいろを見るようで、これも何てよろしいものなのだろうと、しばしば感じ入る。

壮年期に、流血ほとばしるように鮮烈にはげしく表現されて、世俗を斷った神秘と怪異が、年をへて鏡花のこころの内奥に、より自然に清澄に育てられ、こちらは私たちの身辺の日常に、ふとした他界の神韻のひびきや影をつたえ、人間の死生をめぐって普遍的にうったえる。

作家の本質を一つに固定することは、明快でわかりやすいので、文学史や評論でよく行われる。作家自身も、おのれの可能性を世間で高評される一つに定め、そこに安住し、自己模倣に陥ることもしばしばある。

そうでなく、作家自身は気づかない多様な可能性を読みとり、その未来のいのちをひらいてゆくのが、真の批評家の生産的な仕事なのではあるまいか。

盲従的な讃仰者は、時として天才の方向を誤まらせ、その才を消費してしまうこともある。すがすがしい卓抜の批評家の身近にいたことこそ、鏡花の最高の強運で、近代文学史の一つの星として銘じられる鏡花の名を見るたびに、今も多くの人に読まれつづける全集・選集のページをひらくたびに、批評家としての水上瀧太郎の影をも感じずにはいられない。

ちなみに水上は、鏡花の葬儀をとどこおりなく差配しおえたその翌年に、急逝した。

百合は、薔薇は、撫子は

麹町《こうじまち》には、鏡花のお気に入りの花屋があった。その「花政《はなまさ》」は、元気よい老主人が先頭に立ち、「おいでなせえ」ときびきび働く店で、すゞ夫人はよくここに花を買いに行っていたらしい。

表通りにあるので、鏡花も通りかかることがあった。随筆『十六夜《いざよい》』にそんなことが書いてある。関東大震災の直後にも老主人は意気を張り、いつもどおりに店をひらき、お月見のための秋草を売っていたという。そんな鉄火な負けん気も、鏡花は好きだったのだろう。

で、随筆に記すだけでは気がすまず、鏡花は小説にも「花政」を登場させてしまうのだ、あるじのお爺さんもいっしょに。

こうした現実と創作が入りまじるようないたずらを、鏡花は時々おこなう。鏡花本の装幀をになう画家の小村雪岱《こむらせったい》なども、作品にあらわれ、実名そのまま「小村さん、」などと呼びかけられている。やはり鏡花本の挿絵を描き、夭逝したゆえに鏡花があこがれを深めていた閨秀画家の池田蕉園《いけだしょうえん》も、こちらは虚名実名とりまぜながら、作中によく登場する。

随筆ならばともあれ、かくべつ緻密に織られる架空の世界に、鏡花のリアルな知人友人があらわれるのはきみょうな味わいで、虚のはずの小説世界が堰《せき》をこえ、こちらまであふれてくるような気がする。

ゆえにもし、小説『幻の絵馬《まぼろしのえま》』（大正六年）の冒頭に、自分の店がまるごと活写されるのを「花政」のお爺さんが読んでいたら、どんなにびっくりしたことだろう。いい宣伝、とよろこんだかもしれない。何しろ「花政」に雨やどりに入ってきたエキゾティックな美女を迎え、老主人の政右衛門《まさうえもん》はけっこう活躍するのだから。場所は麴町ではなく、麻布にうつし変えられている。

伯爵のおとしだねで離婚歴のある、ロシア帰りの奔放な美女、錦木和歌子《にしきぎわかこ》が、『幻の絵馬』のヒロイン。冬しぐれの中を電車より降り、麻布で「土地に聞えた、大《おほき》な花屋」にさぁっと和歌子が入る冒頭シーンが、華やかでうつくしい。

店頭には、「白と黄菊の小さな輪《りん》と、絞《しぼり》を交《ま》ぜた山茶花《さざんか》」が積まれ、そこを和歌子が「秋の蝶の翼《つばさ》の、触れば消えさうな白」いうなじも艶やかに、通りぬけて中へ入る。

働く主人と若い衆、花棚、花瓶、花手桶にみずみずしく活けられる花々を映し出すのが、じつに鏡花は楽しそう、描写に活気がある。

花政と白抜《しろぬき》に、浅黄《あさぎ》の桔梗《ききやう》の印半纏《しるしばんてん》を着た、若衆《わかいしゆ》が三人、――中の一人は花屋の倅《せがれ》で、（中略）隠居の禅門《ぜんもん》、腰は弓より撓《しな》つた、が、気は紙鳶《たこ》の風箏《うなり》ぐらゐに、ぶんと張つたのが、巴《ともえ》に働く若衆の真中に、みだれ咲のダリヤの渦巻《うづまき》で、黄薔薇《きばら》、紅薔薇《べにばら》、白薔薇《はくさうび》、ヒヤシンス、チユリツプ、濃い緑のアスパラガス、箱根草など取々《とりどり》に、芬《ぶん》と酔ひさうな色の霧の、薫《かをり》を籠《こ》めて、大口《おほぐち》の註文の草束《はなたば》を造《つく》る折から。

いまからおよそ九十年前の、こんな粋で活気ある江戸前の花屋さんなら、私たちもぜひ入ってみたくなる。管見のかぎり、こんなに情感をこめてていねいに花屋の描かれる光景の数ページ、日本近代小説ではまれである。

たとえば幸田露伴や永井荷風も、花愛《め》でにおいてきわだつ作家であるけれど、彼らが愛するのは、もっぱら野や庭の花の自然に咲く風情であって、チューリップやヒヤシンスなど温室育ちのはでな洋花には興味がない。そうした花々であふれる花屋の風俗にも、したがって関心は向かない。

けれど鏡花は両刀づかい。野の花の清楚、山の花の神秘も愛するけれど、新しくかわいい洋花もおおいに好きである。こうした傾向は、たとえば菊の清雅な「本性の気味」を愛し、華やかに「ダリヤのやう」に進化させた人工的な菊を憎む露伴との、おおきな差異であろう。

ところで『幻の絵馬』にもどると、このあとつづいて花屋に雨宿りに入ってきた高慢な子爵夫人に、老主人「花政入道《はなまさにゆうどう》」がムッとし、彼女の所望する諏訪湖《すわこ》産の「冷く輝く薄色《うすいろ》の牡丹《ぼたん》」に、わざと高値を吹っかける。

絶句する夫人の横から和歌子がすっと「お爺さん、私に頂戴《ちやうだい》」と言いおおせ、それをうれしがって「花政より前《さき》に、撥《ばつ》と牡丹が薫つて、花片《はなびら》が頷《うなづ》いた」という表現がメルヒェンのようで、かわいい。その縁で、和歌子は老人より、花蔵《はなぐら》の中で飼う木菟《みみづく》を譲られる。

そこから、埼玉・伊草《いぐさ》村の白山《はくさん》に奉納される木菟の絵馬の因縁にまつわる、和歌子の物語が動き出す。かく出だしはすばらしいのだけれど、全体は趣向を盛りすぎて、いささかごたつく、もったいない。

じつは随筆『玉川の草《たまがはくさ》』によると、この小説はほんとうに、〈花政〉の店の中で生まれたらしい。ある日、すゞ夫人が花政で秋草を買ったおまけに、小さな木菟をもらってきた。手びろく商売する花政は、東京近郊では足りず、房州・相模・甲州・信州・越後の野山にまで若い衆を派遣し、刈らせた草花を貨物列車で運ぶ。

その木菟は、若い衆が碓氷《うすい》の山でりんどうの花を刈っていたときに見つけ、店にもって帰ったものという。これこそ明らかに『幻の絵馬』の柱をなす木菟のイメージの発端で、ついでに言えば、和歌子の姓の「錦木」も、同じ年の秋、すゞ夫人が花政より、奥州・忍《しのぶ》の里の錦木を買ったことより発想された名なのではないか。

すでに指摘もされ、読む誰もが気づくことでもあるけれど、鏡花の小説には花がよく描かれる。その中には野の花も温室咲きの洋花もあるけれど、このように近所の花屋、花政にあつめられた花々に取材することが、案外あるのかもしれない。

博識の老主人より、ゆかしく神秘的な花の産地名を教えてもらうのも、旅の文学をとくいとする鏡花のイメージの琴線へのよい刺激となったことであろうし、となると麴町の花政、あなどれない。鏡花文学の一つの鍵をにぎっている可能性がある……。

そんな意味でもまことに花屋小説なので、『幻の絵馬』は全体のストーリーよりむしろ、花にまつわる名場面が光る。

たとえばある秋の日ふらっと出かけた和歌子が、ぶきみな「侏儒《いつすんぼし》」に、たいまつの火をかかげるように曼珠沙華の花束を持たせ、彼をお伴にたそがれの町の中を帰ってくる場面などは、毒あるファンタジーとして目に灼きつく。

> 黄昏《たそがれ》に、炬火《たいまつ》の如く、角の酒屋の店を赫《かつ》と燃《もや》して町内へ入つて来たのが（中略）せめて薊《あざみ》でもある事か、曼珠沙華《ひがんばな》？で、そればかりを、薪木《たきぎ》ほど束にして、あの異相醜悪《いそうしうを》な侏儒《いつすんぼし》に背負《しよ》はせて帰つた形は、可怪《あやし》、狸《たぬき》の背に火を点《とも》して、山姫が来たやうに見えた。

美女と侏儒との取りあわせは、かの『高野聖《こうやひじり》』のヴァリエーション。そこに曼珠沙華の緋色が点火され、不吉な紅い花をことさらに好む和歌子のエキセントリックな性情や、彼女の人生に昏い影をおとす、彼女への或る死者の想いを暗示する。

この曼珠沙華のイメージもあんがい蕭条たる秋野でなく、鏡花は、秋草をあきなう花政の店頭で得たのかもしれない。店の花瓶いっぱいに活けられる曼珠沙華を、通りがかりにふと見かけ、その時、凶の花をいだく美女の映像がひらめいたのかもしれない。

心のなかに閃光をはなつ映像と映像とをつなぎあわせ、ストーリーとして流す映像詩のような手法を、鏡花は折にふれ駆使している。

とりわけ彼が創作欲をおぼえる特権的な映像として、女性が胸いっぱいに花をいだく姿があるようだ。彼のヒロインの一つの原像ともいえる。おなじ曼珠沙華ならば、短篇『雌蝶《めちょう》』（明治四十一年）のヒロインの姿も、とても印象的である。

下町のゆたかな家の一人娘・綾子《あやこ》はある秋の日、語り手である「私」の従姉《いとこ》とともに、向島へあそびに行く。帰りみち、隅田川の土手に火花の散るように咲く曼珠沙華を見て、不吉だからおよしと従姉がとめるのも聞かず、土手におりて、「折つて、一束《ひとたば》胸へ抱いた」。

はたしてその姿がめだったのだろう、遠くから一人の青年に見つめられ、白いハンケチを振られる。「其《それ》をお打つちやり、」と従姉に叱られた綾子は、言問《こととい》より乗った船の上から、胸の花を一本、また一本と水へ流す。

少女のほそい指を離れてハラハラと落ち、暮色深まる水面にしばらく揺れてただよう緋の花の風情が、いたましく妖しい。

曼珠沙華《まんじゆしやげ》は、はら〳〵と、船べりに掛《かゝ》つて水に落ちたが、一度引寄せられたやうになつて、颯《さつ》と乱れて、白魚《しらうを》が寄りさうに、篝火《かゞりび》かと影がこぼれた。

この作品には後半に、あまいあまいシュガークラフトのような花園が描かれることでも忘れがたく、そのくだり少し引いてみましょう、蝶のキスと花のキスが、気はずかしいくらいにみだれ飛ぶ。

雛菊《ひなぎく》、菫《すみれ》、桜草《さくらさう》、雛菊、菫、桜草。揺《ゆ》らめく瓚《かざし》、香《か》ある玉、（中略）花菱草《はなびしさう》は黄金の杯《さかづき》を露に傾け、俤《おもかげ》白く酔へるやう。千鳥草《ちどりさう》の美しさ、夕日の浪《なみ》の五色《ごしき》に砕けて、海松《みる》にかゝるに異ならず。虞美人草《ひなげし》の唇は、東雲《しのゝめ》の雲を分けて、紅玉の面《めん》を接吻《キス》しよう、と夢にもほんのりと面《おもて》を染める。

むじゃきな綾子は、雄蝶に追われて花園を逃げまどう雌蝶にたとえられ、このあとに白百合の花と雌蝶とのキスシーンなどもつづく。

鏡花文学にはたしかに、のちに興隆する吉屋信子などによる、花と星々をちりばめた少女小説の、ゆたかな土壌としての一面があるのだと気づかされる。

けれどお砂糖のようなあまさの中に、一すじ隆たる批判の骨もつらぬかれている。園に花々の薫るこの宵はじつは、綾子の祝言と初夜に当る。鏡花の分身的な語り手の「私」は終始、綾子の結婚を「魔が魅《さ》し」たものと受けとめている。当人の意向は無視し、母親がやみくもに決めた縁で、しかも相手はあの秋の日、白ハンケチを振って、綾子をおびやかした青年なのだ。

やはり曼珠沙華は凶の花だった……そのために清らかな雛のような、蝶のような少女は汚され、台なしにされるのだ。

少女の無垢をふみにじる因習的結婚、それを当り前とする親の鈍愚への、ひとり唇をかみしめるような鏡花のこころの翳りが投影され、あまく揺れる花々はグロテスクとさえ感じられる。緋の花束をかかえて船べりに立つ綾子の姿はここにいたり、凶にみちびかれる哀れないけにえと、あらためて読者に思い返される仕組となっている。

この他にも、花をいだく女性は鏡花文学に多く、ロマンはしばしば、そんな映像よりつむぎ出される。

初期作で、鏡花自身も深く愛する『黒百合《くろゆり》』（明治三十二年）のお雪も、霊山の神秘に通じ、四季おりおりの山の花を売り歩く娘であった。さいごは恋人のため黒百合をとりに山の魔境へと入りこみ、夢のなかの雪のように咲き広がるうつぎの花群の中で、力尽きてたおれる。

お雪の姿は、『薬草取《やくそうとり》』（明治三十六年）に登場する花売り娘、じつは女仙《じょせん》の姿にも重なる。ここでも男をかばってするどい鎌で草をなぎ払い、山奥の神秘の花畑へと男をみちびく姿が、凜々しくうるわしい。

三島由紀夫は『薬草取』を賞美し、山に紅い霊花をとりにゆく花売り娘と青年の道行きに、ノヴァーリスのメルヒェン『青い花』の香りをかいだけれど、青年主人公に先がけて女性こそが彼を守り、魔境へ花探しにゆくのは、鏡花ならではの設定。『オデュッセイア』以来、ヒーローの冒険譚と辛苦の旅を好む西欧文学の伝統とはまた趣が異なり、深山の草をなぎ払い進む、母性と婀々たる僊さのふしぎに混交するヒロインの姿こそ、鏡花文学の精華にちがいないと見とれてしまう。

それならばこの人も決して忘れてはならない、その名からして光りかがやくような、『星の歌舞伎』（大正四年）の照樹《てるき》。かすかな曇りさえない完璧な貴婦人で、さいしょは池の水面に映る藤波にたとえられ、以降、桜の花びらをつたう雫、白百合、朝顔、星の光など、美のエッセンスのことごとくが、彼女にあつめられる。

とりわけ、青年画家の辰馬《たつま》がはじめてこの人と、初夏の箱根の川のほとりで出逢うシーンは、めざましい。鏡花特有の水夢の一幅でもある。

空と水の青さに指も染まりそうなたそがれ、あたりは卯《う》の花と紫陽花のさかりで、緑したたる山々には白百合がかがやく。川の浅瀬にかかる橋のむこうから、やってきたのは、夕日にうすものの透けてかがやく、美しいひと。
滴るばかりの洗髪《あらひがみ》。髻《もとゞり》を一扱《ひとしごき》颯《さつ》と肩に捌《さば》いたが、白地《しろぢ》の羅《うすもの》が膚《はだえ》に透くか、膚の白さの羅に透《とほ》るのを紅《くれなゐ》の夕日に染めたか、袖も裾も色は常夏《とこなつ》の花に紛《まぎら》ふ。其《そ》の肩を包むばかり片手に一束、浅黄に、藍に、紫に、花を重ねた一つを十《と》ウづゝ六七十輪、三枝《みえだ》、四枝《よえだ》、紫陽花《あじさい》を手に提《さ》げて居る。

和装ながら、結わずにゆたかな髪を風になびかせる水の妖精オンディーヌのような姿は、照樹のひらかれた自由な気風をあらわすのだろう。

彼女のいだく緑、青、雪白、紫と変幻してかがやく紫陽花は、花の色というより宝石かガラスの色のようで、花の意匠を特徴とするルネ・ラリックのガラス芸術を想わせる。光り、かがやき、透く現象を至上の美とする鏡花の色感や美意識は、同時代の驚きとしての世紀末ガラス芸術にかなり通底する。

もちろん鏡花と花という主題を考えるとき、夏目漱石にもいちじるしいように、花や植物の生気を尊び、そのしなやかで女性的なラインで表現することをめざした西欧世紀末芸術との関連は、外せない。

さして花や植物に関心のない師の尾崎紅葉とて、『金色夜叉』のさいごでは貫一の夢の中に、宮の化身ともいうべきかぐわしい白百合の幻花をあやしく花ひらかせ、後続の書き手に影響を与えているのである。紅葉もまた、世紀末芸術の花に無関心ではない。

それにしても鏡花ほど装飾的に花を愛し、その作品空間を花で埋め尽くすような姿勢は、日本近代文学においてやはり稀有なのだ。しかも花に毒やグロテスクが薫る様相も独特で、やはり海を越えて、花で埋められるクリムトの絵や、ラリックやガレの妖美なガラスの花々との似よりを想わされる。

そんな鏡花の花の個性をよくあらわす『色暦《いろごよみ》』（明治四十三年）という小説がある。ここには、夢幻的な地中の花園のイメージが出てくる。

逗子の海沿いのある夜の鉄道線路で。ほろ酔いのトンネル工夫の伊之助《いのすけ》は、なぞめいた美女に出会い、彼女の願いでその指さす地面をシャベルで掘る。すると土の中から花園が出現する――「いろんな花片《はなびら》が重なり合つて、而《そ》して、今まで、然《さ》も切なかつた、と云《い》ふやうに、ひら〳〵と震へます。嬉しさうに莞爾《につこり》、唇を開けるやうな紅《べに》のもあり……」。

地中に埋められていたどの花びらも、「露をうけて、一輪づゝ、涼しさうにひら〳〵」秋の月光にかがやく。土中から美女の屍体が掘り出されたようで、綺麗だけれど恐くもある。

花園は、この地に伝わる姫神の呪詛に由来するもので、と同時に姫神の化身というべきその美女の、かつての悲劇と関わる。地中の花園のイメージが、作品全体を支えている。山や巌石の奥に異界を感じる鏡花の透視力が、この作品では地下に向けられており、西欧のメルヒェンの濃い影響もうかがわれる。

まずそれは、ロシアの古い鉱山伝説をもととするメルヒェン『石の花』（バジョーフ、一九三九年）の、あの青い孔雀石《くじやくいし》の花園を想いださせる。時期的に、『色暦』を書いたときの鏡花はまだこの童話を読んでいないけれど、何らかの形で原話の鉱山伝説には触れていたのか。若き石細工師がその天才を鉱山の女神に愛《め》でられ、鉱山の地下ふかく、孔雀石の花々咲く花園へと連れてゆかれる。そこでは石も、いのちをもって息づく。この神秘の石の花を見た者は、あまりの美しさに、もとの自分の世界へ帰る気を失うという。

あるいはドイツ・ロマン派のホフマンの『ファールンの鉱山』(一八一九年)は、これは確実に鏡花は読んでいたろう。『石の花』と同種の鉱山伝説をもととする。

若き鉱夫が、山の女王に地下ふかい花園へ連れてゆかれ、宝石の花々や果実を見せられ、その美しさが忘れられなくなる。とうとう自ら、鉱山落盤に身を投じる。これも青年に、自分の生きる世界を汚くあじけないものに想わせ、完全な美に恋いこがれさせる魔の花なのだ。

鏡花の描く花々や花束は、いきいきとみずみずしく、それが咲く自然の風や匂いを感じさせるというよりはどこか――石の花に通ずる冷たさや、まがまがしさを含む。

硝子細工の花のようでもあり、緑青を噴く鉱物のようでもあり、あるいは綺麗な花びらや葉の裏に、思いがけず蜘蛛や小蛇がひそむのにも似る。至上の美の象徴であり、と同時に死の象徴でもある。

そんな魔の花の香りをひときわ濃くはなつ作品として、さいごに『艶書《えんしょ》』(大正二年)に触れておこう。『艶書』は、映像性やイメージの喚起力をゆたかにいかす短篇で、冒頭も映画のロングショットのよう。赤十字病院へのながい坂道を、これから上ってゆく女性と、下りてきた男性とがすれ違う。すれ違いざまに、坂の途中にへんな男がいるから気をつけてと男が注意し、それなら病院へゆくのは止めましょう、どうぞごいっしょにと女はそのまま、かかえていた見舞いの花籠をもって、男とともに坂下の停車場へひき返す。

そのあいだ中、歩きながら女が、籠から一輪、また一輪と花を抜き、地面に捨てつづけるのが不気味である。男を内心、おどろかせる。

百合《ゆり》は、薔薇《ばら》は、撫子《なでしこ》は露も輝くばかりに見えたが、（中略）其《そ》の一輪の薔薇を抽《ぬ》くと、重いやうに手が撓《しな》つて、背《せな》を捻《ね》ぢさまに、衝《つ》と上へ、——坂の上へ、通りの端《はし》へ、——花の真紅《まつか》なのが、燃ゆる不知火《しらぬい》、めらりと飛んで、其《そ》の荒海に漾《ただよ》ふ風情に、日向《ひなた》の大地に落ちたのである。

菖蒲《あやめ》は取つて、足許《あしもと》に投げた、薄紫が足袋《たび》を染める。

紅い薔薇も、白百合、鹿の子百合、撫子、あやめ、ことごとく地面に投げ捨てられる。そのうち二人は坂のはじまりに辿りつく。じつは男は坂道で、人妻と言いかわす恋の手紙を落としてしまい、それを探していた。女はその御手紙、私がここで拾いました、中身も「拝見しましたよ」とけろりと明かし、と同時にここで女は、花籠も残った花も、溝《どぶ》の中へとすべて、憎々しげに叩きこむ。

恋の手紙を読まれたと知ってしどろもどろで慌てる男に、女は、あんまり心配なさる様子が「おいとしい」、ついては私の秘密も明かしましょう。私も貴方《あなた》とおなじく不倫の恋をする身。この花籠は毎日、夫への見舞いに病院へ持ってゆくもの、そして花籠の花はね、と「莞爾《にっこり》」しつつ打ち明ける。

故《わざ》とね——青山の墓地へ行つて、方々《ほうぼう》の墓に手向《たむ》けてあります、其中《そのなか》から、成りたけ枯れて居ないのを選《よ》つて、拵《こしら》へて来たんですもの、……

貴方《あなた》、此《この》私の心が解《わか》つて……解つて？

解つて？……

水晶のような瞳をもつ女性の優しくしとやかな風情が反転し、彼女がこころに養う悪意がいきなり照らし出されて、衝撃的。露にぬれる百合は、薔薇は、撫子は、墓地の花をあつめたものだった……！

解って、の三度のくり返し、点線や読点のユニークな使い方も絶妙である。同類とこころを許して秘密を明かす、女性のささやき、息づかい、未知の男への微妙な甘えまで感じられる。

どんな夫婦関係なのか、あるいは内縁関係なのか、彼女がどんな恋をしのぶのかは語られないのがかえって鮮やかで、因襲的な関係性の中でよぎなく生きる女性がおし隠している悪意や虚無感が、花の美とひびきあい、一気にまがまがしく咲き匂う。

病室のドアをひらいて、にこやかな笑顔で毎日持ってきてくれる愛らしく美しいお見舞いの花々が、じつは墓地の花であったとしたら——貴方なら、どうします？

くだものエロティシズム

くだものをおいしい、と思って食べる作家は多いだろうけれど、淡々とそれきりで通りすぎる人もいれば、いついつまでもその至福のあじわいを想い、とろけそうな肌ざわりを感じ、自分のことばの端々にも、やわらかく香り高いくだもののメタファーをまといつかせる人もいる。

室生犀星《むろうさいせい》などは代表的な後者のひとりで、そうした傾向はまず、自分の鍾愛するひとり娘をモデルとする女性主人公に杏子《きようこ》、の名をあたえ、その長篇小説を『杏っ子《あんずこ》』と題する好みにもよくうかがえる。

小さくじみな杏《あんず》の実への彼の非常な愛着は、ふるさと金沢の縁うすかった父母の記憶にかかわることが、初期小説『幼年時代《ようねんじだい》』に抒情的につづられる。

士族と女中のあいだの内縁の子であった犀星は、もらい子に出され、ふだんは庭もない家に暮らしていたけれど、実の父母のいるのは「広い果樹園にとり囲まれた」古い屋敷で、そこはいろいろな果実のみのるパラダイス。父はいつも葡萄棚《ぶどうだな》や梨畠《なしばたけ》の手入れをしていて、遊びにゆくと、穏やかに笑《え》み、迎えてくれた。母はゆったりと、おさないわんぱくな「私」を、ひざで眠らせてくれた。

果樹園にはことに杏の若木が多く、眠る頭のどこかしらにさらさらと、こまかい葉が風に鳴る音がきこえた。実がなれば、木にのぼって好きなだけ採らせてもらった。

こがねいろに熟れた肌にほんのりと、うすべにいろのさす杏の色感、そのうすあまい香りは犀星にとり、吸った記憶のない母の乳のようなものなのだろう。彼の詩はうたう、

あんずよ／花着け／地ぞ早やに輝け／あんずよ花着け／あんずよ燃えよ／ああ　あんずよ花着け
（『抒情小曲集』「小景異情」より）

さてところで、明治二十二年生まれの犀星によれば、実家のみならず、幼少時代の金沢の町の士族の家は、庭に果樹を繁らせることがおびただしかったという。杏をはじめ、季節ごとに梅や茱萸《ぐみ》、りんご、雪国特有のすももや毛桃が、ふんだんにみのった。ゆえにガリマ、と称して子どもたちが隊を組み、垣根をこえて道にひろがる枝の果実を石などで落とし、好きに食べるのもゆるされていたという。

そうか、金沢の子どもはくだもの喰いなのか。くだものは彼らの大切なおやつであり、おもちゃなのだ。それに雪国で暮らす子どもにとって、春がくる歓びはひとしおで、その歓びのなかに、太陽と風にかがやくくだものの宝石のような色が、燦然とちりばめられてもいる。

とすれば、鏡花もしかり。鏡花の生い育った頃の金沢も、多少の時間差はあれ（犀星は、明治六年生まれの鏡花の十六歳下）、そうしたゆたかな果樹の町であったと想像される。果樹を庭に配するのはすなわち、大加賀藩の瓦解後、多くの斜陽士族がよぎなくされた、自給自足の一つの手だてであった

ろうから。

そしてなるほど、鏡花においても、くだもの愛は突出する。彼の作品をかえりみれば、なんとも種々のくだものが描かれる。それらは多くの場合、たんなる点景のモノではない。まるで宝珠のような扱い。ページを繰ってみればそこここに、ヒロインがその透きとおった指であやつるくだものが、おさない子どもや少年が欲しくて焦れて、あこがれるくだものが、超常的な色と光をおびて置かれる。

たとえば自伝的小説群の一『二之巻《にのまき》』にて、異国の女性教師がstrawberryの優しい英語のひびきを添えて、病床の少年に贈るバスケット盛りの苺のみずみずしさは忘れがたい。

名だかきゆうれい小説『白鷺《しらさぎ》』にて、一つのキーとなるのは、昔も今も貴重なさくらんぼ。自死した芸妓の小篠《こしの》は、おさない妹にさくらんぼを買ってあげるのを、死ぬまぎわの楽しみにしていた。だから彼女としたしくしていた画家の妻は、お盆に小篠の霊を迎え、心こまやかにさくらんぼを手向《たむ》けんとする。

『起誓文《きしょうもん》』の冒頭、海風吹く逗子かいわいの茶屋にてヒロインのお静《しず》が、のどのかわいた恋人のため、冷えた梨をあつらえて、自分で包丁を持ってむく様子が、てのひらに純白の雪をいただくように描かれるのも印象的だった。

それに、『瓜の涙《うりなみだ》』という名品もある。物語の季節は、酷暑。村々から春をひさぐため買い集められ、これから船で遠くへ送られる女性たちが暑さにあえぎ、ほんの一時だけ茶屋に休んで、冷し瓜を食べるのを許される。その料金さえ、年季代よりさっ引かれる仕組であるとつづられるのが、残酷で、いたましい。

この小説にもそのイメージはいささか明かされるけれど、鏡花はとりわけ瓜が好きで、その面長の形が、女性のしとやかな「瓜実顔《うりざねがほ》」に通底するのも、おそらくその大きな理由。「薄桃色《うすもゝいろ》に、又青く透明《すきとほ》る、冷《つめた》い、甘い露《つゆ》の垂《た》りさうな瓜《うり》」に対してむらむらと、歯を突き当てたい欲望が湧くのは、主人公の少年ののどの渇きとひもじさのためばかりでなく、瓜実顔の蒼じろい肌に対する、いうにいわれぬエロティシズムが関わるのかもしれない。

特に『瓜の涙』では、売られた女たちのなかに、主人公がかつて隠れ里のようにひっそり桜さきみちる樹の下で出逢った、世なれぬ「瓜実顔」の美少女がいて、やがて少女を待ちうける残酷な〈破瓜《はか》〉のイメージも、このくだものに忍ばされている可能性もある。

瓜のぷわぁっとふくらんで、内部には何が入っているのだろうとの想像を誘う、民俗学者の折口信夫《おりくちしのぶ》いうところの、あたかもその中に神霊のやどる器としてのうつぼ（折口の論考『石に出で入るもの』など参照）の形状ももちろん、鏡花の関心をいたく惹くのだろう。

そして瓜とは、よく庭や畑に丹精されてみのるもの。『瓜の涙』には、続篇ともいうべき『河伯令嬢《かはくれいじよう》』があって、ここで鏡花はふたたび瓜の縁で、桜樹の下で出逢った少年と少女を邂逅させる。読者にとっては、鏡花に醸された夢のつづきを、みるような思い。あるいは、輪廻《りんね》の劇に立ちあわされる思い。

そしてこの作品では瓜に、いちじるしく盗みのモティーフがからめられる。そこに注目したい。かつて桜樹の下で出逢い、またも湧水に瓜をひやす茶屋で出逢った少年と少女は、こんどは瓜畑で出逢う。これから娼婦として売られるので死にたい、とつぶやく少女に少年も、生活苦のため死にたいと告白し、ごく自然に二人はいっしょに死ぬことに。

けれどそこは子どもらしくあどけなく失敗し、なんだか拍子ぬけした二人は今さら、あたり一面の瓜が月光に照らされるめざましさに気づき、それぞれ一つずつ、熟れた瓜をとる。少年がてのひらにのせた瓜が、うつくしい――「一個《ひとつ》、掌《てのひら》にのせました。が夜露で、ひやりとして、玉の沓《くつ》、珊瑚《さんご》の枕《まくら》を据《す》ゑたやうです。雲の形が葉を広げて、淡く、すい〳〵と飛ぶ螢《ほたる》は、瓜の筋に銀象嵌《ぎんざうがん》をするのです」。

あまい実に二人が可憐な白い歯を当てようとした瞬間、瓜畑の番小屋にひそんでいた荒くれ者どもにおそわれて、少年は殴られ、少女は小屋に引きずりこまれ、輪姦される。

発狂したのであろう少女がうたう、「松も苺も、もう見えぬ――」という唄声が、小屋より哀しくひびく。それは少年に、私にはかまわずあなたは逃げて、の意ともとれ、いや苺とは、この小屋に苺のような紅い火をつけて燃やして、早く燃やして、と訴える悲痛な願いとも聞こえ――しかし少年は卑怯にも、耳をふさぎ、逃げる。

苦学の末に工芸家となった彼は、その贖《あがな》いのため、瓜を彫刻しつづける。瓜を彫る瓜吉《うりきち》、とさえ称される。そして「身を疼《や》んで、血を喀《は》いて、雪に紅《くれない》の瓜を刻」み、死ぬのである。

鏡花の瓜とは、なんてむごたらしい果実。『瓜の涙』で伏線となっていた〈破瓜〉のイメージも、ここではっきりと露出する。

「いきなり歯を当てると、むし歯に成る」からと、少年のためかいがいしく、少女はまず自分のかんざしの柄でくだものを突き、裂目を入れてあげるけれど、突かれ、裂かれるまろやかな果実は、次の瞬間、少女がうける辱《はずかしめ》の暗示に他ならない。

その辱の発端となるのが、盗みのモティーフ。それもごくあどけない、子どものするような、くだもの盗み。目をこらすと鏡花の全作品には点々と、このたぐいの花や果実を盗む挿話がちらばる。小さな罪ではあるけれど、『河伯令嬢』のようにそこから、思いがけぬ恐怖や悲劇が巻き起こる。

他の作家とくらべて鏡花には、罪の意識が濃い。その罪意識には少なからず、幼少時の盗みの記憶が関わる。自己と他との境が未分明の子どもは、その属性として身近のモノをよく盗む。お友だちのおもちゃや、ひとの庭の花やくだものを。

それをそのたび怒られて、しだいに自己と他者の区別を知り分ける。その過程で鏡花は、特にはげしく恐怖と恥に染まり、その記憶を大人になってもなお、こころの内にとどめた人なのだと思う。それは、近代の男性作家には稀有な、彼の内なる原罪意識をつちかった土壌とさえ言ってよい。

家庭のしつけもさりながら、そこには彼がおさない頃よりうけた、禁欲的なプロテスタンティズムの教育の深くあずかることが、想像される。彼を薫育したアメリカ人宣教師は、若い女性特有の潔癖で、おさない鏡花にきびしく、「汝《なんじ》盗むことなかれ」を説いたらしい。

彼女のおもかげを映す女性宣教師、りゝかをヒロインとする『名媛記《めいえんき》』は、散歩中に学校の生徒がりゝかのために道ばたの花を摘んで捧げてさえ、りゝかが、「之《これ》はあなたの所有ではありません、盗《どろ》賊《ぼう》ね！」となじる様子が描かれている。

花もさりながら、とりわけ庭になる果実は、子どもにとって、きれいでおいしそうな誘惑物。だから鏡花のくだものは、盗みのモティーフに彩られ、特有の恐怖やむごたらしさをまつわらせるのではないか。そこには自身の幼時の盗みの原風景が、しまいこまれているのではないか。

それにそもそも、キリスト教教育の入口ともいうべき聖書創世記は、楽園から禁断のくだものを盗み、神より地上に追放される人間の原罪のものがたりによって、私たちの起源を説く。つまり鏡花にとってくだものとは、異国の宗教のおしえる、みずからの内なる原罪のシンボルでもある。

ゆえにこそ、創世記のアダムとイヴの物語の枠を借り、優しい貴族令嬢がいとなむ楽園のような学院の庭から苺を盗む、罪ぶかい男の懺悔《ざんげ》を軸とする物語、『瓔珞品《ようらくぼん》』がある。

されぱこそ、お金がなくてひもじくて、楽園からりんごを盗むのにたとえられ、おやつのせんべいを盗み喰いする少年の自責、あげくのはての死への願望を描く、『売色鴨南蛮《ばいしょくかもなんばん》』がある。『瓜の涙』や『河伯令嬢』がある。

それにあらためて考えれば、みごとなシュルレアリスティックな手法で、茱萸《ぐみ》の実の紅いいろと火事のイメージを連鎖させ、すべてのページを焰のいろに染める『朱日記《しゅにっき》』も、その源は、茱萸の紅い実を盗んだ、鏡花の幼時の記憶にあるのではないか。

茱萸は、庭になる実。犀星が前述するように、金沢の町屋の庭によく植えられるもの。その紅いいろと甘ずっぱさに魅せられて、よその庭からたくさん採ってきたものの、後でだれかに、盗んだ罪で家が火事になるよと、怒られて。あわてて紅い実のすべてを打ちすてた、子どもの頃の恐怖の記憶がどうも、この特異な作品を生んだように思われてしかたない。

地面にちらばる紅い茱萸の実にうつつなく見入る男の子のまわりに、いつしかおびただしい火の粉がパチパチと降りかかる光景の彼方には、おさない日の鏡花の「盗賊《どろぼう》」としての、自責と羞恥も透けて見える。

さて、前掲の『瓜の涙』の同年に、『榲桲《まるめろ》に目鼻《めはな》のつく話《はなし》』という作品もあって、これもいわば庭より、子どもがくだものを盗む話である。その小さな種子を核にエロティックな悪夢がふわあっとふくらむ、まるでまるめろの実のように。

ここにはひときわ濃く、鏡花の子ども時代の記憶が投影されている。金沢の町にならぶ武家屋敷の鬱蒼とした広い庭への、おさない鏡花の好奇心と羨望とがよく映される。

物語の語り手は、鏡花にままある屈折したパターンで、「私」の友人の某美術学校教授の、そのまた弟なる乾三《けんぞう》という青年。乾三が語るのは、そのかみの、兄と音羽《おとわ》という娘との悲恋なのだけれど、そこに故郷・金沢の「三千石取《さんぜんごくとり》の武士《さむらひ》の住まつた邸」の宏壮な庭、そこにひっそりと熟す、まるめろの実が関わる。

その庭は、近所の子どもたちにとって気になる、神秘的な場所。白髪のぶきみな老隠居が番をするのもスリリングで、特に「僕の内なぞ、職人の町屋には、地方《いなか》でも余り庭はありません」と話す乾三にとり、楽園のようでもあった。もちろんこの辺り、職人の子である鏡花の、広い庭へのあこがれが重ねられている。

子どもたちがしきりにねらうのは、庭の最奥にしげる「珍しい樹」のまるめろの実。初秋に、「林《りん》檎《ご》に似て、やゝ楕円形《だえんけい》の、薄蒼《うすあを》い、小さな瓜《うり》ほどもある実が、枝に、葉に連《つらな》り実つて」、「酸味《さんみ》のある香《にほひ》が、芬《ぷん》と滴る」。

庭の主の老隠居は、この樹に子どもたちが近づくのを異様にきらう。果実を守るためと思われていたが、じつはこの根元には、隠居が犯そうとし、それを拒んで殺された旅の女役者の屍体が、そっと埋められていたのだった。

探偵小説のような趣もあるが、白眉は、まるめろの実に女体のあまくやわらかなエッセンスが集積される、幻妖なくだり。隠居のすきを突き、月光さす宵に、乾三少年の採ったまるめろの実は、採る時に、くだものの肌にかすかな窪《くぼ》みの跡がついて、誰かの瞳みたいに見える。あんぐり歯を当てると、また一つ、瞳ができて。もう一嚙みすると、こんどは口が。まるでまるめろは「蒼白い中高《なかだか》な顔」のように見えて、乾三はおののく。

以来、乾三が歯形をつけるまるめろの実は、不思議に女性の蒼白な顔や白い胸、腹と見え、近所の男たちがそれを欲しがる。

神社の神官は、「乾三の歯のあとの、其《そ》の口を、真《ま》うつむけに成つて」「ぴた〱ぴた〱と吸」う。手品師で占いもする男も、「ぐたりと成つて、前のめりにのめり状《ざま》に、其《そ》の榲桲《まるめろ》をぺろ〱と舐《な》め」る。そしてこれらの男たちはみな、乾三の兄をいちずに恋いながら、親兄弟のため、ひそかに春をひさぐ近所の哀れな娘、音羽の客。

男に愛撫され、吸い、なめられるくだものは、殺された女役者や音羽のメタファーで、それが証拠にまるめろをなめつつ手品師は、「あんたを食べて居まんね」と、音羽にささやく。瓜にもそこはかとなく漂う、まろやかな果実に対する鏡花の「あゝ、唾《つ》が走る」ような欲望は、この綺譚ではいっそう露わになり、時にあくどくさえ感じられる濃厚なエロティシズムを醸す。

芸妓や遊女小説の名手でありながら、鏡花は決して、男女の交合の現場は描かない。時にふれてほんのりと、互いの手がふれ、指と指とがからまるばかり。共寝のシーンさえ、おさない日の姉と弟のあどけない昼寝のよう。けれどこの、『榲桲に目鼻のつく話』の濃艶なエロティシズムは、何たることか――。

くだものが媒体となるからこそ、であろう。男たちの欲望が、まろやかな果実の感触と匂いへの食欲にたとえられるからこそ、鏡花は、思うさま、いてもたってもいられないようなフィジカルな情念の描写に、筆を尽くせる。

彼はいわば、間接エロティシズムの名手なのだ。そしてくだものは、子どもの欲望と、大人の男の欲望とを難なく連帯させる。そこに、微妙に多義的なエロスが発生する。

まるめろの実に対してむらむらと、唾《つば》のわく欲望を感じるのは、子どもの乾三も、男どもも同じ。ようやく入手したそれに唇を歯を当て、あまい果汁をすするのも、大人においてはあられもないが、子どもにとってはごく自然な動作。

それに乾三も何となく、子どもながらの春のめざめの衝動をかかえる。樹から手まりのようにトーン、と地に落としたまるめろを拾い、その傷をじっと、「熟した大《おほき》な果実《このみ》は、此《こ》の時に一処《ひとところ》、小指で圧《お》したやうな疵《きず》がついた」と見つめるくだり、子どもの原始的な性感を表わす。

ゆえにこそ乾三は、いろんなこと、お兄さんには言わないでね、と乾三の手をとって、「くやしい」と泣き入る音羽の涙にぬれた自分の指を、ふっと嚙んでみて、「何故《なぜ》か榲桲《まるめろ》の匂いがした」と思うのだ。

そしてその乾三の歯形のつくくだものを、男たちは争って吸う。音羽と男たちのみならず、乾三と男たちのあいだも、官能的な唾《つば》の銀いろの線でつながれる。

若い娘と、それに寄りそう男の子のまわりに、荒くれ男どもが好色的な視線でにじりよる構図は、『薬草取《やくそうとり》』などにもあざやかに浮き出ていた。この辺りには、鏡花の江戸草紙的な稚児《ちご》趣味も、あまく妖しく薫るのかもしれない。

ともあれ、鏡花はつねに間接エロティシズムを遵守する。くだものはそこにおいて、存在と存在とをつなぐ重要な用材としての役わりを、しばしば果たす。

この書き手の基礎教養において、エデンの楽園の果実すなわちくだもの全般が、人間が欲望に打ち勝てず、初めて盗みをおかした誘惑物、つまり原罪のシンボルとして刻印されることも、その存在感を大きなものとするのだろう。あらためて見ると、庭の最奥に位置する蠱惑的な樹や果実をめぐる鏡花の小説は多く、それらはエデンの園の物語の枠組、すなわちキリスト教小説の骨格をもつ。

日の光や月の光に照らされてたわわに実るくだものは、苺もさくらんぼ、桃、茱萸、瓜、まるめろも、やわらかな肌とあまい香りは、犀星の杏のように優しい母性の象徴でありながら、一方で、よその楽園の心さわがす誘惑物であり、恋慕と罪の色彩にかがやく――鏡花のくだものの、これがめざましい特徴である。

読点の魔法

鏡花はその読書のはじまりより、読点の魔法にとりつかれている。

金沢に近い北国の温泉郷を舞台とする『小春《こはる》の狐《きつね》』に、そんな記憶のなかの光景がつづられている。この短篇は、大正十三年一月の発表で、関東大震災後ほどない東京より避難し、のどかな秋のいなかの空気にほっと一息つく、鏡花の分身らしい「私」を主人公とする。なので小説というより、紀行文か散文詩のよう。

紅葉にはまだすこし早い。湖のかなたに初雪をかむる山がひろがり、農家の小庭に鶏頭があかく咲いて、駄菓子屋の店先のざるに柿がならべられて――秋のきよらかな冷気のなかにひときわあざやかに、神秘的なきのこの黄いろ、桃いろ、紅《べに》いろが照りかがやく。

鏡花の偏愛する、きのこ物語でもあって、そこに、ふるさとの忘れえない初恋のひとへの慕わしい想いと、読点そして読点のみならず、文章をかざる傍線、点線、感嘆符へのふしぎな愛がからみつく。

周知のように、鏡花のふるさと金沢ものはそのほとんどがつまり、彼の忘れえない至純の初恋のものがたりに連なる。永遠のそのひとは物語の最奥にいて、なかなか姿をあらわさない。代りにそのひとの面影をうつす哀しく若い女性が、鏡花の分身的な主人公と知りあい、永遠の恋へとさかのぼる彼のひたむきな旅に同行する。

この『小春の狐』で、永遠の恋びとの形代《かたしろ》となるのは、浪路《なみじ》となのる貧しい娘。温泉宿ちかくの道ばたで、ざるに入れて乏しいきのこをひさぐ。

ぱっとしない数のきのこを、そのうえにただ同然で買いたたかれる娘が気の毒になって、そして彼女のしなやかな白い指がきのこを扱うのを見るうちに、「はかない恋の思出《おもひで》」がよみがえって……「私」はそのゆきずりの娘・浪路にたのむ。お手間賃はいいだけ上げるから、どうぞいっしょにきて、きのこの生えるところに案内しておくれ、「私は茸狩《たけがり》が大好き」なのだから、と。

ここで突如、たいせつな宝箱をひらくように、物語の中に、母亡きころの幼年時の、山でのきのこ狩りの記憶がひろげられる。

この追憶の光景の、おさなくおぼつかない感覚がとらえる、色や光、音がすばらしい。あらためて、鏡花は回想の名手である。彼の手から、時間はすべり落ちない。むしろ手のひらにつつまれ、温められ、虹のような色彩をおびていっそうかがやく。

山へと登る「幼い私」の手をひくのは、慕わしいそのひと。やわらかく薫りよい袖が頬にふれ、「月影のやうな青地の帯」がきらめいて。頂上にてみんながきのこを探しててんでに散らばるうち、「私」はそっとひとり、谷を下りたところにある亡き母の塚へゆく。

悲しくてせつなくて、母なきことがひがまれて、みんなが楽しそうに弁当をひらく所にはゆかず、そのまま塚のイバラの陰にかくれているけれど、優しい年上のそのひとだけは必死で呼びつづける。「関《せき》ちゃん――関ちゃん――」「関ちゃん――関ちゃんや――」……ああそれは、亡き母がじぶんを呼んでくれたとおなじ、親密なひびき。その声ききたさに、なおもイバラの中にうずくまって。秋といえば、きのことといえば、その優しい声が三半規管の奥にひびく。

結句、年へた「私」とゆきずりの娘・浪路とのきのこ狩りは、この至福の思い出のもじりにすぎない。二人のきのこ狩りは不発におわる。源氏物語にて、薫の君が、永遠の恋のひとの面影をうつす浮舟にかすかに失望するように、浪路とて、あのひとの再来にはほど遠い。

もちろん、それはそれでよいのだ、それはさておき――。

ここではさらに、至福のきのこ狩りの記憶に、ある恋物語へのおさない鏡花の執着がからみ、そして物語の紙面を呪文のようにいろどる記号――点線、傍線、読点、感嘆符への特異な愛着がかたられるのが注目される。

まさにこれこそ、鏡花が自身で問わずがたりする、彼の文章の神韻のひとつの始原にほかならぬのではないか。

手をひいてくれた優しいそのひとがお嫁にいって会えなくなって、「私」はさみしさのあまり、町の本屋にかかげられる地方新聞の、連載の絵物語にむちゅうになる。今は題名さえ忘れたその連載。想う恋人どうしが山へきのこ狩りにゆき、どうした拍子かはぐれ、山賊や妖魔におそわれてめぐり逢えない。互いにせつなく、名を呼びつづけるのだけれど、山や谷間にむなしくこだまする。

そのせつなさ、哀しさ、無情の山の空間を、句読点や傍線、点線があらわす。おさない「私」は本屋の店頭にくぎづけとなり、それらの沈黙の記号に、すべてを読みとろうとする。すっぽりと、物語の山中へと入りこむ。

一句、一句、会話に、声に――がある……がある……！が重る。――私は夜も寝られないまで、翌日の日を待ちあぐみ、日毎《ひごと》に其《そ》の新聞の前に立つて読み耽《ふけ》つた。が、三日、五日、六日、七日に成つても、まだその二人は谷と谷とを隔てて居る。！……も、――も、ゝも、邪魔なやうで焦《じれ》つたい。が、しかしその一つ一つが、峨々《がゝ》たる巌《いは》、森《しん》とした樹立《こだち》に見えた。ゝさへ深く刻んだ谷に見えた……

ああ、やはりそうか。鏡花にとって、文字の外にあるこれらの記号は、ときに岩に、ときに樹々に、ときには谷、あるいは虚空を舞う木の葉にも見えていたのだ。そして自分でもそのように、これらの文字外の呪符を駆使したのだ。

鏡花の文章の特色に、傍線、点線、とりわけ読点《くとう》の個性的で自由奔放な駆使のあることは、愛読者なら誰でも気づく。

文字は、意味を発信する。けれどそれらの記号には意味がない。それゆえに混沌、重層、多義を巻きおこす。それらは紙面にきざまれる呪符のよう、絵画的であり詩的である。読者の想像力を誘発する。それにあんがい――文脈を方向転換する、潜在的なリード力をもっているのだ。

たとえば幻想的な小篇『星あかり』（明治三十一年）より、一例をひろってみよう。

岩波全集でいえば、七行にわたる長文を、読点がつなぐ。といっても鏡花の場合、十数行にわたる文章を読点で継ぐ場合もあるのだから、これが最たる例というわけではない。ともあれ長いので、途中だけ引いておく。

砂地《すなじ》に立つてても身体が揺《ゆら》ぎさうに思はれて、不安心でならぬから、浪が襲《おそ》ふとすた〳〵と後《あと》へ退《の》き、浪が返るとすた〳〵と前へ進んで、砂の上に唯《たゞ》一人やがて星一つない下に、果《はて》のない蒼海《あをうみ》の浪に、あはれ果敢《はかな》い、弱い、力のない、身体単個《ひとつ》弄《もてあそ》ばれて、刎返《はねかへ》されて居るのだ、と心着《こころづ》いて悚然《ぞつ》とした。

あきらかに、主語・述語を明確にし、文意を通す通常のパターンとは異なる目的で、異様に多くの読点が打たれている。

それは、動悸がして呼吸のみじかい、不安のあらわれ。立っている砂地の、大地なのか海なのかおぼつかない無境界性のあらわれ。しだいに「自分」を、夢の中の波間へとふかく巻きこんでゆく、遊魂状態を醸すリズムでもある。

これが鏡花の幻想的な文章の典型でもあるけれど、もう一例、『悪獣篇《あくじゆうへん》』（明治三十八年）よりひろってみよう。海辺の別荘に保養する貴婦人が、その聖女性ゆえに、海の妖魔に魅入られる。妖魔に呼ばれ、夢ともうつつともつかぬ模糊とした景色のなかを、憑かれたように歩いてゆく。

夫人は山の姿も見ず、松の梢に寄る波の、沖の景色にも目は遣《や》らず、瞳を恍惚《うつとり》見据《みす》ゑるまで、一《いつ》心《しん》に車夫部屋《しやふべや》の灯《ともし》を、遥《はるか》に、船の夢の、燈台《とうだい》と力にしつゝ手を遣《や》ると、……柄杓《ひしやく》に障《さは》らぬ。

あけがたの夢のなか、藻のなびく深海にしずむ我が身を感じてはっと覚め、小用に立った夫人はまたもや朧ろな意識のなか、海の妖魔にさらわれる――それもまた夢のつづきなのか、そうでないのか、夫人にも読者にもわからない。

引用した箇所は夫人が用をすませ、手水鉢《ちょうずばち》のひしゃくを取って、手を清める場面。けれど読点がつぎつぎに、海のまぼろしを湧出させる。浜の松によせる波、遠い沖、沖にでてゆく船、船がたのみとする燈台のともしび……。現実の風景ではない。夫人に潜在する海への恐怖を、読点がたくみにさそい出す。こうなると読点は、一種の詩語である。

そしてあふれる海の幻想を、いったんリアルの時と場にもどすため、点線が機能する。ああ、そう、今は海にいるのでない、わが家でひしゃくを手にしたところだったと、夫人の意識は一瞬、覚醒する。けれどまた……。点線はここで、幻想とリアルを往還する舟のように、夫人の意識をつつんで、彼岸と此岸のはざまを揺れる。こうした詩的な読点、点線や傍線の駆使は、鏡花において数えきれない。

それは、初期作『鶯花径《おうかけい》』（明治三十一年）の、あまりにも謎めいているので著名な冒頭のつぶやき――「松は、あれは、――彼《か》の山の上に見えるのは、確《たしか》にあれは一本松」「……と思ひました」というくだりにも、よくたどれる。

いきなり、なぜ松なのか。山の上にたった一本みえる松を、なつかしげに遠くよりながめるのは、誰なのか。「……と思ひました」とは、誰の、誰に対する述懐なのか。主語も時も場所もよじれ、茫漠としたままで物語ははじまり、進んでゆく。

初期作より、最晩年の『縷紅新草《るこうしんそう》』（昭和十四年）にいたるまで、このように玄妙な記号が、鏡花の作品の紙面をゆたかに彩る。文字をたすけ、その文学世界の空間を、深く重層的なものとする。もっとも、こうした文字の周辺の記号に着目し、文章にいかすべく苦心したのは、鏡花のみの特色ではない。古典文脈より、近代の新しい口語文脈に舵《かじ》を切ろうとした明治の改革期の書き手に通底するチャレンジであるし、鏡花の場合は特に、師の紅葉の啓蒙も大きいであろう。

紅葉はその文章に、点線と感嘆符を多用する。とりわけ彼の感嘆符のラディカルな使い方には、今よんでも目をみはらされる。紙面におどるような多くの感嘆符が、いきいきとした人情と都会的なユーモアを伝える。

力作長篇小説『多情多恨《たじようたこん》』（明治二十九年）は、妻に死なれた紳士の悲嘆を描くものだけれど、完全に妻のお尻にしかれている世慣れぬ彼のおろおろぶりが、読者を思わず吹き出させる場面も多い。基本的には向日的な、この悲喜こもごものドラマに、「類《るゐ》さんに!?」と絶叫する紳士や、「仰有《おつしや》いな!!」と、子どものような彼をかいがいしく世話する女性たちの、ちょっと大げさな身ぶりや言葉がよく似あう。

また、ゾラの芸術家小説に想を得たとされる野心作の『むき玉子』（同二十四年）をはじめとする、紅葉の中期作品に燦然とかがやく「不!思!議!!」「拙、拙、大拙劣!」「嫌ひなのは……可厭だから……。」などという表現を目にすると、今さらながら、紅葉の新しさと実験精神におどろく。と同時に、読点などをいささか煩わしいな、と思いつつ、単調に無表情に使っている現在の私たちの文章法の工夫のなさに、いたく反省もさせられる。

それに比べて、紅葉は、鏡花はなんと、いきもののようにそれらを文脈のなかに走らせ、すべらせ、立ちどまらせ、うずくまらせることか。

特に鏡花のそれらは、詩語である。場を転換する舵《かじ》として、現実と幻想の境をつなげる霧として、心のなかのためらいやとまどい、言うにいわれぬ恋ごころの吐露として、ことば尽くしを支える列挙の美学として、みごとに多様に紙面に打たれる。

鏡花の文学は、こうした文字外の表記の詩情も、おおいに味わいたい。

さいごにはなはだしい例として、『春昼後刻《しゅんちゅうごこく》』（明治三十九年）の末尾をあげておく。わが子かと思われる男の子といっしょに神秘的な溺死を遂げたヒロインに、ささげられる言葉である。読点のつくる間《ま》から、砂がさらさらこぼれる音がし、それを波がさらう青緑色がひるがえり、銀いろに光る渚《なぎさ》に残された白い貝がらが、かがやく。貝がらはまた、亡き人の白骨で、時ならぬ雪華とも見える、そこへまた波がよせる。

渚《なぎさ》の砂は、崩《くづ》しても、積《つも》る、くぼめば、たまる、音もせぬ。たゞ美しい骨が出る。貝の色は、日の紅《くれなゐ》、渚《なぎさ》の雪、浪《なみ》の緑。

一つ一つの読点に、よせては引く波とそれを受けとめる砂浜、昇っては沈む太陽のおりなす無窮の時間がはらまれる。その悠久の自然の響きのなかに、ヒロインと男の子も、自然の一部として死んでゆく。

白骨のメタファーとしての貝がらに、太陽の紅、砂の白、浪の青色の映るくだりは、単なる美文でなく、溺死者へのたむけとなっていて、まさに読点が鎮魂の呪符として機能する。鏡花文学の、魅惑の一つの要素である。

あやかしの雛

冠《かんむり》きせ参らせつゝも雛《ひな》の顔――鏡花

二〇一一年の東日本大震災が勃発したのは、北国の春、三月十一日。この折に雛をかざっていた家々は多く、津波により、少なくない雛人形が海にさらわれたことを聞いている。

一九四五年、太平洋戦争下の東京大空襲は三月十日だった。約十万人が亡くなった。戦争の窮乏期ではあるけれど、せめて娘のためにと雛をかざっていた家々もあり、それらの雛人形の多くは焼失した。

戦後まもない昭和二十四年三月二日に、久しぶりに雛祭りを迎える平和をたのしむ女性のために、民俗学者であり歌人・国文学者でもある折口信夫がものした、よい文章がある。『宵節供《よいせっく》のゆふべに』と題する。この日、まさに宵節供にNHKラジオで流された放送用の台本で、ラジオを聞く女性を想定し、やわらかい語調で端的に、民俗としての雛のはじまりと伝承を説く。

古代日本の聖水信仰において春のちょうどこの時期は、海の彼方の常世《とこよ》の国より聖なる浪が流れより、それを浴びれば、よみがえる、若がえると信じられた。その常世浪《とこよなみ》とともに、〈まれびと神〉も来訪する。神を迎える祭りが発生し、村の処女《おとめ》は巫女《みこ》として仕えた。祭りがおわれば、客神の〈まれびと神〉を、常世へと送りかえさねばならない。彼を人形になぞらえて、人形を海や川の波に託し、常世の国へと流したのが、雛のはじまり。

こう説く折口の口調には、春愁をおびた複雑な感慨や情感が、いく重にも折りたたまれている。まずもちろん、戦火で多くの家々の雛人形が焼けほろびてしまったことへの、傷《いた》みの思いがある。雛人形とはまた、戦争であっというまに握りつぶされ、消えてしまった全ての女性的な、優美な、はかない、もろい、美しい文化の象徴でもある。

とりわけ女性のあいだにほほ笑ましく受け継がれてきたこの可憐な生活の古典を、どうかここで絶やさず、焦土の次の世代へ伝えてほしいとの願いが、折口の胸中にせつなく波うつ。

その過程で、六十二歳になる折口自身の、今は亡き母への想いもつのる。スサノヲノミコトの母恋いの叫びに注目し、その心情を日本民族全体の歴史に投影させた『妣《はは》が国《くに》へ・常世《とこよ》へ』なる論考もあるこの詩人学者に独特の、屈曲した母恋いの情念が、雛祭りの光景にからみ、しだいに濃く立ちこめる。

雛祭りをながい歴史のなかで支えてきたのは、「母の伝へた祖母《バヽ》の愁ひ、祖母よりも更に遠い曾祖母《ヒバヽ》の願ひ」を守り、家伝来の人形を愛し、世話してきた女性の心意伝承と巫女性である。

折口はその一端として、大阪郊外の木津村の女系家族であった、生家の雛祭りを回想する。自分もいつのまにか、女性たちのつかさどる神秘的な人形祭りを、わきからながめる小さな男の子のまなざしに戻って。

いつも重苦しいふんい気の古い家に、その宵だけは女性的な華やぎがともった。母や二人の未婚の叔母、姉は、「箱の蓋《ふた》をとつて、綿《わた》や、薄絹《うすぎぬ》をめくると共に、あらはれて来る雛《ひな》の顔」のつつがなさにほっとし、清らかな白い人形の顔に見とれていた。雛を手につつむようにいただく母は、まだ若く、少女のような歓びをにじませていた。

――折口の母恋いの高音が鳴りひびくようなこのくだりにはそして、与謝蕪村の春の句「箱を出る顔忘れめや雛二対《につい》」が引かれている。それがこつんと、こちらの胸にひっかかる。どうも、どこかで見た光景……ここにはひそかに、芥川龍之介の短編小説『雛』の印象が、織りこまれているのではなかろうか。

折口は、芥川のこの可憐な作品を深く愛していたのであろう、雛祭りといえば想い出さずにはいられないほどに。その主人公の雛を愛する少女に、母の娘時代をひそかに重ねずにいられないほどに。ちなみに折口には、昭和二年芥川が自死した当時、その死を嘆き、惜しむあまりに彼の都会人としての繊細さに、憤りさえ投げかける言葉がある（北原白秋との対談）。

ところで芥川龍之介の『雛』（大正十二年）は、彼のとくいな明治開化期ものの一つ。ひとりの少女の雛人形への愛着を軸に、江戸のおもかげの色濃い、明治初年の東京の風俗人情を描く。短篇という器にふさわしく、少女のまわりのごく小さな世界のみを照らす。

その冒頭にまず掲げられているのが、くだんの蕪村の雛の一句「箱を出る顔忘れめや雛二対」なのである。つづいて、「これは或老女《あるらうぢよ》の話である」とのことわりがあって、物語は発進する。

つまり、たおやかな老女語りによる追懐談の形をとるのであって、これは芥川が特権的に愛する語り体、おそらく愛読する江戸期の女性文人・只野真葛《ただのまくず》の追懐記『むかしばなし』などにならうスタイルと推される。

さて、『雛』――幕府お出入りの豪商だった「わたし」の家は維新にて没落し、運わるく数度の火事にも遭い、今は家財を売りながら、焼けのこった土蔵に一家が住む。とうとう十五歳の「わたし」の雛人形まで、横浜の異人に売ることになる。せめてその前にもう一目、土蔵に積まれる三十余の箱をあけ、雛をよく見たいとむずかる娘を、父親はきびしく叱っていた、それなのに。

明日が雛との別れとなる十一月末日の夜ふけ。「わたし」はふと目ざめ、土蔵に夢のようにきらびやかに飾られた雛一式――「象牙の笏《ざうげしやく》をかまへた男雛《をびな》を、冠の瓔珞《やうらく》を垂れた女雛《めびな》を、右近《うこん》の橘を、左近《さこん》の桜を、柄《え》の長い日傘を担《かつ》いだ仕丁《しちやう》を、眼八分《めぶ》に高坏《たかつき》を捧げた官女を、小さい蒔絵《まきえ》の鏡台や箪笥《たんす》を、貝殻尽《かいがらづく》しの雛屏風《ひなびやうぶ》を、膳椀《ぜんわん》を、画雪洞《えぼんぼり》を、色絲《いろいと》の手鞠《てまり》」を見てしまう。そしてうつけたようにそれらに見入る「女女《めめ》しい、……その癖おごそかな」父の横顔をも、見てしまうのだ。

あれははたして現実だったのか、それとも幻なのか、と末尾にて老女は、春霞にけむるように朧ろにつぶやく。

老女と愛らしい雛の取りあわせは秀逸、これは芥川の創意。はじめは平気だったのに、しだいに雛と別れるのがとても哀しくなる少女の心根もよい。そんな娘ごころが可哀想で、さりげなく庇《かば》う車夫の徳蔵や老骨董商など、古風な江戸ッ児たちの人情もよい。晩秋の雛というわびしさが、斜陽を静かに耐えるこれらの人々に似あっている。

この小品には、芥川特有の辛らつな皮肉や諷刺は全くなく、少女には終始、愛《いと》しげなまなざしが注がれる。失われゆく過去、江戸へのオマージュもまっすぐで、彼がその芯に、都会人らしい繊細な優しさをもっていたことがよくわかる。

これは、やはりこの少女のような江戸風の町娘であった、亡き母への想いのこめられる作品であるからだろう。幕府の御用もつとめる江戸の文人の家に育った芥川の母は、狂気を発し、若くして亡くなった。その母も、娘時代にはいじらしく雛を飾って遊んだであろう、その姿。そしてつつがなく長らえ、臈《ろう》たけた老女となって雛人形をなつかしみ手にするその姿をも、雛を愛する少女に重ねて芥川は、夢想したかったのではないだろうか。

そうした母恋いの様相にかかわり、『雛』にはあきらかに、芥川の敬慕する、鏡花の文学への色濃いオマージュが湛えられている。

そもそも、零落した江戸豪商の娘、不運な数度の火事によるさらなる没落、そして「女雛の冠の瓔《よう》珞《らく》にも珊瑚《さんご》がはひつて居」るような、娘が愛蔵するぜいたくな雛をめぐる物語——という設定をよめば、当時の読者のほとんどは、あ、これは鏡花の雛小説『三枚続《さんまいつづき》』およびその続篇『式部小路《しきぶこうじ》』にあやかるものだな、とピンと来たと思う。

芥川は、鏡花をたいへん敬愛していた。東京という近代都市に、江戸情緒を幻想的に描くその懐旧の心情、夢幻的な詩情、宝石を想わせることばの美しさに、心を寄せていた。大正十四年より刊行された春陽堂『鏡花全集』に、参訂者として芥川が、格調たかい絶讃の文を寄せたのは、著名なエピソードである。芥川はひそかには、鏡花文学につらぬかれる母恋いの水脈にもっとも共感していたのであろうし、ゆえに母恋いものの名品である『三枚続』に惹《ひ》かれるのも、よく了解できる。

それでいえば、前述の折口信夫も鏡花の愛読者であり、自身、「私は非常に鏡花さんの影響を受けている」と述べている。いくつかの鏡花小論もある。

特に折口の晩年の幻想的歴史小説『死者の書』(昭和十八年)には、鏡花文学の影響がいちじるしい。小説の冒頭に響く特異な水滴の音「した　した　した。」が、鏡花の『五本松《ごほんまつ》』(明治三十一年)中の夜露の音「したした」より発想するものであることについては、すでに池田彌三郎の指摘がある。ちなみに、鏡花の『柳の横町』や『日本橋』『沼夫人』にも、この音が、しのびよる人の「跫音《あしおと》」として、効果的に使われている。これのみならず、『死者の書』における多彩なオノマトペの頻出や、点線・傍線・句読点の自由で詩的な使い方は、かなり鏡花風である。

また、『死者の書』のヒロインの藤原南家郎女《なんけいらつめ》が、夢の中で海のほとりを風に吹かれてさまよううちに、ついには海底へと沈み、自身の髪が波間にたゆとう藻に、身体が一本の珊瑚樹に化すのを幻想するシーンなどは、鏡花の小説『悪獣篇』の浦子がおちいる妖しい水中夢に、気息通ずる。曇りひとつない清らかな麗人の無意識下の性的幻想を、模糊とした水のゆらぎの中に映し出す手法も、両者に通底する。

敬愛する師の柳田國男がそうであるように、折口の民俗学も文学も、鏡花の神秘と幻想の刺激をゆたかに浴びている。もちろん初期の名品、『三枚続』も読んでいないはずはない。そう考えて、くだんの折口の『宵節供のゆふべに』をあらためてながめれば、そこには雛祭りによせて、夭逝した芥川の母恋いものともいうべき『雛』への、いうにいわれぬ愛惜がにじむ。そしてその背後にはさらに、鏡花の雛小説『三枚続』への想いも、かさねられていよう。

そして、透かし絵のようにそれらをつなぐのは、あらがいがたく無力に火焔につつまれる、もろくはかなく、いたいけな雛人形のイメージであるのに相違ない。時代の波にもみしだかれつつ燃え、散逸し、けれど奇蹟的に受けつがれて生きのびる神秘的な女性文化への、懐かしくうやうやしい、畏怖にも似た思いであるのに相違ない。

となればぜひ、折口と芥川という近代の先鋭な知が、そのように深く愛した鏡花の『三枚続』、そして『式部小路』をひらかずばなるまい。

おそらくそこには、日本近代文学史において鏡花が特筆的にひらいた雛文学のはじまりが、火焔と緋毛氈に照らされて、あかあかと浮き上がっているはず。その独特の春愁をあじわうとともに、近代文学のなかの雛文学の系譜ということを意識したい。

鏡花の一連の雛小説を愛し、追慕し、その水脈を継承する人々の作品をもいささか見わたし、小さな近代文学史として、雛文学の系譜をたどってみたいと思う。

一

鏡花の中篇小説『三枚続』（明治三十三年）は、今はよほどのファンでなければ読まないけれど、かつてはそうとう多くの愛読者がいたであろう、江戸情緒ものの名品で、人形町や根岸かいわいの東京の下町を舞台とする。

初めて鏡花と日本画家の鏑木清方《かぶらききよかた》がコンビを組んだ記念作でもあって、かねてあこがれの鏡花文学の挿絵が描ける、といさみ立つ清方画伯の意気込みも伝わる。

明治三十五年春陽堂より出された単行本は、表紙絵・口絵・装幀すべて清方による。胸にそっと抱くにふさわしい、オルゴール箱のような本なのだ。

とりわけこの本の造りのここに、こころ惹かれる。表紙絵は『三枚続』の題名にちなみ、涼しげな流水模様の夏のきものが三枚に解体され洗《あら》い張《はり》してある絵で、その右上に「此《この》ぬし」と筆書きされた白い帳面がひらひら風にゆれ、ヒロインゆかりの可憐な白撫子《なでしこ》の花が咲いている。

この絵を描いた画家のメッセージを読者に中継するという形で、鏡花はまず見ひらきにこんな言葉をかかげている――「表紙の画《ゑ》の撫子《なでしこ》に取添《とりそ》へたる清書草紙《きよがきさうし》、未《ま》だ手習児《てならひこ》の作なりとて拙《つたな》きをすて給はず此《この》ぬしとある処に、御名《おんな》を記させたまへとこそ」。

「此ぬし」の字は、お習字のけいこに熱心なこの物語のヒロインが書いたのだけれど、まだ字はへたです。だからって、この帳面をばかにしないで下さいね。どうぞ余白に貴方《あなた》のお名前を書いて。そうすれば、此の本の持ち主はほら、ちゃんと貴方になるでしょう?

まさに作者と装幀家の息のあった合作、すてきな本への工夫。「此ぬし」の帳面の白地に自分の名を書き入れれば、たしかにこの『三枚続』は世界で一冊の、自分だけの特別な本となる。

読者にとても親切。自分の書いた本が本屋にならべられる光景のその先――一冊一冊が読者の胸に抱かれ、家に置かれページが繰られ、時には電車の中などにも持ち込まれる。そんな辺りまで、鏡花はあざやかに計算している。

これは何といっても、鏡花が独特の書物愛を持つ人だから。貧しさの中で、当時高価な本を読むのに人いちばい苦労し、絵草紙屋で立ち見し、新聞小説を店頭でのぞき読みなどした人だから。それに綺麗な本への思いは、江戸の錦絵や絵本を大切にしていた亡母への思いにつながる。ゆえにまず、かつての自分の母のような少女や奥様が、『三枚続』を愛蔵する光景をおもんぱかり、こんな呼びかけを掲げたのでしょう。

もちろん鏡花には男性読者も多くて、風にゆれる撫子《なでしこ》の花のわきに自分の名を記すのは、ちょっとこそばゆいかも、とも案じられる。いえしかし、清方画伯は、「此ぬし」の下に真っ先に、墨も淋漓《りんり》と己が名を書きつけたのだ。

こんな仕掛はそして、この小説の内容によく合致している。『三枚続』の骨をなすテーマは、綺麗な本を抱きしめるように――気に入る・大切にする・愛蔵するという、少女特有の心情の無垢と透明を照らし出すものだからである。

そこには何の打算もない。何だかしきりに気になって、いたわりたくて抱きたくて、でもその営みから、何が生まれるわけでもなくて。あまりにたわいない、とるにたりぬ幼さと、日本近代の前進性の中で無視されてきたその未分明の心情の世界をとり上げ、そこにあざやかで美しい輪郭を与える――ここに、『三枚続』の小説としての新しい驚きと発見がある。

で、清方画伯はさすが熱烈な鏡花愛読者、そんな辺りをよく呑みこんでおられる。画伯の口絵(ふつうの挿絵とは別格の、その本を象徴する巻頭の絵)に、こうしたテーマは十全に表わされている。この口絵を見てページを繰れば、すうっと『三枚続』の世界に入ってゆける。当時の読者は、うらやましい……。

口絵には、ヒロインのお夏が、母と営む人形町裏路地の「柳屋」なる絵草紙屋の店前にて、かわいがっているペットの雄鶏を抱き、白いうなじを傾けて何か鶏に話しかけている姿が描かれる。小説の第三十八章にちなむ。

かわゆい、お夏。ほっそりした姿、白地にうす紫のぼかしのある初秋らしい刈萱《かるかや》模様の浴衣を着て。娘らしい銀杏返《いちょうがえし》の元結《もとゆい》も白糸、全体ににじみで清らかな江戸前のいでたちの中で、帯よりのぞく緋縮《ひぢり》緬《めん》のしごきが唯一の華やかな色。雄鶏のたけだけしいトサカの緋色に響きあう。画伯が心こめて、その前髪に挿す白芙蓉《しろふよう》の花かんざしは、この人の薄命を表わすか。

特に雄鶏を抱く姿が異風で、印象的で。けれどそういえば鶏に限らない、こうした姿は鏡花文学の他のヒロインにも通ずる特色でもある。『湯島詣《ゆしまもうで》』の蝶吉や、『夜叉《やしゃ》ケ池』の百合のように、人形を抱きあやす姿。『女仙前記』や『きぬぎぬ川』のお雪のように、白兎《しろうさぎ》を抱き話しかける姿……。ヒロインの無垢とあどけなさの象徴であり、時には使わしめを従える女神のような気韻もただよう。

特に悲運にしずみながらもお嬢さまの誇りを失わず、かつての幸福の形見であるぜいたくな雛人形を愛するお夏の姿は、西欧のあの名だかき少女小説の主人公をも、ほうふつさせる。

それは、『小公女』のセイラの姿。『小公子』の翻訳を大ヒットさせた若松賤子《わかまつしずこ》は、これにつづけて明治二十六年より、おなじバーネット原作の『小公女』を、『セイラ・クルーの話。一名ミンチン女塾の出来事』と題して翻訳紹介した。

以前とはうって変わった貧しさの中で、愛するぜいたくな人形のエミリだけは放さず、人形を抱いて優しく話しかけ、卑下することなく、精神の「王女」として生きるセイラの少女美への感動も、お夏には籠《こ》められているのではなかろうか。

　この推測は、そう突飛ではない。鏡花は初期、幼年文学の書き手でもあり、西欧の少年少女文学、童話への関心が深い。とうぜん、当時樋口一葉とならびたつ閨秀の、若松賤子の評判たかい翻訳は読んでいよう。しかも大評判の『小公子』につづく、『セイラ・クルーの話』である。作家たるもの、ただちにこれを読まぬわけもない。

　ところでお夏は、蔵人《くらんど》と名づけるペットの雄鶏が宵啼《よいな》きしてしかたないので、店に飾ってある絵草紙を見せ、あやしているところ。『三枚続』の題名は、三巻本よりなる絵草紙のそれぞれの巻の表紙絵を三枚ならべ、一幅の絵として楽しむ趣向にちなむ。つまり子ども相手に、絵草紙やおもちゃをひさぐお夏の零落した境遇をあらわす。

　すでに指摘されるように、こうしたお夏の造型には、鏡花がしたしく交流した樋口一葉へのオマージュがまつわる。『三枚続』の発表は、一葉が急逝して四年のち。たしかに、お夏の名は、一葉の実名「なつ」に通じ、零落して絵本屋をあきなう彼女の姿は、下谷龍泉寺町で小間物・駄菓子屋をつかさどる一葉の姿にかさなる。

　それに、わがままで勝気でかわいいお夏は、一葉が明治の風景のなかに先駆的に描いた、「女王様《にょおうさま》」として子ども世界に君臨する『たけくらべ』の美登利《みどり》のはつらつたる少女美を、あきらかに受け継ぐ。ところで考えれば、その美登利じたいも、翻訳されたばかりの『セイラ・クルーの話』の影響を、少なからずこうむるのではないか。

　一葉が、あの読書が大好きな、本の世界に没頭して貧しい現実に負けず、汚い屋根裏部屋でひとり誇りたかく生きぬくとびきり知的な英国の少女に、魅了されなかったはずはない。それは自分自身でもある。まして日本の小説のどこを見まわしても、そんな孤高の知的な少女がいない時代に、一葉が、みずからの分身のようなセイラに注目しないはずはない。

美登利の一部には、明らかに小公女がいかされている。位相は異なるけれど、周囲の惰性的な平凡な少女群と画然する、きわだつセイラの個性美の要《かなめ》が「王女」のたとえにあり、一方、美登利も印象的に「女王様」と表現される点にも、微妙な符合が感じられる。

ということは、お夏が小公女、セイラに似るのもむべなるかな。そう確認したうえでそっと、お夏と蔵人のいる下町の古風な絵草紙屋の店さきを、のぞいてみましょう。人々が寝しずまる初秋の闇に、そこだけランプの灯がともっていて。しきりにペットに何かささやく、お夏のあまい声音もきこえる……。

雑誌、新版、絵草紙、花骨牌《はながるた》などを取交《とりま》ぜてならべた壇の蔭に、唯一人居たお夏は、小さな帳場格子《がうし》の内から衝《つ》と浴衣の装《なり》で立つと斉《ひと》しく、（中略）店へ出た、乳《ちゝ》のあたりに其《そ》の胸を置かせて、翼に手をかけ抱いたのは、お夏が撰んで名をつけた、蔵人《くらんど》といふ飼鶏である。

「何故《なぜ》今時分啼《な》くんだね」（中略）

「お前、寂《さみ》しいのか。」

淋しいのかと謂《い》つて、少しく抱きあげて、牙《きば》の如く鋭き嘴《くちばし》にお夏は頬の触らぬばかり、お夏は「お祭だわねえ、灯《あかり》がついて賑《にぎや》かだらう」などと蔵人をあやしながら、色々の絵草紙を見せてやる。その間、「楯《たて》をも砕くべき其《そ》の蹴爪《けづめ》は、いたくしげもなくお夏の襟《えり》にかゝつて居る」。ああ、読んでいてこちらの胸までむずがゆくなるようなエロス。娘らしいふっくりとしたお夏の薄衣の胸に、獰猛な雄鶏の爪がかけられて。しかしそんなこと気にせず、お夏はペットに頬よせ、大切な「嬰児《みどりご》」のように語りかける。

こうした遊びごとの中の風情やしぐさ、その擬似的母性やけがれなき純情（――この場面の後、鶏の宵啼きを火事の前兆として嫌い、蔵人を殺そうと迫る近所の人々に対し、お夏は一歩も引かず、長煙管《ながぎせる》を手に戦おうとする）こそ、鏡花がさまざまな変奏にて描きつづける一つの主題、彼の真骨頂である。

お夏には、深い愛情をそそぐ対象が三つある。一つはこの雄鶏、一つはお夏の実家に出入りし、子分のように彼女を慕う愛吉青年。いま一つはその愛吉いわく、「生命がけで大事にして居るお雛様」。この大切な三つが、かえってお夏を悲運に導いてしまうのが、この小説の哀しさであり、陰翳のある奥ぶかさでもある。

愛吉の軽はずみな癇しゃくは、ひそかにお夏が焦がれていた人とお夏との、よい縁談をこわしてしまう。雄鶏の宵啼きは、柳屋まで火事に遭う凶を呼びこむ。特に愛蔵する雛一式には、元より火事のあやかしが憑く。邸のみならず柳屋まで焼け、お夏は転々と流浪する。

それでもお夏は三つの存在をうらぎらない。「大人に成るは厭《い》や」と、仲よしにうったえる美登利のおもかげを受け継ぐ彼女は、おさな心の至情をつらぬく。損得なんか計算しない、少女の純粋が、全篇に凜とかがやくのである。

二

鏡花の母もまた、加賀藩おかかえの能楽の家の娘として、江戸下谷で裕福に育った少女時代をしのばせる、雛一式を大切にしていた。

九歳で母を亡くした鏡花にとってもそれは、貴重な形見だった。そういえば彼は、端午の節供など、男の子のためのお祝いについての記憶は全く語っていない。折にふれなつかしく回想されるのは、母が雛壇の前にお膳をあつらえ、仲よしの又従姉や近所の女の子をよんで遊ばせてくれた、雛祭りについてなのだ。

しかしこの雛は、明治二十五年、鏡花十九歳の折に生家の火事で焼けてしまう。それゆえいっそう、思いは深い。随筆『雛がたり』（大正六、一九一七年）で鏡花は、「母親の雛を思ふと、遥《はる》かに龍宮の、幻のやうな気がしてならぬ」とつぶやきつつ、雛によせての母恋いを縷々《るる》つづる。

まだ雪のこる金沢の町に、それでも春が来ると、嬉しそうに母は――。

> こゝで桐の箱も可懐《なつか》しさうに抱しめるやうに持つて出て、指蓋《さしぶた》を、すつと引くと、吉野紙の霞の中に、お雛様とお雛様が、紅梅白梅の面影に、ほんのりと出て、口許に莞爾《にっこ》とし給ふ。唯《と》見て、嬉しさうに膝に据ゑて、熟《じつ》と視《み》ながら、黄金《こがね》の冠は紫紐《むらさきひも》、玉の簪《かんざし》の朱の紐を結《ゆ》ひ参らす時の、あの、若い母の其《そ》の時の、面影が忘れられない。

花、小鳥、人形、こうした小さなたわいない存在をいとしむ女性の情愛を、鏡花はことに賞讃する。「紅梅白梅の面影」といった文章そのものが、小さなよきものを愛する雛尽くし、といった趣である。そして若い母が箱をひらき、ひさかたの雛の顔に見入る姿は、まさにくだんの句――「箱を出る顔忘れめや雛二対」の光景そのもの。

ゆえに鏡花は、この形見の雛が火焔につつまれる光景とともに、雛たちが御所車にのって火事をのがれ、今もどこかにいるという、メルヒェンに似た空想を手放せない――「母が大事にしたのは、母がなくなつて後、町に大火があつて皆焼けたのである。一度持出したとも聞くが、混雑に紛れて行方を知らない。あれほど気を入れて居たのであるから、大方は例の車に乗つて、雛たち、火を免《まぬが》れたのであらう、と思つて居る」。

だからか。鏡花はその文学の中で、この幻の雛を追いつづける。雛小説を点々と書く。『三枚続』にはとりわけ、火焔につつまれる雛のイメージがあざやかに駆使される。お夏には明らかにひとつ、雛をむじゃきに愛《め》でたであろう、江戸下町の娘としての母のおもかげも濃く重ねられている。母恋い小説でもある。

お夏はかつて、「隅田川を前に控へ、洲崎《すさき》の海を後に抱」く深川に宏壮な邸を構える、豪商のお姫さまだった。このお姫さまがいのちと同じくらい大切にする雛一式は、女雛の冠にも珊瑚がはめられ、御所車だけで五十両もする、素晴らしいもの。

小説前半の愛吉の語りによれば、こともあろうに雛祭りの夜に火事が起き、豪商の全ては焼尽した。

その夜、たまたま愛吉がお姫さまのごきげん伺いにまかり出ると――、「一面の桜の造花《つくりばな》。活花《いけばな》の桃と柳はいふまでもありませんや、燃立つやうな緋の毛氈を五壇にかけて、炫《まばゆ》いばかりに飾つてあります」。

で、その目のさめるような雛の間で、お夏は綺麗な着物きて、乳母と二人の小間使いにかしずかれ、白酒に「目の縁《ふち》をほんのりさせて、嬉しさうに、お雛様の飾りものを食べてる処」。小さな女王様のようである。お気に入りの愛吉を見て喜んで、白酒をお酌してやろうとしたお夏が、ふと雛壇に目をやると、不思議なあやかしが起きている。

> おや！ といつて恁《か》う、瞳を据ゑて、瞬《またゝき》もしないで須臾《しばらく》。（中略）
> ト其《そ》の凝視《みつめ》て居なすつたツけ、一寸《ちよいと》お囃子《はやし》の人形が笛を落した、まあ、鼓を打棄《うつちや》つた、まあ、まあ、まあ、太鼓の撥《ばち》を、あれ緋の袴が動くんだよ。あれ、皆《みんな》！ とお夏さんがすつくり立つた。

雛が動く、立ち上がる！ 少女だけが視るあやかしに、その場の皆はたじろくが、障子を開けるとどッと火の粉が舞い狂っている。ままごとのような可愛い雛祭りが一転、毛氈の緋色に呼応する、火焔の修羅場となる。

雛尽くしの愛らしい空間のただ中に負のエネルギーが荒れ狂う、みごとな、絵画的ハイライトである。

三

『三枚続』には、続篇の『式部小路』（明治三十九年）があり、こちらはお夏と、彼女が恋いこがれる山の井医学士、そして愛吉との微妙な三角関係が主眼となる。

お夏とその子分のような愛吉の仲は、美登利と彼女を姉のように慕う遊び仲間の正太を、ほうふつさせる。すると山の井が、美登利の恋う信如《しんにょ》に当るか。いっそう、『たけくらべ』後日譚的な趣が濃い。

柳屋の火事でお夏の行方を見うしない、どうやら山の井の妾になっているらしいと聞きつけた愛吉は、「べらぼうめ、菱餅や豆煎《まめいり》にかゝっても、上段のお雛様は、気の利《き》いた鼠《ねずみ》なら遠慮をして嘗《な》めねえぜ、盗賊《ぬすつと》ア、」（こんなセリフにも、雛祭りのレトリックがちりばめられる）と、憤慨する。

山の井め、どうしてくれよう、とお夏のすむ妾宅を訪ねるのだけれど、久しぶりに会ったお夏は、もとの勝気で凜とした少女の気性のまま。

「逢ひたかったわ！」「懐かしいよ。」とあどけなく前髪を愛吉の肩にくっつけ、しまいには彼の膝で眠ってしまう。山の井も訪ねてくるけれど、情人どうしのはずの二人は、「クス〳〵笑つて」いっしょにお菓子を食べ、白酒をのんで、ままごとの男雛と女雛の風情、愛吉はおおいに拍子ぬけする（ここにも、雛のレトリック）。

そう、山の井とお夏より、愛吉とお夏のシーンの方がどこかハラハラする、微妙なエロスがにじむ。

愛吉が酒の肴につまむ海鼠《なまこ》を見て、お夏がおいしそう、と愛吉の箸でそのまま――「臆面《おくめん》なし、海鼠は、口に入つて紫の珠はつるりと皓歯《しらは》を潜《くぐ》つた」とする場面など、キスを想わせ、目にしみる。あるいはお夏がきゃしゃなうなじを、床屋の愛吉に剃刀《かみそり》で当ってもらう場面なども、読者の心をそわそわさせる。剃刀をめぐる綺譚『註文帳』にも似た、寒気するどい艶が匂う。

けれど表面恬淡《てんたん》たるお夏は、しんそこ山の井に焦がれていた。自分への愛吉の想いの深さも察するゆえに、少女らしい潔癖をつらぬいていた。山の井と共寝もしなかった。しかし――。

さいごはあえて、愛吉の剃刀に自らが倒れるよう仕組み、幼なじみの純情に殉ずる。愛吉の刃で血まみれで倒れたお夏は、「真綿で包んで密《そつ》として」おきたい女雛のようにあでやか、と讃嘆される。そのまま病院に運び込まれ、火焔の中を雛たちが迎えに来る幻影にうなされる。焰に灼かれるようなあやしい高熱を発しながら、見守る山の井に、「私は国手《せんせい》の奥さんになりたいの」と甘えて訴えて。でも次の瞬間、「不可《いけ》ないの、私は、愛吉が可愛《かはゆ》くツて可愛くツて、」と狂乱してつぶやく。

『式部小路』のさいごは、まるでお夏が愛蔵の女雛に化身し、雛たちにかこまれ空に昇ってゆくような、幻想的な一文にて結ばれる――「内裏雛《だいりびな》の冠して、官女たちと、五人囃子して遊ぶ状《さま》を、後に看護婦までも、幻に見たと聞く」。

四

この哀婉な『三枚続』『式部小路』を最たるものとし、雛のイメージの駆使される小説が、なんと鏡花に多いことか。作品の主たる素材としての場合もあれば、連鎖し変幻する一つのイメージとしての場合もあるけれど、主要ないささかについて見ておこう。

たとえば『龍潭譚《りゅうたんだん》』（明治二十九年）にて、毒虫にさいなまれる幼い「われ」は、神秘的な女性に助けられ、優しく添い寝してもらう。彼女の寝顔は、「予《かね》てわがよしと思ひ詰《つめ》たる雛のおもかげによく似」る。

『笈摺草紙《おいずるそうし》』（明治三十一年）のヒロイン・紫は、鏡花の母の娘時代のおもかげを映す。紫は江戸の「鼓打《つづみうち》」の愛娘で、金沢の富豪にかこわれる。江戸より持ってきた雛を愛し、雛祭りの時は「こゝに寝て、お雛様とおはなしするの、」と言う無垢は、お夏に重なる。

『湯女《ゆな》の魂』（明治三十三年）の主人公・小宮山《こみやま》は越中の山ぶかい温泉宿に旅し、お雪なる遊女に出逢う。毎夜悪夢にうなされ命ほそる彼女を救うため、宿の主人にたのまれてお雪と共寝することに――「お雪を見れば小さやかにふつかりと臥して、女雛を綿に包んだやうでありまする」。

『日本橋』（大正三年）は、「雛の節句のあくる晩、春で、朧《おぼろ》で、御縁日」との唄いことばで有名な、いわば雛小説である。主人公の葛木《かつらぎ》と芸妓のお孝《こう》とのめぐりあいに雛祭りが絡み、さらに葛木の姉の悲運に、雛人形が絡んでいる。

かつてのある大雪の雛祭りの夜。姉は葛木たち幼い弟妹のために、恋人を捨てて、商人の妾になることを決意し、自身によく似る京人形をまないたに乗せ、包丁で切ろうとする。以降、感情のない死者として生きる姉の決意を示し、凄惨である。葛木の立身を見とどけた姉は、雛人形を形見として残し、ゆくえ不明となった。毎年、葛木は姉の代りとして雛祭りをおこない、姉を偲ぶ。そのゆえんで、お孝とも知りあった。

『紫障子』(大正八年)は、友人の経験を「私」が語るという形の、旅行小説。奈良の旅宿で蛇神を拝する邪教の祭りをかいま見てしまった友人は、あまりのおぞましさに幻ではないかと疑い、そういえば……という感じで、子どもの時しきりに見た幻のことを思い出す。それは、「雛の行列」の幻。畳の上を、ありありと「萌黄《もえぎ》の簾《すだれ》の垂れた蒔絵《まきえ》の長轅《ながえ》の駕籠《かご》」をはじめ、官女、仕丁、五人囃が行列するのを見てしまう。しだいに笛や太鼓の音まで聴こえ、それにつれて「母親の使ふ剪刀《はさみ》の鈴」さえ、鳴りはじめる。

このエピソードはおそらく、鏡花自身の幼児体験をそのまま映すものだろう。雛人形をはじめ、大切にするおもちゃに気を入れるあまり、それらが動き出す、鳴り出すという現象を、おさない過敏な鏡花は、しばしば幻覚していたに相違ない。それこそ、鏡花文学の幻想性のひとつの源、特有のフェティシズムのゆえんである。

『龍胆《りんどう》と撫子《なでしこ》』(大正十一年)には、長篇小説の中のエピソードとして、彫刻師・鶴樹雛吉の物語があり、彼の出生に妖しい「雛市」の因縁が絡む。彼の母は富豪の夫人で、ある春の日、桃の花の満開にさそわれ庭を逍遥するうち、柳の樹の下に見知らぬ「雛市の紅の店」のあるのを目にする。以降、彼女は物狂おしくなり、身ごもって生んだ男の子を夫は嫌い、「雛吉」と名づけて寺へ捨てた。

『夫人利生記《ぶにんりしょうき》』(大正十三年)にては、母に縁ある摩耶夫人《まやぶにん》を祀る金沢の寺を訪れた樹島《きじま》の口から、八、九歳の頃の雛人形にまつわる記憶が語られる。樹島は、母を亡くして恋しく淋しかった自分が、もしや盗みを働いたかもしれないという、暗い記憶の淵をものぞき込む。

小学校へ通う路の小道具屋に、一体の「大形の女雛」が飾られていて、なんとなく慕わしく、毎日ながめていた。すると心が通じたように、女雛の顔の「目は、三日四日目から、もう動くやうであった。最後に、その唇の、幽冥の境より霞一重に暖かいやうに莞爾《にっこり》した時、小児《こども》はわなゝと手足が震へた」。

その拍子に、どうも亡き母がくれたような気がして、店にある棒のおもちゃを家に持って帰ってしまったかもしれない……樹島は、過去にさかのぼって、盗みの記憶におびえる。おそらくこうした体験は、母が急逝した頃の鏡花の実体験であろう。『婦系図《おんなけいず》』をはじめ彼には掏摸《すり》の物語が多いが、自身の幼児期の盗みにまつわるトラウマを、えんえんと曳きずるものなのかもしれない。

さて、見たのはほんの七作ほど。この他にもイメージの光のように、雛や雛祭りの光景が、瞬間的に紙面によぎる例は少なくない。

『星の歌舞伎』では、登場人物の能楽師が夜半、ある邸の土塀の上に、緋の袴の官女の人形が妖しく立つのを、目撃する。『国貞ゑがく』では、「緋の毛氈を掛けた桃桜の壇の前」にすわって近所の女の子と遊んだ幼い頃の雛祭りが、なつかしく思い出される。『参宮日記《さんぐう》』では、『龍胆と撫子』に似る、謎めいた雛市のイメージが使われる……。

そういえば鏡花の作品を特徴的にいろどる真紅――「くれなゐ」の色は、歌舞伎趣味的な流血の色に発するものと思っていたけれど、一つの原点は、幼児の目にあざやかに映った雛祭りの緋毛氈の色なのかもしれない。

ことに金沢のような北国であれば、それは、春の訪れの緋として積雪の白色に変わる、強烈な色だったはず。そんなことを想わせるほど、春の神秘的な人形祭りは、この作家の感性の芯に、深く喰いこんでいる。

そしてつづけて想われるのは――江戸文芸はいざしらず、近代小説においてこのように雛と雛祭りを題材として描いたのは鏡花しかいない、そして彼を敬慕する少数の作家のみが、この雛文学の系譜を継いだということだ。

五

芥川龍之介はくだんの『雛』のさいごに、この作品を書こうと思ったのは最近、「横浜の或《ある》英吉利《イギリス》人の客間に、古雛の首を玩具にしてゐる紅毛の童女に遇つた」からであると、動機を明かす一文を置く。

もちろん、作中の「わたし」が惜しむ、すばらしい雛一式のその後の末路を暗示する。芥川らしい、老練な落ちであって、もし仮に『雛史』なる歴史書があるとするなら、その最後のページを飾るにふさわしい光景とも思う。

折口信夫がその論考『年中行事に見えた古代生活』や『雛祭りとお彼岸』などで説くように、雛人形のひとつの原義は禊《みそぎ》や祓《はらい》の形式である。人々は自分と等身大の人形にけがれを付着させ、船にのせて海や川へ流し、みずからの清めとした。しかししだいに人形を棄てることが惜しまれ、その祓の期間に、家に飾る貴族の年中行事として、定着した。

この優美な宮廷生活のミニアチュールに最もあこがれたのが、江戸の上層武家や富裕層。諸大名は、娘の嫁入道具にぜいたくな雛一式をあつらえ、豊かな町人もそれにならった。

明和年間、十八世紀後半には、江戸・池の端の大槌屋が人形師の舟月に作らせた古今雛が大ヒットし、現在の雛飾りのベースとなる。三田村雅子『記憶の中の源氏物語』によれば、江戸雛の特色は、関西の平飾りに対する段飾りで、十三代将軍家定の妻の天璋院篤姫の大奥では、雛壇は十二段十メートル以上にまで達したという。雛の文化への、女性の熱狂がしのばれる。

こうした風潮なので、江戸の文芸や絵画には、雛飾りの題材が選ばれ、活用されるのも盛んだった。最も有名なのはもちろん、歌舞伎の『妹背山婦女庭訓《いもせやまおんなていきん》』であろう。吉野川の場。幕がひらけば、あざやかな緋の毛氈をかけた雛壇のしつらえられる、少女・雛鳥《ひなどり》の部屋が現われる。

雛鳥はひそかに、敵対する家の嫡子・久我之助《こがのすけ》と愛しあっている。二人は各々、義理に迫られて死をえらぶ。親に打たれた少女の首はさいご、雛祭りの道具とともに駕籠にのせられて川を下り、少年の屍体と祝言を挙げる。残酷美の中に、可憐な男雛と女雛のイメージが駆使される。

また、藤田順子『雛と雛の物語り』は、古今雛の艶麗な風情を主題とする草双紙『古今雛二対鴛鴦《えんおう》』(文政五、一八二二年)の存在を報告している。これらの他にも雛人形や雛祭りを描く江戸の草双紙や錦絵が多数あり、鏡花がそれらに親しんでいたことが想像される。

しかしそうした雛の文芸や絵画の伝統は、明治維新の変革期に切断されてしまうのだ。前掲『記憶の中の源氏物語』は、維新以降を、「雛の凋落《ちょうらく》」としてとらえる――「一旦復活してしまった天皇制は、西洋列強と伍して行くための〈脱皮〉を急ぎ、雛の文化を棄てて顧みなかった」。

雛祭りを含む民間の五節句は廃止され、代りに天長節や紀元節などの新しい国家祭日が設けられた。多くの人形商が廃業した。維新期、浮世絵が価値なき遺物として日本人に見棄てられ、逆に欧米人に買収されることが著しかった。同じように、さぞ多くの雛人形、雛道具がこの時、長らく棲んだ家から追われ、海外への流浪の旅に出たことだろう。

そして最後は、くだんの『雛』の末尾の光景のように、外国人に珍しがって弄ばれ、子どものおもちゃ箱の中に壊れたまま放り出されることも、きっとあったにちがいない。

ゆえに近代において雛とは、時代に取り残されてゆく旧習、価値なきもののシンボルに他ならない。雛祭りはいよいよ、女子どものたわいない遊びとみなされる。それは、前進し努力し、自我の確立をめざす近代文学の風景には、ふさわしくない。

管見のかぎり、主な近代作家はだれも、雛祭りなど題材にしていない。華やかな女性風俗に関心ふかく、お正月のきらびやかなカルタ会など描く尾崎紅葉も、いかにも描きそうなのに、描いていない。『不言不語』にちらりと、雛祭りの頃の桃の花が薫るだけ。

二葉亭四迷も書かない、森鷗外も、夏目漱石も、永井荷風も書かなかった。もっとも鷗外は、実生活では二人の娘がいることもあり、雛祭りの優美を愛していた。娘たちのため心こめて雛一式をととのえ、雛の古びた顔を、自身で筆で描き直しなどしていた。

荷風もその江戸誹諧趣味において、雛祭りの季節を好む。『断腸亭日乗』には、愛人との早春の散歩で、彼女が店にならべられた雛人形を欲しがるあどけない様子を、いつくしみ見守る記述がある。

それにしても両者とも、作品に雛を取り上げることはなかった。雛文学を継承し、華やかに展開したのは、そう、鏡花だけなのだ。

六

鏡花にとって、雛とはまず母恋いにまつわる素材であり、失われた過去としての江戸憧憬のシンボル。その玲瓏《れいろう》たる人形美は、彼の理想の女性美でもあり、ひいては人形と人間が倒錯し交換される独特のファンタジー世界の一端でもある。自身の内なる母系文化の、照らし出しでもあり、少女美の発掘と展開でもある。多様な要素をはらむ。

このような鏡花の雛文学に惹かれた作家としては、前述の折口信夫、芥川龍之介の他にはぜひ、谷崎潤一郎を挙げなくてはならない。

谷崎が鏡花の、江戸情緒ただよう遊廓かいわいを描く一連の作品に大きく魅了され、特に水の町の趣の濃い洲崎を舞台とする『葛飾砂子《かつしかすなご》』（明治三十三年）を脚色し、大正九年に映画化したのはつとに知られる。

晩秋の蘆の葉さやぐ洲崎のわびしい水景が、とりわけ谷崎の好みにかなったのだろう。後に書かれる谷崎の小説『蘆刈《あしかり》』（昭和七年）の、語り手「わたし」がうずくまる川の中洲の、蘆しげる秋色深い水景は、おそらく『葛飾砂子』を一つの下敷とする。

さてこの時の映画化については鏡花も気を入れ、谷崎といっしょに深川でのロケに赴いたりもした。

『葛飾砂子』のテーマはやはり少女の純情であり、ヒロインは、一方的に焦がれていた歌舞伎俳優の死をはかなみ、手に入れたその形見の浴衣をまとって水に沈む。自殺、というわけでもないのだけれど、哀しくて哀しくて、つい水に……たわいなくひたむきな娘ごころをいとしむ点で、『三枚続』に通底する。

谷崎は、『三枚続』『式部小路』にくり広げられるお夏の可憐、あやかしの雛のイメージにもおおいに心うばわれていたはず。くだんの鏡花の随筆『雛がたり』を軸とし、深夜に雛たちが活きて遊ぶファンタジー映画『雛祭の夜』（大正十年）も作製している。

こうした事にかんがみるならば、あざやかに一つ見えてくる。荷風に『三田文學』誌上で激賞された、谷崎の初期を代表する短篇小説『少年』（明治四十四年）の一面は、あきらかに『三枚続』をはじめとする鏡花の雛文学の影響をこうむり、その水脈を継ぐものなのだということが。

一篇全体に、鏡花の世界を想わせる祭りのお囃子《はやし》のおどけた妖しい音色が響き、おもちゃ、とりどりの人形に雛一式、絵草紙などを愛蔵する少女のぜいたくやわがままが、まず浮き彫りとなる。

『少年』の語り手、人形町の小学校へ通う十歳の「私」はある日、学校では皆に仲間外れにされるお金もちのお坊ちゃん・信一に誘われ、その大きな邸へ遊びにゆく。

信一には姉がいて、姉がおもちゃにする沢山の人形を見せてくれる。これも、鏡花の人形愛をほうふつさせる場面である、しかしこちらは生首を想わせグロテスク――「信一は地袋の中から、奈良人形の猩々や、極込細工《きめこみざいく》の尉《じょう》と姥《うば》や、西京《さいきやう》の芥子《けし》人形、伏見人形、伊豆蔵《いづくら》人形などを二人のまはりへ綺麗に列べ、さま〴〵の男女の姿をした首人形を二畳程の畳の目へ数知れず差し込んで見せた」。

子どもの遊びにひそむこうした小さな残酷性を伏線とし、信一の姉の支配する雛祭りが、子どもたちの性的ないじめの祭典と化す印象的な場面が、次につづく。この小説の白眉である。雛祭りに「私」が訪れると、「信一と姉の光子は雛段の前に臥《ね》そべりながら、豆炒りを喰べて居た」。こんなお行儀の悪さが、逆に味わいぶかい。雛を神のように斎《いつ》く鏡花の少女とは、対照的である。さて、光子の雛は、こんな風。

> 緋羅紗《ひらしや》を掛けた床の雛段には、浅草の観音堂のやうな紫宸殿《ししんでん》の甍《いらか》が聳え、内裏《だいり》様や五人囃しや官女が殿中に列《なら》んで、左近の桜右近の橘の下には、三人上戸《じやうご》の仕丁《じちやう》が酒を煖めて居る。其の次の段には、燭台だのお膳だの鉄漿《おはぐろ》の道具だの唐草の金蒔絵をした可愛い調度が、此の間姉の部屋にあつたいろ〳〵の人形と一緒に飾つてある。

人形たちのきらびやかで妖しい小世界の空気に誘われてか、子どもたちは常軌を逸した遊びの世界に突入する。光子が「鼻汁で練り固めた豆炒り」や「口で喰いちぎつた餡ころ餅」などを男の子たちに喰べさせるかと思えば、今度は光子が帯でしばられ、皆の唾《つば》を吐きかけられる。いじめ、いじめられるスワッピングにも似た快感に、以降、子どもたちは互いに離れられなくなる。下町の情緒ただよう年中行事をなつかしく描きながら、しかも単なるノスタルジーでなくむしろ、既成概念を激しくゆさぶる新しい生の可能性をかいま見せる点がすばらしい。

大人につごうよい、可愛い〈子ども〉像なんか粉砕される。これぞ正面より堂々と、鏡花の展開した雛文学の系譜を継ぐ力作といえる。

谷崎の晩年の長編『細雪』（昭和二十一〜二十二年）でも雛祭りは、花見とともに、蒔岡姉妹が愛する年中行事として重要な位置を占める。特に哀しいことも嬉しいことも内にひそめ、ほとんど表情にあらわさない雪子の人形めいた印象は、そこはかとなく女雛のたたずまいに重ねられている。

ちなみに雪子というこのヒロインの名前自体、鏡花に特有の、人形美をそなえるヒロインたちに意図的に重ねられていよう。『黒百合』のお雪をはじめ、『愛火』の雪子をはじめ、すでに指摘されることだけれど、鏡花のヒロインには類型的に雪の名が多い。

手だれの読者なら、〈雪子〉といえば鏡花文学を想い出さずにはいられないほど。それをあえてヒロインに冠するということは、もちろん『細雪』にも、鏡花文学の類型的な人形美への讃美が、戦略的にこめられている。

谷崎についで鏡花文学を愛した人、ままごとめいた雛の美を鍾愛した人としてつづいて想い起されるのは、三島由紀夫である。

三島は、祖母の手で囲われ籠の中の小鳥のように育った幼少時代から、祖母の愛読する鏡花の文学世界に親しんでいた。祖母の膝下で育った日々のいくばくかを映す小品『翼――ゴーティエ風の物語』（昭和二十六年）の冒頭には、三島にとって懐かしく、そしてどこか囚われ者の痛みもこもる、こんな風景がまず掲げられている。

お祖母様はちやうど午寝からお目ざめになつた。枕許には初版本の鏡花の小説が伏せてある。木版の芙蓉の大輪の美しい装幀である。

『翼』は、昭和十八年の戦争末期が舞台。広く大人の目のゆき届かない祖母の隠居所で、老女の長い昼寝の時間を見はからって、「従兄弟同士《いとこ》」の杉男と葉子はしのび会い、折にふれ少年少女らしい夢にみちた恋を語らう。

血の縁の濃いこのイトコどうしの恋の主題に、冒頭の「鏡花の小説」が、絵パズルのように綺麗にはまっている、と考えるのは深読みにすぎようか。

鏡花の文学がひとつ執拗に追うのは、母なる人姉なる人、ひいては従姉や姪といった近親の女性へのやすらかな慕わしさ、けれど微妙に官能の入りまじる倒錯的な関係性で、三島の文学はそこに鋭敏に反応している。

『翼』の従兄妹《いとこ》どうしの恋の主題は、〈豊饒の海〉四部作の一、『春の雪』(昭和四十〜四十二年)の清顕と聡子との恋に引き継がれ、ダイナミックに展開する。「唯一の姉弟《きょうだい》」のように育った二人の恋は、聡子と某皇族との約婚のさだまった時点で、皇統への反逆を意味する。兄弟なる国王と姉妹なる巫女が結びつき、大和朝廷に反逆する古代のヒコ・ヒメ制の近親婚の記憶が重ねられている。『春の雪』にもそういえば、春寒の清顕の父の邸でひらかれる、古雅な雛祭りの光景が点じられていた……。

はやく亡くなった仲よしの妹についての記憶のまつわるためか、三島由紀夫の描く雛祭りにはこのように、どこか近親相姦の匂いがする。

それは兄妹、あるいは姉弟婚こそ創世神話の原点であり、ひいてはロマンの香り高い種子であることが、三島につよく意識されるためでもあろう。小品『雛《ひな》の宿《やど》』（昭和二十八年）は、その傾向をよく示す。

大学生の「僕」が苦笑しつつ語るのは、去年の三月三日の妖しいできごと。前年に妹が亡くなった「僕」の家では雛を飾ることもなく、銀座をぶらついていてふと出逢ったおさげの髪の女学生は、「おや、死んだ妹だ」と胸をつかれるほど、あどけない。

わたし男雛をさがしに来たの、やっと見つけたわ、と誘う彼女にしたがい、郊外の彼女の家へゆくと、雪洞《ぼんぼり》の灯にあかあかと古風なよい雛壇が飾られていて。少女の母もいっしょに皆で「ピンセットで造った」ような雛のお膳をいわった後、泊ってゆくようにと母に案内された部屋に入ると、そこには――はでな友禅のふとんの下につややかなおさげの髪がのぞいて、真裸の少女がにっこりとふとんをめくり、ここへ来るようにと「僕」を誘う。

男雛とは、そういうことなのか。少女は娼婦なのか、あどけない妹なのか、それとも本当に女雛なのか。「目のさめるやうな緋毛氈」のあかい幻影の中で、青年と少女は共寝する。つまり兄と妹が、春の夢の中に通ずる。

自分を女雛に見たて、男雛をさがして街をさまよう『雛の宿』の少女の姿には、自分を女雛と思いさだめ、少女時代の遊びの中でいつも男雛を「恋しい方」のように想うお夏。おとなになっても、火事で失った女雛の宝冠を、まるで「許嫁《いひなづけ》の印《しるし》」をなくしてしまったように、心から悲しむ『三枚続』のお夏のおもかげがどこかしら、見え隠れしている。

あらためて思えば、お夏が決して山の井博士と共寝しないのも道理だった。彼女は、火事で燃えた男雛と約束をかわす女雛なのだから。

それにしても、折口信夫、芥川龍之介、谷崎潤一郎、三島由紀夫、とかぞえてきて、鏡花がひらいた雛文学を継ぐのは、男流にめだっていちじるしい。

つまり、雛祭りの主催者としての女性よりむしろ、傍観者としての男性の方が強烈に、この春の神秘的な人形祭りをこころに留め、表現しようとする欲望が突出するといえる。

京都在住の狂言師の茂山千三郎は、小学生の時、おさななじみの女の子の家にいつものように遊びにいったところ、「今日は雛祭りしてるし、茂山君は入れへんねん」と言われた思い出を、老いてなお忘れがたいものとして回想している。男が入れない遊びって何だろう？　と、その日は一日中、妄想をめぐらしていたという（二〇一二年三月三日付『日本経済新聞』）。

古都の芸能の家に育った人の、この忘れがたい少年の日の思い出は、雛祭りのもっとも奥ぶかい、やわらかい秘密の箇所に、はからずも触れていよう。雛祭りが、女性祭司によりひめやかに執り行われる、宗教行事であったことの一つの証である。

母が、姉が妹が、その日は神聖な巫女として不可侵の存在となるふしぎを、それゆえいや増す恋しさを、前掲の男流文学者たちはおさない日にするどく、察知したのに相違ない。そのような神秘をはらむ女性文化への追慕は、みずからの内にも流れこむ、母の文化への探索であるのに他ならない。

考えてみれば、明治六年誕生の鏡花をはじめ、なべて明治（三島だけ、大正生まれ）に生をうけたこれらの書き手において、父の文化と母の文化は激しくせめぎあい、対立する。たとえば漢詩漢文の水脈は父の文化であり、対してひらがなと絵よりなる絵草紙、すなわち物語の水脈は、母の文化である。武道鍛錬は父の文化であり、歌舞音曲は母の文化。

前に、雛の文化伝統が明治の維新期に棄てられたことについて触れたけれど、それは強大化する父の文化に、巫女なる母の文化が扼殺されかけた図ともとれよう。

近代のすぐれた書き手はその多くが、父の文化と母の文化を同時にゆたかに受け、双方のはざまで引きさかれ、もだえ、苦しみ、ある種の両性具有の境地に到達した創作者といえる。

雛文学の数少ない継承者はとりわけ、この両性具有の度合いがつよいのではないか。三島由紀夫など、その顕著な例である。国学のはげしい気概の精神に共振し、ますらをぶりを志向する一方、かくべつに小さな愛らしい全ての存在――〈雛〉への愛着が深い。

三島以降、戦後に、雛と雛祭りにかかわるめぼしい作品がないのは、こうした父の文化と母の文化の対立・葛藤そのものが、消滅してしまったせいも大きいのかもしれない。ことさらに、自身のもう一つの源なる、神秘な女性文化にこころ寄せる必要がなくなったからなのかもしれない。

近来、雛の主題はすっかり、おさない人を対象とする童話のジャンルに移譲されてしまった観がある。その方面に、石井桃子の『三月ひなの月』(昭和三十八年)のような名作があるとはいえ、やはり、大人の小説に雛の系譜の絶えてしまうのは、悲しくさびしい。

形骸化する年中行事が多い中で、春のおとずれを象徴するこの可憐な人形祭りの伝統は、まだ生活の中にいきて皆に愛されている。小さきよきものを愛《め》でる精神は、世相が殺伐としているからこそ、いっそう大切にされていると実感する。

ならば江戸情緒の薫る雛文学、ぜひ誰かが受け継いでくれればよい。けれどああいう感じはいささかごめんです、レトロとかで、お仕着のけばけばしい花模様のきものにあらん限りの造花やアクセサリーを飾り立て、かえってどこか崩れたほこりっぽい遊女風になるのは。

すぐれた先行者の雛文学も勉強し、きよらかで可愛い雛祭りを描いてほしい。それでいて、私たちの固まってしまった感性や考え方をごん、と殴ってくれるような力がこもっていれば最高です。

その時こそ、遠く鏡花の手から、芥川や谷崎、三島の手からバトンタッチされ、二十一世紀の新しい雛文学が発進する。

骨の恋

骨まで愛する、というけれど、鏡花においてそれは決して歌そらごとではない。折にふれ彼は、みずみずしくしなやかな肉を見ながらその内に、白珊瑚《しろさんご》のように枝をはる骨のあわれに白く、ほそぼそともろい美しさを感受し愛《め》でている、そんな気配を濃くただよわせる。

ひとつの例は、『芍薬《しやくやく》の歌《うた》』にて薄幸のヒロインが初めて登場する、次のようなくだりにもよくあらわれる。

潮風吹く夜の洲崎《すさき》の遊廓ちかい町で。鮨屋の看板むすめ、みんなからお幾ちゃん、と呼ばれる幾世《いくよ》は、ひそかに慕う青年客が久しぶりにやってきたのでうれしくて、ういういしく艶やかにお酌する――「幾世が酌《しやく》をすると、骨が水晶ででもあるやうに、透通るばかりの白い手が、些《ち》と堅《かた》く成《な》つて、幽《かす》かな慄《ふる》へが響いたので」。

白い手の小さなふるえが、娘の恋ごころをよく伝える。その好きな客から稀少な翡翠《ひすい》の珠をあずかって、それを無法な義父にうばわれて――緑いろの宝珠が人の手から手へところがされるように、みなし子の幾世もまつ毛に涙をためながら、種々の人の縁の綾のもつれる世間の波の中をさまよう。

ついには幾世は青年への想いを断ち、亡き養母、洲崎の遊女の菊川と愛しあっていた画家の窮状をすくい、彼に寄りそい、二人でひっそり支えあって暮らすようになる。そんな成りゆきを彼女は、亡き養母の霊があらわれ、その想いが自分に乗りうつったためと、感じている。

恋する青年に対してはおさない娘ぶりを発露する幾世が、画家に対する時は彼の髪をなでて、「坊やは」などとあやし、世なれた亡母のおもかげを宿す。霊妙な巫女のようにもふるまう。

死者の母と、生者の娘の恋ごころがデュエットをかなでる特異な母娘二代の恋物語なので、そう思えばあらためて――幾世の手に白く麗しい骨が幻視される冒頭は、死霊の依代《よりしろ》としてのヒロインの意味を暗示する、たくみな伏線となっている。

鏡花の恋とは、総じてこのような恋である。くらい他界より死者の声がひびき、花のいろに水のひかりに亡き人の面《おも》わが顕《た》ちあらわれ、誘われてうっとりと人々が動きだす。鏡花の怪異もおなじく、いまは亡き慕わしい人への想いを核とする。したがってそれはホラーではなく、レクイエム文学として捉えるのがもっともふさわしい。

鏡花文学とはまず、レクイエム文学として近代文学史に屹立する。

彼の生きた時代――仏教儒教の形式は、天皇制の支配構造に活用する範囲でよく継がれ、とくにイエの頂点としての先祖の墓への礼は尽くされる一方、いついつまでも死者を想い、生の領域にまで彼らの思念を入りこませる心情は、よしなきたわいなさ、無為の未練の所業として、軽蔑されてきたはずである。

死者を想い、その蒼い魂にふれ、撫でる営みは、何といっても、ひたすら前進と発展をめざす近代の前向きの風景に似つかわしくない。根本的に矛盾し、葛藤する。そのことはよく知りながら、あえてそのおさなく後ろむきとも思われる心情の水脈をえらびとったのが、鏡花なのである。

あらためて、この選択の意味を考えてみたい。死など無いかのように今ここをひたすら生きる人の物語がおもに書かれ、読まれた近代文学史のなかで――その半ばがしんしんと死の泉にひたされる鏡花の物語の蒼ざめた屹立とその周縁を、よく照らしてみたいと思う。

一

やはり当時、文壇においても学界においても孤立し、著者じしん孤立することを予想してわずか三五〇部しか自費出版しなかった柳田國男の『遠野物語』（明治四十三、一九一〇年六月）の冒頭の序文は、前年の夏に初めて柳田が岩手県遠野地方をおとずれた際の紀行文の体裁をとり、この北国独特のさびしくはかない、周囲の山々と交感するお盆の情景を報告する。

「孟蘭盆《うらぼん》に新しき仏ある家は紅白の旗を高く揚げて魂を招く風あり」――お盆には、かしこの早池峯《はやちね》の霊山より死霊がおりてきて家を訪れると、遠野の人々は信じている。とりわけ新しい死者のためには家への路をまよわぬよう、目じるしとして高々と旗をたてる。紅い旗は女性の死者の、白い旗は男性の死者のためのものという。

序文の中でもこのくだりはひときわ哀愁が迫り、調子が高く、あきらかに柳田が『遠野物語』にて発信する、新しい学問・民俗学のシンボルとして掲げられている。

地元ではムカイトロゲと称されるこのお盆の旗には、遠野の人が死者へとささげてきた真情があふれている。そこには、死者と親しく交わり、死者をもてなし、ともに食べ飲みもして生きてきた日本人の暮しの歴史の一端がかいまみえる。それこそわれわれ新しい民俗学徒が探求すべきこころの歴史との、柳田の青嵐の声が、紙背よりひびいてくる感じがする。

死者と生者の親しい交流のこころの歴史を露出するお盆の情景は、以降、日本人の死生観を考究する柳田民俗学のたいせつなカードとなるのだけれど、このことと、『遠野物語』刊行時の数すくない推讃者の一人であり柳田の友人でもある鏡花の、ほぼ同時期の小説『白鷺《しらさぎ》』(明治四十二年十月より十二月まで『東京朝日新聞』連載)の冒頭が、やはりお盆の魂よびの情景ではじまることとは、決して無縁ではあるまい。

お盆などという前代の古くさい行事は学芸の世界では切り捨てられ、かえりみられない当時であればなおさら、小説と学問の枠をこえてここには、明らかなる一つの響きあいがある。

「十三日は誰も知つた、孟蘭盆《うらぼん》のはじめと言ふので、朝の内姉が雑司ケ谷へ墓参をした」――うすずみ色にしめるようなこの言葉から、十三日お盆、その翌日の朝明けまでを、その中に回顧の時間をゆたかに容れてつづる『白鷺』の物語はすべりだす。

あらためて、これはまさにお盆小説なのだ。鏡花はおそらく、亡母や故郷の女性たちがそうしていた夏の年中行事へのありたけのなつかしさもこめてしみじみと、お稲《いね》なる若妻が、死者をもてなす魂《たま》棚《だな》を準備するようすを描く。

お輪塔《りんたふ》、燈明皿《とうみやうざら》に磨きを掛けて、真菰《まこも》の畳、ませ籬《がき》を引結《ひきゆは》へ、素麺《さうめん》の白簾《しろすだれ》、奥深く、小笹《をざさ》の篠《しの》竹《だけ》を両方へ、冷《すゞ》しさうな蔭《かげ》を拵《こしら》へ、雀の宿に生《お》ひさうな、小さな瓢《ひさご》と酸漿《ほゝづき》を掛けて、巻葉《まきは》を添へた蓮《はす》の莟《つぼみ》、ト池を蟷螂《かまぎつちよ》の泳ぐ形に、真菰《まこも》で編んだ馬を据《す》ゑた。

独特の凛としたリズムが文章にみなぎっているので、ちっとも陰気くさくない。そうめんで日よけのすだれを作り、小さなひょうたんと紅いほおずきで死霊のため飾りつけするお稲のしぐさは、まるで可憐なおままごとをするよう。

このように神や人形、死者に仕える女性のまめまめしさを鏡花はいたく愛していて、至上の清らかさをその姿に吹き入れる。目にみえない、ありえないと思われる存在への深いつつしみこそ、鏡花のヒロインの要件といえる。

さてお稲。魂棚を作りおえ迎火をたき、いっしょにいた弟をいささかぎょっとさせる。「さあ〳〵、何方《どなた》も明《あか》い内にいらしつて下さい」とイエの祖霊たちに呼びかけて、そして「お篠《しの》さんも、何《ど》うぞおいでなさいまし」ときっぱりと呼ぶ。

その優しい声にさそわれて、お盆の日の朝はじめて咲いた、お稲の家の庭のしろい桔梗の花の精にまがうかのように、先ごろ自死した芸妓・小篠《こしの》の霊があらわれて……お稲と弟にありありと彼女の気配が感じられる、おもかげが浮かぶ、声がひびく。

お盆小説、そしてゆうれい小説なのである。恋ごころ尾をひくゆえに立ち現われる美女のゆうれい、という趣向ははっきり『牡丹燈籠』に汲むけれど、かの名高いゆうれいのお露と小篠とでは、かなり異なる面がめだつ。

まず一直線に想う男のもとに現われ、ついには男のいのちを引きちぎらんとする恋の妄執をしめして恐ろしいお露の亡霊にくらべ、小篠は逆に男の前には現われない。ひたすら男の妻である、お稲をはばかり、彼女を慕って発現する。鏡花特有の、女性どうしの思いやりと支えあいの情の中にしろくほっそりと、花精のようにたたずむ。

中国文学によく出現する怨みすさまじい亡霊でなく、生者が死者を想って招く情のきわまりとしてのゆうれいを描こうとする鏡花の意図は、どうぞおいでなさいましと呼んだものの、いささかおびえるお稲に対して、小篠をよく知る弟が、「姉さん、可《い》いぢやないか、来たつて可《い》いぢやありませんか。盆だもの、その人たちを呼ぶ為《ため》に迎火を焚《た》いたんでせう」「怨《うら》めしいツて化けて出るのは、田舎もののお化《ばけ》に限る。……江戸ツ児の幽霊は、好いた奴《やつ》の処《ところ》のほか出やあしない」と説くことばによくあらわれていよう。

そして何といっても、鏡花が手を尽くす小篠の霊の描法がすばらしい。ゆうれいなどという、手あかにまみれた言い方をするのさえはばかられる。

小篠の霊は、人体めいた形を必ずしもつねにとらない。さまざまに変化し、転移し、彼女にちなむ自然現象や事物のそこここに憑依し溶解する。

ある時は一すじの煙であり、かと思えばその煙が地面を這ってさらにまつわる白桔梗、その花が風にそよぐゆらぎようが、いかにも小篠らしい風情。ふと庭の竹垣に目をやれば、彼女がしっとりと身にまとう白地の浴衣の竹のもようが浮き立ち、折しもふりだす篠《しの》つく雨も、小篠の気配を濃厚に感じさせる。お稲が見る女持ちの扇子《せんす》さえ、「白い処に折目《おりめ》が立って骨が透通」るありさまが、苦労し、やつれて骨が透くかのような小篠の身体を想わせ、ひいてはおそらく今は死者となった彼女の白骨を……。

霊の発現をきっかけに、お稲の弟が語りはじめる生前の小篠の面影にもこうしたメタファーが尽くされるので、もはや死者と生者の境さえあいまいとなる。青々とした竹垣、桔梗、雪、月光、水に映る影にたとえられる小篠は、生きている時からどこか死んでいるようだったし、霊的存在となってからも、彼女は姉弟の身辺のそこここにあざやかに息づく。

このように自然のあらゆる細部――雨のしずく、花のしべの紫いろ、炎やけむり、蝶々の小さな動き、ほたるの光、夕風わたる葉ずれの音に感応し波動する小篠の霊は、森羅万象に魂のやどるアニミズムの象徴ともいえよう。

とともにそれは、作品世界につねに波だつ不安の象徴でもある。その不安こそが、登場人物ひいては読者を、日常の惰性よりめざめさせ、生きて死ぬことへの何ともいえぬ畏《おそ》れにみちびく。

そしてまた――小篠の霊とは、不可視の存在を目の前によぎらせる人々の、感性と心理を逆に照らしだす。私たちを私たちのこころの中の深み、千変万化のほのぐらい洞窟の内部へと案内する、ともしびのようである。

二

管見のかぎり、鏡花がはっきりとした形で死霊を登場させるのは、『三尺角拾遺《さんじやくかくしゆうい》』（明治三十四年）

における哀れなお柳がはじめてで、その後はふつりとしばらく、『白鷺』までは絶えていた。

思うに二十世紀の科学と合理の時代のはじまりに、前代の怪談の主人公の印象のつよい死霊をとりあげるのは勇気のいることで、とくにこの頃、師の尾崎紅葉を亡くした鏡花は、自然主義流リアリズムの席捲する文壇から、手ひどく排斥されていた。

これを思うとあらためて、盂蘭盆《うらぼん》の情景をシンボリックに掲げる『遠野物語』にもゆうれいの実見談の数話が印象的に報告されていることと、『白鷺』の成因は、無関係でないと考えさせられる。うらむ人でなく、親しい人やなつかしい血縁の人々の前にのみあらわれるゆうれいの文脈も、両者はそこはかとなく通じる。

三島由紀夫は、『遠野物語』第二十二話、老女の霊が自分の通夜をおこなう家にあらわれる話をことに愛し、老女のふだん着のすそが、いかにも北国を思わせる炭取《すみとり》に触れ、炭取がくるくる廻り、そのきものの模様さえたしかに縁者たちに「縞目《しまめ》にも目覚えあり」と見えたという細部の叙述に、すぐれたリアリティを看取した。

じつは小篠のゆうれいも、そのきものの縞もようを通してありありと、小篠をよく知る人たちに存在感がしめされる――「客に来たらしい明石《あかし》の衣《きぬ》、縞目《しまめ》涼《すゞし》く蚊帳《かや》を通して」。

両者ともほぼ同時とさえいえる出版だけに、どちらがどちらに響いたものか。

『遠野物語』刊行前に、柳田が自分とおなじく怪異譚を愛する友人の鏡花に、明治四十一年十一月より遠野出身の佐々木喜善より聞きとりを開始した話のさまざまを、洩れ聞かせていた可能性はある。書きかけの草稿も見せ、文学としてのおもしろさの成否を、プロの鏡花に問うていた可能性とて捨てられない。柳田は民俗学の書を意識するとともに、文学として『遠野物語』を世に問う野心もいだいていた。

それに『遠野物語』の語り手の喜善も、鏡花文学の大ファンだった。鏡花にあこがれて作家をこころざし上京、鏡花にちなむ「鏡石」なるペンネームで小説を書く修業中でもあった。石井正己『遠野物語の誕生』が着目するように、当時の三人をむすぶ縁はそう浅くはない。

石井は、『遠野物語』刊行の八ヶ月前、明治四十二年十月に、鏡花が編集にかかわる『怪談会』という、文壇諸氏による怪談実話集が出版されていることに注目する。そこに収められる怪談は「皆事実」であると宣言する鏡花の序文が、あつめられた北国の幽怪な話のすべて「現在の事実」に他ならぬと強調する、『遠野物語』の序文に響いていると推する。

加えてここに、小説『白鷺』の存在のあることは、おおいに注目されるべきであろう。『白鷺』は、やはり明治四十二年十月より『朝日新聞』に連載され、十二月におわる。ゆえにこんなパターンも考えられる。当時、連載の『白鷺』を愛読し感じ入っていた喜善が、つい小篠の霊の顕現のイメージに引かされ、第二十二話の原話を柳田に語った可能性も。柳田も、うすうすそうと知りつつ、受け入れた可能性も……このころ喜善は、前年十一月よりたのまれて始めた柳田への『遠野物語』の口授を、ほぼ終えかけている。

ともあれ、『白鷺』と『遠野物語』とはジャンルの差異をこえ、死者の気配をうかがいその声を聴く〈死者の書〉としての引力において、二十世紀初頭のほぼ同時に肩をならべ、存在していることはまちがいない。そして〈死者の書〉の書き手としての出発は——きわだって鏡花が先行する。

三

あらためて見わたせば、鏡花の文学には何としばしば、骨・葬が照らしだされることだろう。何と昏《くら》く、そうろうと、一面の墓原のひろがることだろう。墓域のみでなく時として、山も樹々も水も、家々も喪色をまとう。

その特色は明治三十一、二年、鏡花二十五歳のころより立ち上がり、じつに最晩年の小説『縷紅新草《るこうしんそう》』にまでつらぬかれる。

起点は、九歳の時に亡くなった母の葬られる、金沢は卯辰山《うたつやま》の墓所への愛着にあるのだろう。この墓所に詣でる風景は、母恋いの主題に絡まり変奏をかなでつつ、鏡花の文学のなかに点々としるされる。

明治三十二年発表の小品『立春《りつしゆん》』もそうした一つ、のちにりくぞくとつづく故郷墓参小説の嚆矢ともいうべき作品で、山のいただきの白い墓のイメージが、詩的できわだつ。

十八歳の「私」は正月立春の雪の日、墓前の雪に手をつき花をたむけ、「父様《おとつさん》、母様《おつかさん》」と呼びかける。その冷たい感触から、雪遊びでかじかむ手を母の手に優しくつつまれた幼時が思い出され、遠くふもとの町で子どもたちがうたう正月のわらべ唄が、まるで今しも墓の中から――おさない自分と若い母が、声をあわせて「白い墓の中で唄ふ」かのように聴こえてくる――という幻想が特異である。

鏡花に特有の、ドッペルゲンガー的な遊魂状態による死者との交感のモティーフが、すでによくすべり出している。

同時期の『笈摺草紙《おいずるそうし》』（明治三十一年）もそういえば、故郷のおなじ墓所を映す「蓑岡山《みのをかやま》」への墓参りを核としていた。

はじめは陽ざしまぶしい、風変わりな華やかなふんい気。生前おせわになった「蓑岡《みのをか》の若旦那」の新墓に供える卒塔婆《そとば》を若い衆にかつがせ、三人の老若の芸妓がいささかピクニック気分ではしゃぎつつ、五月晴れの山路を登ってくる。

けれどその満山の青葉、若葉のみどりのかがやきにふと凶の翳りが射し、「いま女達が踏んで居る土の中」には、去年の秋に土葬された蓑岡の主人の「生々《なまく》しい屍骸《しがい》」が横たわっていることが、あらためて一行に想起される。

つまり蓑岡山とは死者の山なのであって、このあたりから、各地に災害のつづいたその年の凶がかえりみられる。ひたすら蒼い五月晴れの自然のなかに――「樹立《こだち》一つで目の届かぬ、葉隠《はがく》れの空、峯《みね》の裏、何処《どこ》に、紫か、朱か、緑錆《ろくしやう》か、人を奪つて去るやうな恐しいものの色が潜《ひそ》んで居るかも解《わか》らない」とおそれられる。不穏な空気がただよう。

「何だか出さうだ」との老妓のつぶやきにより、この凶のきざしは、蓑岡の若旦那のゆうれいの出そうな気配に収束され、物語は先にすすむのだけれど、みどりの中に斑《ふ》のように散らばる紫、朱、緑錆のアブストラクトな色彩は、私たちにより深く、抽象的にうったえる。

鏡花の脳が感じている色彩画を、一瞬見てしまったような痺《しびれ》が走る。これこそは、えたいしれぬ自然とともに生きるのを自覚する彼が、つねにいだく生の不安のイメージである。特にまがまがしいマダラの斑は、原始的な獣類や、は虫類の肌を想わせる。自然の脅威におびえる人間の、原初の感覚につらなる紋様であろう。

自然は無情であり、いったん荒れれば、人間の世界はへし折られる。危険と破滅はじつは、日常のそこここにあふれる。けれどそれらへの不安をまともに抱いたままでは、生きられない。ゆえに危険への想像力を封じ、安穏に暮らそうとする。社会もそれを助長する。そのうちに、不安への知も枯れ果てる。

鏡花の怪異とは、私たちが日々忘れ、封じるこの不安と畏れを濃く湛える。あえてそのプリミティヴな感覚を保持し、錬磨し、たくみに表現する。そして私たちにさし示す。そこに独特の森厳がある。たんに死霊や妖怪があらわれるから、恐いのではない。

ところで『立春』や『笈摺草紙』に加え、同時期の『通夜物語《つやものがたり》』も題名どおり、葬の席を発端とする。この頃より鏡花がいちじるしく舵《かじ》を切り、生者がわがもの顔にうごめく近代文学のなかで新たに一脈、〈死者の書〉を書きはじめたことがよくわかる。

おりしも時は、自然主義流リアリズムが文壇を席捲する前夜の明治三十年代、一九〇〇年代初頭。若き日の柳田國男（松岡國男）を理論的盟主とし、その友人の島崎藤村、国木田独歩、田山花袋らによる「グルウプ」（花袋『東京の三十年』）が、浪漫的抒情詩の世界をいったん完成し、さらに小説にも進出していた。鏡花にとっては、これも幸いしたろう。これら若い抒情詩人たちは、都会を舞台とする風俗小説がもっぱらであるのに不満をいだき、自然の風光のなかに小さな点として存在する、人間の生の哀愁を主題とした。力を尽くして海や山で働きながら、だれに知られることなくその生を終える人々の埋もれた人生にその墓所に、鎮魂の涙をささげた。ここに、地方の常民の人生を照らしだす、民俗学の萌芽もはらまれる。

西欧浪漫主義の影響もうけ、彼らの感性には濃く、他界と死への想念が脈うつ。小説界にこうした清新な一陣の風が吹いていたことは、〈死者の書〉にむかう鏡花にとって、よい追い風となっていたはずである。

柳田國男の民俗学と鏡花との関係性についてはすでに指摘されているが、それに関わり向後はぜひ、民俗学の一つの母胎としての抒情詩派と、鏡花の文学的交流も、考察されるべきであろう。

たとえば湖沼地方の森で、ふくろうを友として生きる老農夫の孤独をうたうワーズワースの田園詩の刺激をうけて——九州佐伯《さいき》のうつくしい湾を舞台とし、海を渡る乗合船の船頭として一生をおえる老翁の悲劇をえがく独歩の小説『源おぢ』（明治三十年）などはどこかしら、鏡花の『葛飾砂子《かつしかすなご》』（同三十三年）に重なりはすまいか。

四

『源おぢ』も『葛飾砂子』も、近代化にとり残される古風な渡船業をほそぼそつづける、老翁を主人公とする主題において、共通する。

佐伯では港が開発され町がひらけ、人家さえ少なかった海辺はにぎやかになる。しかしそうした時代の変化よりはずれ、源おぢは今も昔もおなじように船を漕ぎつづける。

若い頃より、漕ぎつつ歌う彼の美声は有名。妻子を亡くした悲しみに長年歌わなかった源おぢは、物語の終盤で、夕日影があざやかに照りわたる海上で、声も高らかに歌う――「海も山も絶えて久しく此《この》声を聞かざりき。うたふ翁も久しく此声を聞かざりき。夕凪《ゆふなぎ》の海面《うみづら》をわたりて此声の脈ゆるやかに波紋を描きつゝ消えゆくとぞ見えし」。

対して『葛飾砂子』の七兵衛《しちべえ》は佃《つくだ》の在、深川に乗合船をあやつる老船頭で、毎夜きまって水上で、水死者の冥福をいのり、法華経をとなえる。それをいっしんに聞くのは川辺の長屋に棲む貧しい人々で、七兵衛の妙なる法悦の声は「尊い音楽」として受けとめられている。

「あゝ、良い月だ。妙法蓮華経如来寿量品《めうほふれんげきやうによらいじゆりやうぼん》第十六自我得仏来《じがとくぶつらい》、所経諸劫数《しよきやうしよごふすう》、無量《むりやう》百千万億載阿《おくさいあ》僧祇《そうぎ》、」と誦《じゆ》しはじめた。風も静に川波の声も聞えず、更《ふ》け行くにつれて、三押《みおし》に一度、七押《なゝおし》に一度、兎《と》もすれば響く艪《ろ》の音かな。

こうした経文の声、鏡花の作品には時折はさまれる。口承文芸としての物語の伝統と近代小説とをつなぐ、鏡花ならではの新古の結び目といえよう。

ところで『葛飾砂子』とは、十六歳の誕生日をむかえた下町の娘が、夭逝した歌舞伎俳優に恋いこがれ、彼のかたみの菊の浴衣を身にまとい、そのあやかしの衣に憑かれたように深川に入水する。たまさか船より彼女を救いあげるのが七兵衛、という黙阿弥の歌舞伎劇を思わせるダブル・プロットの仕立をとる。

その娘、菊枝のいちずな恋ごころ、かわゆい「小町下駄《こまちげた》」だけ残してこつ然と姿を消す、神隠し譚に汲むあわれもさりながら（この出奔の印象は、『遠野物語』第八話の神隠し譚、若い娘が樹の下にぞうりだけ残して行方不明になるという、いわゆる〈サムトの婆〉の話に通底する）――娘が迷いこむ深川べり、水の下町としての佃辺《つくだ》の幽暗なふんい気が、読むものの胸にいたくしみる。

　つまり佃という水気ただよう川べりの湿地にて、鏡花は本格的に〈死者の書〉をひらくのである。それはたとえば、こんな風に――。

　夜風に蘆《あし》のさやぐ洲《す》の岬《さき》を七兵衛が漕いでいると、ほどなく汐見橋《しおみばし》。寂しいな、との船客のつぶやきを皮切りに、いいようない不安が満々たる水世界をおおう。川霧のながれるいったいに、死と墓原のイメージが立ちあがる。怪異へのこの転調は、さきの『笈摺草紙』にて、万緑の山中に、にわかに翳りがさす風景にも通底しよう。

> 寝息も聞えぬ小家数多《こいへあまた》、水に臨んだ岸にひよろ〳〵とした細くつて低い柳が恰《あたか》も墓へ手向《たむ》けたもののやうに果敢《はか》なく植わつて居る。土手は一面の蘆《あし》で、折しも風立つて来たから颯《さつ》と靡《なび》き、颯と靡き、颯と靡く反対の方へ漕いで〳〵進んだが、白珊瑚《しろさんご》の枝に似た貝殻《かひがら》だらけの海苔粗朶《のりそだ》が堆《うづたか》く棄ててあるのに、根を隠して、薄ら蒼い一基《いつき》の石碑が、手の届きさうな処に人の背よりも高い。

　この石碑は、寛政三年の高波でここに多くの水死者が出たのを銘じ、近在に家を建てるなかれといましめる災害碑。でも今はすっかり誰からも忘れられている。船頭の七兵衛だけはこの碑を鎮魂のしるべとし、毎夜法華経をとなえ、水底にねむる世々の死者への「川施餓鬼《かはせがき》」としていた。

鏡花はこのように深川を、徹底的に死者の川とする。その水辺にほそぼそと人々の暮らす貧しい町をも、ほろびゆく死の町とする。

七兵衛の船の上より見える多くの小家は、「墓の如《ごと》き屋根」をもつ墓群と幻視され、水辺の柳も、墓にしげる柳に見立てられる。それをうけ、「白珊瑚《しろさんご》の枝に似た貝殻《かひがら》」とつづく。

白珊瑚の枝、とは白骨の喩であろうし、それは過去のるいるいたる水死者の記憶につながえられ、さらには水中より屍体とまがい浮上する、菊枝のいたいたしい「折曲《おりま》げた真白の肱《ひじ》」のしろさに絡みつく。

首都・東京がひらかれてよりほぼ三十年。整備され威容ととのえ進化いちじるしい東京の中に、他の誰がこのような死の町を見いだしたか。

かえりみれば近代文学史において、深川とは特権的な場所である。江戸のおもかげ濃いその水景は、特に明治四十年代より注目される。フランスより帰国してすぐ永井荷風がものした『深川《ふかがわ》の唄《うた》』（明治四十二年）にいちじるしいように、コンクリートと鉄で武装する都市に追われ、さびれゆく水の下町はゆえにこそ、拙速な近代化を批判するマイナーサイドの拠点となる。谷崎潤一郎や芥川龍之介らも裏側としての下町の水流を愛し、あとにつづく。

『葛飾砂子』はそうした深川文学の嚆矢《こうし》にして、そこを死者の川と観ずる、もっとも過激な例といえる。そこには深川を死霊発現の場とする江戸怪異譚の系譜もたどれるけれど、一方嚆矢にふさわしく、マイナーサイドからの社会批判の意気も脈うつ。

批判精神の一端は、都会で栄える人々に対し、息をひそめ墓原に棲むような貧しい川の民の暮しを、こう述べるくだりにも、よくうかがわれる——「鬚《ひげ》ある者、腕車《くるま》を走らす者、外套《がいとう》を着たものなどを、同《おなじ》一世《よ》に住むとは思はず、同胞と識別することさへ出来《でき》ぬまで心身ともに疲れ果てた其家此家《そのいへこのいへ》」。

格差社会における上層部のエゴイズムを撃つにさいし、つかれきって寝しずまるような墓原、という場のアレゴリーがよく利いている。鏡花の墓とはこのように、怪異文学としても社会派文学としても重要な場として、多義的に機能する点にも、おおきな特色がある。

五

じつは同時期の幻想小説『三尺角《さんじやくかく》』（明治三十二年）も、「喪服を着けたやう」に陰気な、死の風土としての深川の材木の町を照射する。

いちおう木挽《こび》きの与平《よへい》少年と柳屋のあでやかなお柳《りゆう》が配されるものの、真の主人公は深川の土地で、柳がさざなみに浸り、三角形の橋がかかり、蘆が生え、沼のようないったいはしきりに「弱々」「衰へた」「俯向《うつむ》き勝」「灰色」「暗い」と、喪の色の陰気なヴェールでおおわれる。

特に時代に遅れ滅びゆく、この地の人も建物も風俗もみな「風土の喪に服して居る」として、家、柱、垣根、電線、樹々など全てがてんでに種々に傾き、ゆがむありさまを、くり返しくり返し偏執的につづるくだりは、読んでいてしだいに恐ろしい。

末期《まつご》のまなざしで見るこの世の情景とはこんな風か、とも思われ、何やらもうろうと灰色がかった三角状の地霊が、湿地のそこここに生起するのもひしと感じられる。

こうした喪の地こそ、鏡花にとってもっとも慕わしい、至高の恋のかなう浄福の地であることも、かいまみえる。文中、彼の筆はうったえる、「あゝ、まぼろしのなつかしい、空蟬《うつせみ》のかやうな風土は、却《かへ》つてうつくしいものを産するのか」。

地霊を呼びだすようなこうした神秘の筆致には、もちろん古今東西の多様な文芸のイメージが織りこまれていよう。ここでは特にその複雑な地層の中に、ベルギー世紀末の、あのあでやかな〈死者の書〉のあるのを掘りおこしてみたい。

象徴派の詩人ローデンバックの異色の小説『死都ブリュージュ』(一八九二年)は、あらためて並べてみれば、なるほど、〈死者の書〉としての鏡花文学とよく響きあうのである。

鏡花はおそらくかなり早く『死都ブリュージュ』を読んでいる。

なぜなら師の尾崎紅葉の力作長篇『多情多恨《たじようたこん》』(明治二十九、一八九六年)は、あきらかにこのベルギー幻想小説を参照する。師が熟読するなら弟子も読む、もちろんその逆も。

早逝した愛妻にこがれ、彼女の肖像画を描かせ、それをながめては、毎日泣いてばかりの紳士を主人公とする『多情多恨』は、家父長制下の近代の男性像としては特異で、丸谷才一は、それが源氏物語の男泣きの伝統、具体的には桐壺巻の変奏であることを洞察している。

加えて異常な悲しみにくれる男やもめを主人公とする発想は、同時代のローデンバックの異色の小説にも汲むであろう。

『死都ブリュージュ』の主人公ユーグは、若く亡くなった妻を恋い、邸のすべてを彼女の生前のままにする。いくつかの妻の肖像画は宝であり、とりわけ彼は彼女の黄金の髪を硝子箱におさめ、うやうやしくあがめる。死者と交感するように日々を暮らす。

紅葉はローデンバックの死と追懐の主題をそのまま貫くことはせず、心あたたかい親友を主人公のとなりに配し、その泣きの涙を江戸ッ児らしい人情でユーモラスにつつむ。

むしろ『死都ブリュージュ』の直球――死者への追慕の情が、水気立ちこめる小都市のさびれた地霊と呼びかわす神秘をまともに受けとめたのは、鏡花の方である。

岩波文庫の窪田般彌の解説によれば、〈ブリュージュ〉とは、橋を意味するフラマン語、Brugge《ブリュッへ》に由来するという。

なれば必然とも思われる、初期作『化鳥《けちよう》』(明治三十年)にて橋のたもとに棲む母子の物語をつづり、以降も『辰巳巷談《たつみこうだん》』『葛飾砂子《かつしかすなご》』『三尺角《さんじやくかく》』といずれも橋がかりの地をえらび、後続の多くの作品でも、橋ある水辺を死者のあらわれる喪の地ひいては聖地として描く鏡花が――その起点で、橋と水流と死の詩人、ローデンバックと邂逅しているのは。

そう考えてみれば、身辺の風景や自然のそこここより喪と死のイメージを吸いあげ、たがいに連鎖させ、しだいに怪異の霧すなわち生の不安を起動させる鏡花の特有の手法については、和歌謡曲の序ことば枕ことばといった連鎖性濃い詩語のみならず、世紀末象徴詩のイメージ手法と照応させるのも、ふさわしい。

サンボリストのローデンバックは、人間の精神と共振する生きものとしての都市を描く意図の下、ブリュージュの落日、運河、多くの古い橋、墓地などあらゆる事物風俗を喪色の筬《おさ》に取りあげ、死の都市のタペストリーを織る。その中央にイコンのように、黄金の髪かがやく死者の面影をはめこむ。「運河の冷えきった動脈」がはしり、「石でできた河岸《かし》の墓」がシンボリックにそびえ、死者をいたむ鐘の音がひびく死都ブリュージュは、何ともよく、鏡花の「喪服を着けたやう」な深川と似かよう。墓所と死への親しみは、文中でもローデンバックが自身で明かすように、生者の世界へ死者が召喚されてポリフォニーを巻きおこすシェイクスピア戯曲の、ひいてはその背景のケルティックな古代文学の伝統を濃く意識する。この方向性は、世紀末芸術全体の大きな特徴であり、古典派としての鏡花にも通底する。

鏡花の資質には本質的に、死者と生者を同等に視野に入れるケルト文化のある意味の復興・再生としての、世紀末芸術にするどく感応する要素があるといえよう。

なのでたとえば、運河のさざなみの中にあらわれては消えるユーグの妻の無垢なおもかげが、印象的に水に流れゆくオフィーリアにたとえられるように、黒髪をみだし水流をただよう菊枝も、オフィーリアなのかもしれない。

そう想像し、深川のくらい水流をのぞきこむ時、しずかに波をわける櫓《ろ》の音をひびかせて、夏目漱石のうつくしく神秘的な小品『薤露行《かいろこう》』(明治三十八年)も、そっと『葛飾砂子』の船のそばに近よってくる。

これもまた、恋わずらいにて死にいたった少女が、老翁の漕ぐ船にのせられ、恋する人のありかを求めてひたすら川をさまよう、青く露けき水行の物語なのである。

題名からしてなぞめくこの『薤露行』が、ケルト起源のアーサー王伝説に触発されて英国世紀末芸術が産出した、多彩な書物・絵画・演劇の影響をゆたかに浴びてものされた、ある愛しい死者にささげる漱石のひそかな挽歌であることを、こまやかに分析し推理したのは、江藤淳『漱石とアーサー王傳説』である。

漱石は、アーサー王伝説中の少女エレーンのエピソードをえらび、神秘的な死の物語に直す。少女はアーサー王の騎士、ランスロットに純情をささげ、恋わずらいで死ぬ。遺骸は白百合の花で埋めた船にのせられ、川をゆき、ランスロットのもとにたどりつく。

清らかなはげしい少女は、オフィーリアの原型でもある。江藤の推理によれば、これを書いた漱石は、ひそかに愛する嫂を舟葬で見送ってほどない頃で、百合の花の船で水ゆく少女のイメージは、そのいとしい人への手向けに他ならない。以降ずっと、漱石の愛する女性とは、死者なのであると、江藤は看破する。

あまりにもその教養世界が異質なためか、鏡花と漱石は、死と墓所に親しみ惹《ひ》かれる感性の類似をふかく問われることもなく、『葛飾砂子』と『薤露行』も、その〈死者の書〉としてのテーマの類縁を文学史上にならべられ、考察されることもない。

けれどこの二作は見ようによっては、おなじく世紀末芸術の大茎からはなひらく夢幻の二花、生者の世界に死者の影が濃く落ちるのをみとめ、それを表わそうとするケルティックな芸術に共振する神秘の二花ととらえることも、もちろん可能なのである。

六

それにつけても、死骨と屍体への執着は鏡花に突出していて、すさまじい。物語作家としての彼のおおきな特徴でもある。

ここには前代歌舞伎のバロックな骸骨趣味もひびき、あるいは上田秋成において人間の生きる時間のむなしさと哀れとしての死骨がことさら照射されるような、仏教的な無常の感性とのつながりもある。

いまひとつ、『髯題目《ひげだいもく》』（明治三十年）とはそんな特色をきわだたせる小説で、こうした様相もまた、鏡花の代表的な〈死者の書〉であることはまちがいない。

人の忌む葬の場を徹底的に中心にすえ、その場から、人をとむらうという人生根幹のいとなみにさえ、金力や身分のからむ明治社会の階層制を撃つ。怪異のふんい気と社会批判が、よく融合する。

まずのっけから――生きながら死者のきる白経帷子《しろきようかたびら》をまとう、かつての名芸人の三太郎《さんたろう》おじいが登場し、読者のどぎもを抜く。妙法蓮華《みようほうれんげ》のお題目をしるした白いきものは、窮乏きわまり、もうこれまでと覚悟し、孤独餓死することを決めたおじいの、せめての意地の死にじたく。ともにおじいと同じく、日々かつえる貧民の、生きながら餓死してゆくような逼迫した生を象徴する。

おじいたち芸人仲間のせめての心願は、芸人をぬけて大きな商家に嫁いだ、みんなのアイドルの小《こ》燕《えん》だけでも立派な奥さまとして、婚家から「見事な葬式」を出してもらい、世間を見返すことだった。

そしてたしかにその心願は、ゆがんだ形でかなえられる。小燕は嫁ぎ先でいじめられ、親類の集まる法会の席で盗みの疑いをかけられ、裸にされる。あげく、養母で女優の早乙女《さおとめ》がみじめに行路死し、その腐乱死体が衆目にさらされ、侮蔑されるのを見てしまう。救いのない卑しい境涯に絶望し、自死する。で、嫁の自死はさすがに外聞わるく、「ありツたけ葬式にかけてくんねえ」との芸人のゆすりもあり、婚家から盛大な小燕の葬式が出る。これが、エンドロール。

この葬の情景がすばらしく毒々しい。ヒロインが死んだというのに、見送る人々は、みなにこにこと嬉しそう。カーニヴァルのような大さわぎ。いまの私が読んでもその不穏に息をのむのだから、およそ百十年前の保守的でつつましい読者たちは、いったいこれをどう読んでいたのか——。

> 粂屋《くめや》の身代半分はかけたらうといふ、小燕《こえん》が葬式は人の目を驚かしたのである。前代未聞と云ふのは、唯《たゞ》柩《ひつぎ》や、旗や、天蓋《てんがい》が立派であつたばかりではない。棺をかいてた十蔵《じふざう》もうれしさうであつた。不思議に其《それ》までながらへて居て、見送の列を縫ひながら袖をひろげて三太郎《さんたらう》おぢいは躍《おど》つてあるいた。（中略）のんきなもので、赤い鉢巻《はちまき》を向うざまにして、青い袖の襦袢《じゆばん》両肌脱《りやうはだぬ》いだ、草鞋《わらぢ》がけで、小さな日の丸の扇をひろげて、通すがら木遣《きやり》を唄《うた》つた。

みな芸を尽くし、小燕の死を祝う、いや悼《いた》む。三太郎おじいは悲願かなったと、おとくいの鳥のしぐさで可愛らしく浮かれ舞い、あまつさえ太鼓名人の仁助《にすけ》おやじは葬列の先頭に立ち、パッと日の丸の扇をひらいて木遣をうたう。お葬式に真紅の日の丸！　こんな風景、はじめて見る。

題名「髯題目」のゆえん――小燕の肌にはひそかに経文の紅いいれずみが彫られており、婚家で人々のあつまる法会の席できものを脱がされ、その髯のはねるのに似た経文のいれずみをさらしものにされたことが、彼女の自死のきっかけなのだけれど、それは三太郎おじいのまとう白い経帷子よりもっと過激である。

つまり小燕の場合、肉体そのものが、いつどこでのたれ死んでもよい準備としての、経帷子なのである。この肉体としての死装束をシンボルにかかげ、鏡花は、葬と死のなかにひそむ社会差別や道徳の瞞着のなかに分け入る。

たとえばその筆は、金力をはたいて高僧を招き、「金殿玉楼《きんでんぎょくろう》」のごとき巨大仏壇をかざって悦に入る小燕の嫁ぎ先、粂屋《くめや》の姑の偽善を、にくにくしげに照らしだす。

あつまる善男善女はじつは、粂屋にタカッて生きる「幇間《ほうかん》」のようなおべっか使いにほかならない。おごそかに極楽往生をとく「末法救世《まっぽうぐぜ》の大導師《だいどうし》」とて、一皮むけばなぁんだ、姑のお気にいりのツバメにそう異ならぬ。

そも、身分や金力によって往生できる浄土とはなんぞや。立派な葬式を出してもらうためイエに縛られ、自由に生きられないなど本末顚倒のきわみ。――鏡花は思いきり、すべてのインチキにべっかっこ（鏡花のよくつかう幼児ことば、つまりアカンベエ）してみせる。

葬列にことさら掲げられるおめでたい日の丸は、死生を巡り、でっちあげられた巨大な支配ゲームに対し、鏡花があげる革命と反抗の紅い狼煙《のろし》であるのにちがいない。この過激をみぬき、鏡花の知人の高山樗牛《たかやまちょぎゅう》は、『髯題目』を気骨たかい思想小説として推讃したのだろう。

またこの作品にて、人の忌む死や葬に、鏡花がことさら意図的に近しい位置をとる書き手であることも、あらためてよく確認される。

あでやかをきわめた女優・早乙女の腐乱死体が掘りだされる酸鼻にも、彼の筆はいっこうためらわない。みみずのうごめく湿地に、それが投げだされる光景を、あざやかに冷静につづる。

> まるで雪丸《ゆきまろげ》がとけかゝつたやうな、もののうつむいた姿だが、足は二ツともまるで出て居る、蒼みを帯びたのに処々《ところぐ》黒い斑《ふ》を印《いん》して、ふくら脛《はぎ》だと思ふあたりは水気《すゐき》で膨《ふく》らんで居る、ちぎれ残つてまだ筵《むしろ》の形をしたのでかくれて見える頭の方には、千筋《ちすぢ》の黒髪が離々《りゝ》としてこぼれつゝあつた、

半融の美女の屍体をゆるみなく描く筆致は、肉食人種的なつよさ――かの『椿姫』(一八四八年)の著名なくだり、マルグリットの墓が掘り返されて「大きな白い経帷子」がめくられて、彼女の片足を、眼窩がうつろな穴をあける顔を、それなのに変わらず艶やかな黒髪を恋人アルマンが目にし、強烈な死臭をかぐ場面――をほうふつさせる。

たしかに、死のリアルをゆるがせにしない鏡花の姿勢は、近代小説家としての強壮につらなるけれど、とともに、死骨や屍体を直視するのに慣れていて冷静な、僧のような存在感を濃くただよわせる。

作家としての鏡花の一つの特徴は、諸国を旅して行きだおれの無縁の死骨をひろい、葬の山としての高野山におさめる高野聖《こうやひじり》のごとき存在感をはなつ点にある。となれば私たちはここでぜひ、『沼夫《ぬまふ》

人《じん》』（明治四十一年）もひらいてみなければならない。

『沼夫人』とは読みようによっては、高野聖的な存在を主人公とする、死骨の鎮魂の物語なのだから。友人が水のほとりでひろった野ざらしの死骨を、主人公の青年が恋人の遺骨と直感し、木の葉の船にのせて舟葬し、冥界へと送りだす。それはまた、死をこえて象徴的に想いのかなえられる、至上の恋の物語でもある。

原生林にかこまれた沼の水面に綾なす蒼いさざなみに、森羅万象がうっとりと恍惚にみちて水没してゆくこの小説の中央には、ずっとゆくえを探していた愛しい人の、しろい骨がかがやいている。

七

夜半、愛する死した女性の霊に呼ばれる。そこから過去のひたむきに愛し愛された記憶の迷宮に入りこみ、現実が愛の記憶に圧倒される――『沼夫人』のこの構想は、おおいなる愛のロマンスであり怪異譚でもある『嵐が丘』（一八四七年）をほうふつさせる。

この英国の純愛の物語が、鏡花の怪異譚のどこかしらに染みつくのも道理で、これもおそらく、師の紅葉が愛読したものだった。だれにも告げぬ心の秘密をいだきながら、おさななじみの貫一をうらぎって財産家に嫁ぐ宮に、同じく秘密の本懐を持ちつつヒースクリフを表面上は捨て、名家の紳士と結婚するキャサリンのおもかげが重なっているのは、しごく明らかである。

さて『嵐が丘』の冒頭近く、冬の嵐の中でキャサリンの死霊はヒースクリフを求め、ガラス戸をたたき「入れてえ」と呼ばわる。

『沼夫人』の主人公の小松原《こまつばら》青年はこちらは夏の夜半、戸外よりしとやかに「開《あ》けて下さい」と呼ばれる。その後しきりに、ぶきみな水滴の音や「しと、しと、しと。」と、ベッドのまわりをめぐる水びたしの「跫音《あしおと》」に襲われる。

じつは小松原は、友人の医師の家の薬くさい診察室に泊めてもらっていて、そこにはマムシや胎児の標本とともに、この間、友人が近所の「蒼沼」のほとりでひろってきたという、身元不明の女性の骸骨が陳列されていた。

一連の怪異現象に襲われて、小松原はもしやこれは、「三年以前に別れてから、片時も想はずには居らぬ」愛しいあの人の霊が訪れたのでないか。ならばあの人はやはりどこかで死んでいて、たとえばこの骸骨のように野ざらしの死骨を山野に散らしているかもしれない……と直感する。

それは本当にそうなのか。あるいは骸骨の置かれる部屋でねむる恐怖がもたらした幻覚なのか。それは明かされない。読者の想像にゆだねられる。

あらためて――鏡花の愛のロマンスとはこのように、少なからず怪異譚の形をとる。その意味でも、怪異譚の名手といえる。それなのに、上田秋成と対比されることはあっても、まさに彼が生きる同時代の怪異譚のさかんな潮流、『嵐が丘』もふくめて神秘と怪異をはらむゴシック・ロマンスと、その系譜を継ぐ近代心理小説と比較対照されることがほぼないのはどうしたことかと、今さら気になる。

イギリスにおいては産業革命への反動として特に、超自然現象や神秘思想への関心の高まっていた状況が、ゴシック・ロマンスを隆盛させた。ゴシック・ロマンスは十九世紀末に隆盛の頂点をきわめ、と同時に勢いをうしない、代りにその影響をうけた怪異短篇が空前の流行をほこる（『恐怖の愉しみ』長谷川晋一「解説」参照）。

それらの中に、たんに恐怖への好奇をみたすのでなく、神秘的な世界観や人間のこころの内奥にねむる原初の感覚をゆりおこし、高度な心理小説に参入する作品も登場する。

たとえば『吸血鬼ドラキュラ』（一八九七年）の先駆とされるアイルランドの神秘幻想小説家レ・ファニュの『吸血鬼カーミラ』などは、その舞台となる幽邃な森や湖の風景といい、優美でつつましい貴婦人の語り口といい、かなり鏡花の好みに合うのではないか。あるいは、古い邸に棲む悪霊に、人間の欲望の綾を象徴的に反映させるヘンリー・ジェイムズの『ねじの回転』（一八九八年）なども。内気で神経質な人間のかくれすむ沼のほとりや山のふもと、森の中。まわりの自然のしんとした神秘の響きに耳を澄ませつつ、語りだされる物語――鏡花の怪異譚は時折ふっと、英国怪異小説の伝統的な古びてさびしい、荒廃した情調をただよわせる。

鏡花の怪異譚を安易に、ホラー小説の区画に入れることには反対である。そうレッテルづけてしまうことには極力気をつけつつ、しかしいったんは、近代心理小説の一つの母胎ともいうべき、怪異と神秘をはらみ自然の声を聴くゴシック・ロマンスの潮流の中にそれを置いてみることも、近代作家としての鏡花を論ずるうえで必須であろう。

ところで。せめての愛しい人への手むけに、小松原は、くだんの女性骸骨を蒼沼に水葬することを思いつく。じつはその沼こそ彼の恋のゆかりの地で、三年前に蒼沼が大雨であふれ、いったいの田畑に浸水した。その珍しい水景を見物に、浅はかにも小松原は、出征中の軍人の妻であるそのひとを誘ったのだった。

そのひともまるで少年に誘われた少女のように、むじゃきにあどけなくついてきた。そのうちに夕日もしずみ暮色ふかまり、田とも道とも川とも線路とも見分けがつかず、茫々と水みちる風景の中に二人はとり残される。さまよい、ついにいっしょに汽車に轢《ひ》かれる。心中と世間に責められて、大けがを負ったそのひとのゆくえはそれから杳《よう》として知れない……。

見わたすかぎり浅い蒼い水にみちる、この日暮れの景色がうつくしい。おさない頃から小松原は、ふしぎにそんな蒼い水の中へうっとりと沈んでゆく夢を、何度もみた。それは告白さえかなわず、けれどしみじみ好きなその人と手をつなぎ、水死する運命の予知夢だったのかもしれないと、小松原は出水の冷たさにおびえつつも、至福の感覚につらぬかれる。

読んでいて私たちも、彼の恍惚にひたひたと共振してしまう。すべてがなつかしい既視感にみちている。踏切をこえて土手をあぜ道づたいに歩いてゆく、二人のシルエットもなつかしい。遊びをおえて家へ帰る子ども時代の夕暮れの、せつない記憶が堰を切ってよみがえる。

顔をあげれば、とおく海岸に突きでた岬の上の空だけ明るい昼の青空で、こちらはもう昏《く》れかかっている。しずかな中に、あふれた水が田んぼにひろがる、さざなみの音だけひびく。

たぶんこれは、子どもの原始的なこころが感受する、水や空や風の神秘の記憶の断片をゆたかにつなげ、鏡花が平凡ないなかの海辺の風景のなかに描いてみせる、死の世界のイメージなのだ。だからこんなになつかしい。

そして『沼夫人』のさらに奥にはもう一種、死の世界が結晶する。それは原生林のなかの蒼沼で、こちらは周辺と隔絶する特権的な秘儀の場としてしんと静まる。ふかく重なる樹々はわずかに日の光を透かし、しきりに鳥が鳴きかわす。すべてが青とみどりの寒色系のエロスにみちる。

ページをひらけば、まさにこんな場所にいつかたどりつきたいと思っていた、自分の潜在的な欲望にも気づかせられる。心底にねむるそのひめやかな場所を、鏡花の筆がまぎれなく探りあて、涼しくさらりと連れていってくれる神韻《しんいん》におどろかされる。

そしてここでも、舟のイメージが駆使される。沼は、舟にてたどりつく死後の世界の景色であるのに相違ない。小松原は、芭蕉《ばしょう》の巨樹のうっそうと茂る水のほとりで、芭蕉の広葉を切り、それを舟に見立てて白布でつつんだ骨を置き、水に浮かべる。するすると芭蕉の舟はうごき、沼の中央あたりですっと止まり——「其《その》まゝ葉が垂れると、縋《すが》りつく状《さま》に、きら〳〵と水が乗る、と解けるともなしに柔かに、ほろほろと布が弛《ゆる》んで、細長い包みの裾《すそ》が、ふツくりと胸になり、婦《をんな》が臥《ふ》した姿になる」。

やがて、骨はしずむ。風が立ち、水紋がはしり、鳥がはばたく。折しも、「緑は緑、青は青で、樹の間は薄暮合《うすくれあひ》」のころ。

ぼうぜんと沼をみつめる小松原に、蒼い水中にたゆたう白骨の幻影が見える。骨は虹のいろを帯び、宝珠とかがやき、まさしくあのひとが自分のために残してくれた恋のかたみと、実感される。

> 骨は確《たしか》に……確に骨は、夫人が此処《こゝ》に身を投じて、朽ちず、消えず、砕けぬ——白き珊瑚《さんご》の玉なす枝を、我がために残したことは、人にこそ言はね、昨夜より我は信じて疑はぬ。

水中の白骨を、そのひとの膚《はだ》とも瞳とも幻視し、ついには沼そのものが彼女であるとさえ感受する。自身も水にしずみ、恋しいひとと一体化したいと小松原はねがう。前述の、田畑を浸す出水のイメージとも響きあう、水のエロスの極致である――「沼の水は、即《すなは》ち骨を包む膚《はだへ》、溺れて水を吸ふは、尚《な》ほその人の唇に触れるに違《たが》はん！」。

この純情にて、みじめに診察室にさらされた無縁の骸骨は鎮魂される。後はまさに、謡曲を想わせる構成でむすばれる。鎮められたそのひとの霊がうつくしく現われ、なつかしい優しい声でもう一度、二人のあいだの呼び名「立《りふ》さん」「立二《りふじ》さん」と呼びかけてくれる。

あの出水の時のように二人手をつないで歩くうち、芭蕉の樹の茂るために月の光が森にとどかぬことを彼女が嘆くので、せめて彼女のためにと小松原は芭蕉の巨樹を伐《き》る。ああうれしいと、そのひとは月を見上げ、月光で「晃々《きらく》」かがやく沼の水のなかにふたたび消えてゆくのだ。

八

『沼夫人』は、至純の恋の物語である。無縁の骨をひろい、手あつく葬う高野聖の物語でもある。そして――私たちに向けて死後の世界をなつかしく慕わしくさし示し、よりゆたかに生き、死ぬしるべとする蒼い水の来迎図でもある。

前述の『葛飾砂子』をはじめ、『神鑿《しんさく》』『悪獣篇《あくじゆうへん》』『銀短冊《ぎんたんざく》』と少なからぬ作品が、川や海、沼にただよう舟のモティーフに執着するゆえんも、ここに明らかとなる。それは鏡花にとって、理想の送り送られ方、舟葬の喩であるのに相違ない。

舟の木の温かい肌につつまれて、波にゆられ水の渦に巻きこまれてたどりつく、緑樹と水にみちた死者の棲む地への哀慕こそ、鏡花の文学の一つの通奏低音である。

そうした蒼い水の来迎図、〈死者の書〉としての鏡花の文学の側面を、ことに愛する読み手も多いだろう。たとえば〈死者の書〉としての鏡花文学にことに鋭敏に生産的に感応した批評家に、折口信夫《おりくちしのぶ》がいる。

折口は若年のころより、鏡花文学を愛していた。彼の晩年の幻想的な歴史小説『死者の書』（昭和十八年）は、その一つの結実といえる。冥界にいる死者に想いをかよわす、レクイエム文学としての鏡花の怪異譚の系譜をまさしく受けつぐ。

『沼夫人』が、恋する女性の骨に召喚され、その白くさらされた骨を鎮魂して恋をまっとうする男の物語であるのに対し、『死者の書』はきれいに、男女がその逆の構図をとる。

『死者の書』の冒頭には、『沼夫人』をほうふつさせる「した　した　した」なる水滴の音がひびき、洞窟の闇のなかで死者がめざめる。彼はその身分にふさわしい正式な葬いをされず、野ざらしとして朽ちてゆく自身の「白々としたからだ」「真裸な骨」——白骨化を知覚する。鎮魂をもとめ、くらい墓穴より永遠の恋人にむけ、救いを呼びかける。

その声をとらえた聖少女は、死者に呼ばれ、夜ごとその「白い骨」「白玉の並んだ骨の指」が訪れて自分にふれようとするのをおぞましいと恐れつつも、しだいに死者の嘆きに惹かれてゆく。

彼との交感のツールである夢のなかで彼女は、そのみじめな死骨を海水で洗い、海中にかがやく「白《しら》玉《たま》」「白い珊瑚《さんご》」と幻視し、浄化する。優しく、その死骨を胸に抱きとる。ついには「真裸の骨」をおおうため、仏の加護のもと寺に咲く蓮花の糸で、きものを織ることを思いつく。少女が命ほそらせ、知を尽くし、超常的なかがやく布を織りあげる結びにて、鎮魂が成就する。

これも一種、女性版高野聖の物語といえよう。折口の万葉学の造詣をかたむけた多様なモティーフがまさに曼陀羅をなす中で、随所に鏡花文学のニュアンスが印象的にひびく。

絶えずきこえる水の音、死霊の顕現としての「した　した」なる跫音《あしおと》。死者に憑かれてのヒロインの突然の出奔、ゆくえを探す人々の騒ぎも、『葛飾砂子』の菊枝出奔のプロットをほうふつさせる。

とりわけ、ヒロインの藤原家の少女が、夢のなかで白骨を抱いて海底へとしずみ、自身も「一幹《ひともと》の白い珊瑚の樹」と化身するのを感じるシーンは、鏡花の『悪獣篇』（明治三十八年）の妖しい水中夢に照応する。『悪獣篇』のヒロインの浦子は、藻のからまる海底へと引きずりこまれ、自分が「珊瑚の枝」に化すと思い、はっと夢から覚めるのである。

あきらかに折口は、〈死者の書〉としての鏡花文学の、骨と葬の主題を意識的に汲み入れている。この時、折口にはつよくその必然性があった。あらたに昭和の〈死者の書〉をつくらなければならない必要に迫られていた。というのも太平洋戦争末期において、大学教授をつとめる彼が薫育した若い人々が、次々に戦地へおもむかされていたからである。

若い世代はふつうならば、死とは縁遠い。それなのに突然、死に直面することを強制され、死に対する知恵も何もなく、いわば丸腰状態であったろう。その瞬間、何をイメージすればよいのか――。

もっとも切実に、生と死とをつなぐ透視図〈死者の書〉が求められていたのにちがいない。一方で必ず生還して学問をつづけよとのはなむけの詩を贈りつつ、一方で折口は万一の時を考え、若い一人一人にせめて持たせたい、死の世界への護符として、『死者の書』を書いたのにちがいない。

そんな折口の意図をまっすぐに受けとめた当時の若い読者の一人に、たとえばのちに戯曲『なよたけ』を発表する劇作家となる、加藤道夫がいた。

加藤は、南方へ出征するさいに『死者の書』を持っていった。ニューギニアの密林のなかの野戦病院で高熱にうなされながら、『死者の書』がぼろぼろになるほど読んだ。

彼がとりわけくり返し読んだのは、ヒロインが夢のなかで潮風に吹かれてあてどなく、「長い渚《なぎさ》」を歩いてゆく光景である。そして白玉としての骨を抱き、自身も海底の一本のしろい珊瑚の樹と化すくだり。彼はこう追懐する。

暗い「死」の季節の中で、折口先生の『死者の書』は特に僕の心をとらへた。（中略）疲れた眼を閉すと、よく白玉の照り輝く神秘な水底の幻影を見た。さうした幻の時間が僕の肉体の苦痛を鎮めるのにどれほど役に立つたか知れないのである。

（「『死者の書』と共に」（『三田文學』折口信夫追悼号）より）

加藤の回想の文章をよんでいると、まるで折口の手から『死者の書』がしろい蝶のように舞い上がり、南方の密林で熱にあえぐ若者のもとへゆき、その夢の翼で彼の熱い額をつめたく撫でるよう。〈死者の書〉とはじつに、文学ならではの仕事と痛感される。

そして改めてこのようにも想像され、認識される。折口はもしや、外地へ出征する若いいのちが海に散華し、土には還らない状況をも想定し、いのりをこめて、骨が珊瑚樹へと変容するあの幻想的な海底のシーンを描いたのではなかろうか。

かつて日本文学は、〈死者の書〉としての役割を大きく負っていたはずである。文学の中心に位置する歌がまず、死者に呼びかけ、その魂がもう肉体のうつわに戻らぬものならせめて、魂のたどる黄泉への路を照らすともしびとなるべく発語される鎮魂詩であることを、重要な主題とした。

歌を中心樹としてそこから派生する物語も、死者を銘じてその一代記をしるすことが多い。伊勢物語も源氏物語も、平家物語ももちろん謡曲も、その一面は〈死者の書〉である。いずれ死ぬことを生者の視野に入れ、死出の旅路の護符ともすべき意義もそなえる。

この伝統は江戸期まであったが、明治の急激な欧下のもとに、物語が小説へと変化し、いったん絶えた。これを継ぎ、生きるあいだは万物の長として肩で風を切り、ごうまんにふるまうけれど、命おわる時はとつぜん無力に萎縮する近代人に向け、魂のたどる世界のイメージをゆたかに伝える書き手が、泉鏡花と折口信夫であるとも捉えられよう。

その時にそれが可能ならわたくしも、『沼夫人』と『死者の書』とを、身のきわまりに引き寄せたい二書と思いさだめている。でないと今からあまりに恐い。全力で生きて頬を地に着ける時はせめて、清《さや》けくなつかしい世界のイメージを目前にして、目をつむりたい。

かたや子ども時代、いなかの日暮れのあぜ道を家へと帰る時のようになつかしく――空にうかぶ紅いちぎれ雲、虫のすだく田んぼ、草の匂い水の匂い、こんもりと静まる里山などの平凡なうつくしい風光よりごく自然になめらかに、死の世界への想像力をかきたてる。

かたや水滴ひびく暗い洞窟のなかに。あるいは落日がこがねいろに輝きしずんでゆく山の遠くけだかい稜線や、南海の藻と珊瑚の繁茂する白々とあかるい水底に、ながいながい眠りの場を想起させる。

いずれも既視感にみちて慕わしくなつかしい、けれど誰にとってもぜったいに未知の場処である。

そうした場処を透視させてくれる書物〈死者の書〉は、近代において稀有である。

泉鏡花略年譜（一八七三・明治六年〜一九三九・昭和十四年）

※年齢は満年齢とする。

一八七三（明治六）年　十一月四日、父・泉清次（三十一歳）、母・すず（十九歳）の長男として、石川県金沢町下新町《しもしんちょう》に生まれる。本名は、鏡太郎。この生家跡には現在、泉鏡花記念館が建つ。父は、工名を政光とする彫金師。母は、葛野《かどの》流大鼓師《おおかわし》で、加賀藩前田家の江戸詰《えどづめ》御手役者の娘。江戸下谷でゆたかに育ったが、維新の騒乱により両親とともに金沢に移住し、ここで結婚した。

　下新町は工芸職人の多くすむ静かな町で、鏡花の家のすぐ近くには、有名な菓子舗・森八があった。森八の敷地をぬけ道とし、近所の時計商の娘の湯浅しげをはじめとする少女たちが、母が江戸より持参した絵草紙を目あてに、よく鏡花の家へ遊びに来た。

　鏡太郎の下に、弟の豊春と、妹の他賀とやゑがいる。二人の妹は、他家の養女となる。

〈文化・世相〉一月、徴兵令がさだまる。二月、切支丹禁制が解除され、キリスト教が黙認される。この年、徴兵令反対の騒動が各地でおきる。

一八八二（明治十五）年　九歳　妹やゑを出産してほどなく、十二月二十四日に母が死去、享年二十八。金沢の卯辰山墓地に葬られる。戒名は、冬岳院妙松日高信女。

　こののち父は再婚もするが、鏡太郎が新しい母になじまないため、破鏡した。父を苦しめ、すまなかったという思いは、『鶯花径』に結実する。父方の祖母のきてが、子どもたちの世話をした。

〈文化・世相〉三月、牧師の三浦徹を責任者とし、キリスト教児童文学雑誌『喜《よろこび》の音《おとずれ》』第一号が刊行される。

一八八三（明治十六）年　十歳　この頃、アメリカ一致派教会所属の宣教師の兄とともに来日した、ミス・ポートルと初めて知りあう。彼女から『喜の音』を贈られ、子どもむけの多彩な物語のつづられる誌面に夢中になった。

　日蓮宗への信仰あつい父は、母なき鏡太郎の孤独をおもんぱかり、ミス・ポートルの教える近所の日曜学校への参加をゆるした。ミス・ポートルのうたう賛美歌やオルガン、配られる聖書の絵カードなどに魅了された。母の亡くなったのがクリスマスイヴに当ることも、キリスト教とのくしき縁を感じさせたのではないか。

鏡花の文学的土壌には、古典としての聖書の素養をはじめ、キリスト教文化がしっかりと根づいている。

〈文化・世相〉この頃より、欧州文学の翻訳紹介がさかん。シェークスピア、スコット、ユゴー、プーシキン、ヴェルヌなどの名作が次々と訳出される。いわば外国文学の波よせる中に、鏡花は育った。

一八八四（明治十七）年　十一歳　キリスト教への熱が高まり、金沢区高等小学校から、一致派教会経営の男子ミッションスクール、真愛学校（入学してほどなく、北陸英和学校と改称）に転校する。ここで、兄の校長をたすけて教鞭をとるミス・ポートルの薫育をうけた。

当時の鏡花は「英語がペラペラ」で、ミス・ポートルがとても可愛がるので、他の生徒にいじめられていたとの、湯浅しげの証言がある。

ミス・ポートルも湯浅しげも、鏡花文学のヒロインの重要なイメージ源である。

一八八七（明治二十）年　十四歳　五月、北陸英和学校を退学する。学校内部の人間関係を実見し、キリスト教の偽善的部分に失望した形跡もある。一方、ミス・ポートルの薫育をうらぎったとの思いは後まで残り、鏡花に独特の贖罪意識の形成をうながす。

高等中学校の受験にも失敗し、模索の日々をおくる。

〈文化・世相〉七月、鹿鳴館で舞踏会が開催される。文壇では坪内逍遥や山田美妙が活躍、二葉亭四迷の『浮雲』も刊行され、言文一致の気運が高まる。

一八八九（明治二十二）年　十六歳　宙ぶらりんの日々に、尾崎紅葉の『二人比丘尼色懺悔《ににんびくにいろざんげ》』（四月刊行）を読み感激する。自身でも、二、三、小説の試作をこころみる。

〈文化・世相〉二月、大日本帝国憲法発布。八月、森鷗外らが訳詩集『於母影《おもかげ》』を刊行。

一八九〇（明治二十三）年　十七歳　五月より六月にかけて『読売新聞』に連載された紅葉の『夏痩《なつやせ》』に接し、小説家志願をかためる。十月、紅葉門下に入るべく上京するも、紅葉を訪れる勇気なく、知りあいの医学生の下宿に居そうろうをする。

医学生の夜逃げにしたがい、東京を転々とし、だらしない貧窮生活に染まる。この東京漂流の日々は『売色鴨南蛮』などに映される。おそらくこの頃、キリスト教より決定的に離れる。

〈文化・世相〉十月、教育勅語発布。この年、『読売新聞』

を拠点とする尾崎紅葉と幸田露伴の活躍がめざましく、いわゆる〈紅露時代〉がはじまる。

一八九一（明治二十四）年　十八歳　十月、知人の紹介でようやく初志をつらぬき、牛込横寺町の紅葉を訪ねる。その場で、入門と玄関番としての同居をゆるされる。

一八九二（明治二十五）年　十九歳　十〜十一月、第一作『冠《かんむり》弥左衛門《やざえもん》』を発表。十一月、金沢大火により生家が焼尽し、一時帰郷する。この年、紅葉より〈鏡花〉の筆名をあたえられる。

〈文化・世相〉七月、森鷗外の作品集『水沫集』刊行。十一月、鷗外がアンデルセンの『即興詩人』の翻訳発表をはじめる。

一八九三（明治二十六）年　二十歳　七月、東京で徴兵検査を受ける、乙種合格。

〈文化・世相〉一月、北村透谷、島崎藤村らが『文学界』創刊。

一八九四（明治二十七）年　二十一歳　一月九日、父が死去する、享年五十二。戒名は、久遠院宗悟日清信士。十一月『義血侠血』発表。

〈文化・世相〉八月、日清戦争がおきる。

一八九五（明治二十八）年　二十二歳　四月『夜行巡査』、六月『外科室』発表。

〈文化・世相〉四月、日清戦争講和条約調印。この年、樋口一葉が『たけくらべ』『にごりえ』『十三夜』を発表。

一八九六（明治二十九）年　二十三歳　この年の鏡花はさかんで、『化銀杏』『龍潭譚』『照葉狂言』『勝手口』『X蟷螂鰒鉄道』などの問題作をぞくぞくと発表。また、『一之巻』より『誓之巻』にいたる一連の自伝的小説群の発表もはじめる。

　この頃より、樋口一葉との交流深まる。

〈文化・世相〉二月、紅葉『多情多恨』の新聞連載はじまる。十一月、樋口一葉が死去、享年二十四。

　この年は、女流作家の早逝がめだつ。若松賤子（三十二歳）も、田沢稲舟（二十一歳）も亡くなった。

一八九七（明治三十）年　二十四歳　四月『化鳥』、五月『凱旋祭』、七月『怪語』、十二月『髯題目』発表。

〈文化・世相〉一月、紅葉『金色夜叉』の新聞連載はじまる。三月、足尾銅山鉱毒被害者八百名が上京し、請願運動をおこす。四月、国木田独歩、松岡國男、田山花袋らによる合同詩集『抒情詩』刊行。八月、独歩『源おぢ』発表。この頃、独歩、國男、花袋ら若い抒情詩人は東京を舞台とする都会文学を離れ、地方の常民の人生を描くべきとするムーヴメントを開始する。日本民俗学の胎動でもある。

一八九八（明治三十一）年　二十五歳　この頃か、親友の吉田賢龍を介し、二十三歳の抒情詩人にして帝国大学生・松岡國男（柳田國男）と知りあう。九〜十月『鷺花径』発表。

〈文化・世相〉四月、北陸線が金沢まで開通、金沢駅ができる。

一八九九（明治三十二）年　二十六歳　この頃、のちに夫人となる神楽坂芸妓・桃太郎（本名は伊藤すゞ）と知りあう。亡母とおなじ名であることにも、心をつかまれた。六月『黒百合』発表、十一月『湯島詣』刊行。

〈文化・世相〉三月、著作権法公布。七月、治外法権撤廃。

一九〇〇（明治三十三）年　二十七歳　二月『高野聖』、十一月『葛飾砂子』発表。

〈文化・世相〉四月、与謝野鉄幹を主宰とし『明星』創刊。十一月、以前より鏡花がその健康を心配し、手紙を発していた紅葉門下の北田薄氷（結婚して梶田薄氷）が死去する、享年二十四。十月、南方熊楠がイギリスより帰国、那智に籠居し、粘菌研究にはげむ。

一九〇二（明治三十五）年　二十九歳　一月『三枚続』刊行。この本で初めて、画家の鏑木清方と組む。以降、清方は、鏡花本の主要な担い手となる。

〈文化・世相〉九月、永井荷風『地獄の花』刊行。同月、紅葉が病気のために『金色夜叉』の連載を中断、読売新聞社より退社する。

一九〇三（明治三十六）年　三十歳　神楽坂ですゞと同棲するも、紅葉に叱責され、別れる。五月、病床の紅葉にささげるオマージュでもある『薬草取』発表。十月『風流線』の新聞連載はじまる。十月三十日、尾崎紅葉死去する、享年三十六。

〈文化・世相〉八月、新橋・品川間に初の路面電車開通。十一月、幸徳秋水・堺利彦らが平民社を創立。

一九〇五（明治三十八）年　三十二歳　胃腸障害に加え精神状態が悪化し、夏、逗子田越《たごえ》に転地する。逗子ではガーデニングなど行い、こころを休めた。約四年間を、ここで過ごす。

〈文化・世相〉九月、日露講和条約調印（前年四月、日露戦争はじまる）。

一九〇六（明治三十九）年　三十三歳　一月『式部小路』、十一月『春昼』、十二月『春昼後刻』発表。夏頃より、西園寺公望主催の文士会に出席する。

〈文化・世相〉四月、神社合祀政策推進の勅令発布。翌年一月より、一町村一社をベースとする合祀の実施がはじまる。


一九〇七（明治四十）年　三十四歳　一月より『婦系図』の新聞連載はじまる。

〈文化・世相〉六月、夏目漱石『虞美人草』の新聞連載はじまる。九月、田山花袋『蒲団』発表。この年より、自然主義が文壇を席捲する。


一九〇八（明治四十一）年　三十五歳　一月『草迷宮』刊行。四月『ロマンチックと自然主義』、六月『沼夫人』、十一月『星女郎』発表。

〈文化・世相〉八月、永井荷風『あめりか物語』刊行。十一月、柳田國男、初めて佐々木喜善と知りあい、ただちに彼より岩手県遠野地方の伝説や世間話の聞き書きをはじめる。


一九〇九（明治四十二）年　三十六歳　療養先の逗子より、東京にもどる。十月、夏目漱石の紹介で、『東京朝日新聞』に『白鷺』連載をはじめる。

〈文化・世相〉一月、森鷗外、石川啄木らが『スバル』創刊。三月、柳田國男が、宮崎県椎葉村の狩猟文化の記録の書『後狩詞記《のちのかりことばのき》』を刊行。九月、南方熊楠が故郷の田辺で、エコロジーの立場より、神社合祀反対運動を開始する。


一九一〇（明治四十三）年　三十七歳　五月、麴町区下六番町に居をさだめる。近所に、里見弴の実家の有島邸があり、その縁で里見との交流が生まれる。のちに水上瀧太郎も、鏡花の家の向いの武家屋敷に引っ越してきた。

　十月、『三田文學』に『三味線堀』を発表。自然主義に排斥される当時の鏡花への、永井荷風の厚誼による。これを謝し、三田の文学者とあつく交流する。

〈文化・世相〉四月、有島武郎、里見弴、志賀直哉らが『白樺』創刊。五月、永井荷風を主幹に『三田文學』創刊。六月、柳田國男『遠野物語』刊行。三五〇部自費出版の一冊を鏡花は贈呈されたのだろう。九月に書評『遠野の奇聞』を発表する。五月、大逆事件の検挙はじまる。八月、韓国併合。


一九一三（大正二）年　四十歳　三月『夜叉ケ池』、十二月『海神別荘』発表。

〈文化・世相〉三月、柳田國男・高木敏雄が初の日本民俗学雑誌『郷土研究』を創刊。ここを拠点に、柳田は『山人外伝資料』をはじめとする一連の山人論、『巫女考』をはじめとする巫女論をさかんに発表する。南方熊楠や折口信夫も、この雑誌に参集し、頭角をあらわす。

一九一四（大正三）年　四十一歳　七月、柳田國男『山島民譚集』を、郷土研究社より購入する。九月『日本橋』刊行。この本の装幀装画を初めて小村雪岱《せったい》が手がけ、以降、清方とならび、鏡花本の主要な担い手となる。
〈文化・世相〉七月、第一次世界大戦がおき、日本も参与する。

一九一六（大正五）年　四十三歳　十一月、水上瀧太郎が友人の久保田万太郎を介し、初めて鏡花を訪問する。これより水上は、鏡花を支える最強の後援者となる。
〈文化・世相〉十二月、夏目漱石が死去、享年四十九。

一九一七（大正六）年　四十四歳　一月『幻の絵馬』刊行。九月『天守物語』発表。
〈文化・世相〉十二月、女流画家の池田蕉園が死去、享年三十二。

一九二二（大正十一）年　四十九歳　夏頃、永井荷風より『偏奇館漫録』を贈られる。この頃、鏡花は荷風を介し、そのホームドクターである大石医師の治療を受けている。

一九二三（大正十二）年　五十歳　六月『山吹』発表。九月一日、関東大震災に遭う。家はぶじだったが、類焼と四、五分おきの余震をおそれ、夫人と公園で野宿する。十一月、一時帰郷する。
〈文化・世相〉九月の戒厳令下、世情不安が高まる。印刷所が多く倒壊し、出版が困難となる。谷崎潤一郎はじめ、西日本に移住する文化人もめだった。

一九二四（大正十三）年　五十一歳　五月『眉かくしの霊』、七月『夫人利生記』発表。
〈文化・世相〉十二月、宮沢賢治『注文の多い料理店』刊行。

一九二五（大正十四）年　五十二歳　七月、春陽堂より『鏡花全集』全十五巻の刊行はじまる。水上瀧太郎が明治三十年代よりもれなく収集していた鏡花作品の初出誌が、おおいに役立つ。編集局も、水上邸に置かれた。編集には、小山内薫、谷崎潤一郎、里見弴、水上、久保田万太郎、芥川龍之介が当る。
　年末、水上のすすめにより、すゞ夫人を入籍する。
〈文化・世相〉一月より、柳田國男『山の人生』の雑誌連載はじまる。

一九二七（昭和二）年　五十四歳　四月『卵塔場の天女』『河伯令嬢』（〜五月）発表。七月、芥川龍之介が三十五歳で自死する。深い理解者を失い、力をおとす。

一九二九（昭和四）年　五十六歳　七月『山海評判記』の新聞連載はじまる。

一九三七（昭和十二）年　六十四歳　一月『薄紅梅』の新聞連載はじまる。十二月『雪柳』発表。

〈文化・世相〉八月、永井荷風『濹東綺譚』刊行。七月、蘆溝橋で、日中両軍があらそう。

一九三九（昭和十四）年　四月、佐藤春夫のおい・竹田龍児と、谷崎潤一郎の長女・鮎子との結婚にさいし、媒酌人をつとめる。

七月『縷紅新草』発表。九月七日、肺腫瘍のため死去する。享年六十五。雑司ヶ谷墓地の、小村雪岱デザインの墓に埋葬される。戒名は、佐藤春夫撰「幽玄院鏡花日彩居士」。昭和十六年、鏡花の遺品と原稿は、泉家より慶應義塾図書館に寄贈された。

〈文化・世相〉一月、折口信夫『死者の書』の雑誌連載はじまる。九月、ドイツがポーランドに侵攻、第二次世界大戦がおきる。

本年譜をつくるに際し、『鏡花全集』（岩波書店、一九七三〜一九七六年）の他に、左記の文献を参照しました。

- 吉田昌志編「年譜」、田中励儀編「著作目録」（『新編泉鏡花集』別巻二、岩波書店、二〇〇六年）
- 『鏡花』（泉鏡花記念館、二〇〇九年）
- 『番町の家　慶應義塾図書館所蔵泉鏡花遺品展』（泉鏡花記念館、二〇〇九年）
- 『近代文学年表』（双文社、一九九三年）
- 『近代日本総合年表』（第二版、岩波書店、一九八四年）
- 『定本柳田国男集』別巻五（筑摩書房、一九八二年）

主要参考文献（単行本は『　』、論考名などは「　」とする）

一、泉鏡花関係

生島遼一『鏡花万華鏡』（筑摩書房、一九九二年）
泉鏡花研究会編『論集　泉鏡花』第一集〜第五集（新装版、和泉書院、一九九九〜二〇一一年）
巌谷大四『人間　泉鏡花』（東京書籍、一九七九年）
笠原伸夫『泉鏡花――エロスの繭』（国文社、一九八八年）
――『評伝　泉鏡花』（白地社、一九九五年）
金沢大学フランス文学会編『幻想空間の東西――フランス文学をとおしてみた泉鏡花』（十月社、一九九〇年）
川村二郎『白山の水――鏡花をめぐる』（講談社、二〇〇〇年）
小林輝治「泉鏡花とキリスト教」（『日本文学研究資料叢書　泉鏡花』有精堂出版、一九八〇年）
佐伯順子『泉鏡花』（ちくま新書、二〇〇〇年）
澁澤龍彦「ランプの廻転」（『思考の紋章学』、河出文庫、一九八五年）
菅原孝雄『泉鏡花と花――その隠された秘密』（沖積舎、二〇〇七年）
鈴木啓子「伝説生成の時空――鏡花小説からみる鏡花戯曲」（『劇場文化』財団法人静岡県舞台芸術センター、二〇〇八年五月）
田中貴子『鏡花と怪異』（平凡社、二〇〇六年）
田中励儀『泉鏡花――文学の成立』（双文社出版、一九九七年）
種田和加子『イロニーとしての少年――『化鳥』論」（『日本文学』日本文学協会、一九八六年十一月）
種村季弘「水中花変幻――泉鏡花について」（『別冊現代詩手帖』思潮社、一九七二年）
寺田　透『泉鏡花』（筑摩書房、一九九一年）
東郷克美『異界の方へ――鏡花の水脈』（有精堂出版、一九九四年）
日夏耿之介「名人鏡花芸」（『日夏耿之介全集』第五巻、河出書房新社、一九七三年）
――「『高野聖』の比較文学的考察」（『日夏耿之介全集』第五巻、河出書房新社、一九七三年）

松村友視「鏡花文学の基本構造」(『文学』岩波書店、一九八七年三月)
三田英彬編『日本文学研究大成　泉鏡花』(国書刊行会、一九九六年)
村松定孝『あぢさゐ供養頌――わが泉鏡花』(新潮社、一九八八年)
――編著『泉鏡花事典』(有精堂出版、一九八二年)
――『定本　泉鏡花研究』(有精堂出版、一九九六年)
吉村博任「泉鏡花曼荼羅――「春昼」における密教的風景」(『泉鏡花研究』石川近代文学館、一九七九年三月)
若桑みどり「鏡花とプロテスタンティズム」(『國文學』一九八五年六月)
――『泉鏡花の世界――幻想の病理』(牧野出版、一九八三年)
脇　明子『増補　幻想の論理』(沖積舎、一九九二年)

二、関連文献

芥川龍之介「雛」、「妖婆」その他(『芥川龍之介全集』全十二巻、岩波書店、一九七七～一九七八年)
伊井春樹監修・千葉俊二編『近代文学における源氏物語』(おうふう、二〇〇七年)
飯倉照平編『柳田国男・南方熊楠往復書簡集』上巻(平凡社ライブラリー、一九九四年)
池田彌三郎『日本の幽霊』(中公文庫、一九七四年)
石井正己『遠野物語の誕生』(若草書房、二〇〇〇年)
井上ひさし「一葉の財産」(『樋口一葉』「解説」筑摩書房、二〇〇八年)
宇野常寛『リトル・ピープルの時代』(幻冬舎、二〇一一年)
江藤　淳『漱石とアーサー王傳説』(東京大学出版会、一九七五年)
沖野岩三郎『明治キリスト教児童文学史』(久山社、一九九五年)
奥山直司・雲藤等・神田英昭編『高山寺蔵　南方熊楠書翰――土宜法龍宛1893―1922』(藤原書店、二〇一〇年)
尾崎紅葉「鏡花縁」、「金色夜叉」、「千日万堂日録」、「多情多恨」、「不言不語」、「むき玉子」その他(『尾崎紅葉全集』全十二巻別巻一、岩波書店、一九九四～一九九五年)

尾崎るみ『若松賤子――黎明期を駆け抜けた女性』（港の人社、二〇〇七年）
折口信夫「石に出で入るもの」、「鏡花との一夕」、「平田国学の伝統」、「近代文学論」、「年中行事に見えた古代生活」、「雛祭りとお彼岸」、「宵節供のゆふべに」、「死者の書」その他（『新編　折口信夫全集』全三十七巻別巻三、中央公論社、一九九五～一九九九年、『ノート編』追補第三巻、中央公論社、一九八七年）
加藤道夫「『死者の書』と共に」（『三田文學』一九五三年十一月）
『鏑木清方　挿絵図録　泉鏡花篇』（鏑木清方記念美術館、二〇〇六年）
『日本の名画　鏑木清方』（中央公論社、一九七五年）
川本三郎『白秋望景』（新書館、二〇一二年）
国木田独歩「源おぢ」（『国木田独歩全集』第二巻、学習研究社、一九六四年）
小島英俊『鉄道という文化』（角川選書、二〇一〇年）
子どもの本・翻訳の歩み研究会編『図説　子どもの本・翻訳の歩み事典』（柏書房、二〇〇二年）
坂上　弘「震災と水上文学」（水上瀧太郎『銀座復興』「解説」岩波文庫、二〇一二年）
島崎藤村『桜の実の熟する時』（『島崎藤村全集』第四巻、新潮社、一九四九年）
高山　宏『殺す・集める・読む――推理小説特殊講義』（創元ライブラリ文庫、二〇〇二年）
武田信明『三四郎の乗った汽車』（教育出版、一九九九年）
谷崎潤一郎「蘆刈」、「恐怖」、「少年」、「細雪」その他（『谷崎潤一郎全集』全二十八巻、中央公論社、一九六六～一九六八年）
田山花袋『南船北馬』（博文館、一八九九年）、『定本　花袋全集』第十六巻（臨川書店、一九三七年）
鶴見和子『南方熊楠――地球志向の比較学』（講談社学術文庫、一九八一年）
永井荷風「雨瀟瀟」、「地獄の花」、「谷崎潤一郎氏の作品」、「深川の唄」、「断腸亭日乗」その他（『荷風全集』全三十巻、岩波書店、一九九二～一九九五年）
中沢新一『森のバロック』（講談社、一九九二年）
中瀬喜陽・長谷川興蔵編『南方熊楠アルバム』（八坂書房、二〇〇九年）
夏目漱石「薤露行」（『夏目漱石全集』第二巻、岩波書店、一九九四年）

日本児童文学会編『日本のキリスト教児童文学』（国土社、一九九五年）
長谷川晋一「ゴシックから近代へ」（平井呈一編訳『恐怖の愉しみ』下巻「解説」創元推理文庫、一九八五年）
畑山　博「銀河鉄道の夜――魂への旅」（ＰＨＰ研究所、一九九六年）
藤田順子『雛と雛の物語り』（暮しの手帖社、一九九三年）
益田勝実編『南方熊楠随筆集』（ちくま学芸文庫、一九九四年）
松居竜五・田村義也編『南方熊楠大事典』（勉誠出版、二〇一二年）
松平乗昌編『日本鉄道会社の歴史』（河出書房新社、二〇一〇年）
三島由紀夫「春の雪」（『三島由紀夫全集』第十三巻、新潮社、二〇〇一年）
――「翼」、「雛の宿」（『三島由紀夫全集』第十八巻、新潮社、二〇〇二年）
三田文学会編『創刊一〇〇年三田文學名作選』（三田文学会、二〇一〇年）
三田村雅子『記憶の中の源氏物語』（新潮社、二〇〇八年）
『南方熊楠日記』第一～三巻（八坂書房、一九八七～一九八八年）
水上瀧太郎「貝殻追放」一～三（『水上瀧太郎全集』第九巻～十一巻、岩波書店、一九四〇～一九四一年）
宮沢賢治「銀河鉄道の夜」（谷川徹三編『童話集『銀河鉄道の夜』』（岩波文庫、一九六六年）
室生犀星「抒情小曲集」（『室生犀星集』学習研究社、一九七〇年）
持田叙子「釈迢空『安乗帖』と田山花袋『南船北馬』」（『折口信夫――独身漂流』人文書院、一九九九年）
森　鷗外「うたかたの記」、「玉を懐いて罪あり」（『鷗外全集』第一巻、岩波書店、一九七一年）
――「即興詩人」（『鷗外全集』第二巻、岩波書店、一九七一年）
柳田國男「遠野物語」、「山人外伝資料」、「山民の生活」、「すゞみ台」、「清光館哀史」、「這箇鏡花観」、「故郷七十年」その他（『定本　柳田國男集』全三十一巻別巻五、筑摩書房、一九八一～一九八二年）
山田徳兵衛『人形芸術』（創元社、一九五三年）
山田肇編『鏑木清方文集　第二巻　明治追懐』（白鳳社、一九七九年）
――『鏑木清方文集　第八巻　随時随想』（白鳳社、一九八〇年）
与謝野晶子「新訳源氏物語」（『鉄幹晶子全集』第七巻、勉誠出版、二〇〇二年）
吉井美弥子編『〈みやび〉異説――「源氏物語」という文化』（森話社、一九九七年）

ワタリウム美術館編『南方熊楠菌類図譜』（新潮社、二〇〇七年）

三、関連翻訳文献その他

シェンキーヴィッチ／木村毅訳『クォ・ヴァディス』（新潮社、一九二八年）
ジョーン・エヴァンズ／古賀敬子訳『ジュエリーの歴史——ヨーロッパの宝飾770年』（八坂書房、二〇〇四年）
デュマ・フィス／新庄嘉章訳『椿姫』（新潮文庫、一九五〇年）
パール・バック／佐藤亮一訳『母の肖像』（芙蓉書房、一九七二年）
バジョーフ／島原落穂訳『石の花』（童心社、一九七九年）
ホフマン／前川章介訳『ドイツ・ロマン派全集』第三巻（国書刊行会、一九八三年）
——／池内 紀訳『ホフマン短編集』（岩波文庫、一九八四年）
マーガレット・レイン／猪熊葉子訳『ビアトリクス・ポターの生涯』（福音館書店、一九八六年）
メリメ／杉捷夫・江口清訳「イールのヴィーナス」（『メリメ全集』第二巻、河出書房新社、一九七七年）
リットン／堀田正亮訳『ポンペイ最後の日』（三笠書房、一九五三年）
ローデンバック／窪田般彌訳『死都ブリュージュ』（岩波文庫、一九八八年）
JENNIFER BENNETT《LILIES OF THE HEARTH: THE HISTORICAL RELATIONSHIP BETWEEN WOMEN AND PLANTS》CAMDEN HOUSE, 1991.

〈鏡花〉という紙の書物――あとがきに代えて

すべての稿を書きおえた今、鏡花を一つの燈台とめざし、日本近代文学史の波間を泳いできたような気がしている。そして我にかえり息つきながら、その波間のなかの〈鏡花〉という現象が、改めてあざやかに脳裏に浮かびつつある。

〈鏡花〉とは、かつて近代文学史を燦然と誇り高くいろどってきた、紙の書物のメタファーにも他ならぬのではないか。

周知のように鏡花には、熱烈な讃仰者が多い。一般の読者のみならず、まるで至純の白百合か宝珠のように鏡花の文学を愛し、その刺激をゆたかに受ける、同じ時代の文学者や芸術家、学者のいることがきわだつ。そのさまはまるで、文学史の海のなかにひとすじ、色あざやかな光の帯が走るよう。

画家の鏑木清方は、十八歳のときからの鏡花の愛読者で、「どうかして鏡花の挿絵がかきたい」との悲願をいだきつづけた。鏡花の魅惑とは、「無数の宝石が月に照らされて放つ」光そのものと、言いきる。

水上瀧太郎は、草の根わけて鏡花の単行本や初出誌を探した青春時代の思い出を回想しつつ、鏡花を好む読者の熱情は、あたかも恋慕に似ると明かす。芥川龍之介は中学のときに新刊の『草迷宮』に読みふけり、試験に失敗した。柳田國男が二十代の抒情詩人時代にこころみた、沼地を舞台とするいくつかの可憐な恋愛小説は、あきらかに鏡花をまねぶ。折口信夫も少年の頃からの愛読者で、その晩年の小説『死者の書』には満を持して思いきり、鏡花より継ぐ宗教的な水夢のイメージをはなひらかせた。

かえりみると、こうした牽引力は、現在の私たちの文学史をひきいる主要なエネルギーでは、もうなくなっている。作家は、たがいの生む作品にかなり冷淡であるように見うけられる。

文学史の民俗として、とても気になる。すぐ考えられる大きな理由としては、もちろん、かつて本は高価で貴重で、苦労して入手したそれを、骨身にしみて深く惜しみ、感じ入って読まずにはいられなかったからであろう。作家の数も今より少なく、親密な共同体としての〈文壇〉も成りたっていた。にしてもとりわけ鏡花は、牽引力がきわだつ。その天才は言うに及ばず、そこにはその作品自体がはらむ、書物をめぐってのめくるめく仕掛も、おおいに作用しているらしい。

鏡花はよくその作品に、貴重な本や雑誌に恋いこがれ、それを入手せんと悶える人、とくに自己の分身的な少年や青年の熱情を描く。あこがれたその文字のなかに、挿絵のなかに、すっぽりと入りこんでしまう夢幻といごこちのよさをつづる。あたたかい胎内としての書物を、特異に現出させる。

そして、その書物とは多く、母の指が読みといてくれる「絵本」であることがめだつ。よく知られるように、当代の名画家をたのみ、装幀と挿絵に綺羅を尽くす鏡花の本そのものも、「絵本」を志向することについては言うまでもない。

このあたりが入りくんでいて、じつに玄妙。鏡花がおさない頃より宝珠のように恋いこがれる幻の絵本のイメージがまずあり、それを熱狂的に読む主人公の気もちに、私たち読者は感染する。そしてそうした幻の絵本の物語をつつむ鏡花の本も、ある種の絵本。いつのまにか両者をおなじものと錯覚しつつ、私たちは読む。

つまり鏡花がつぎつぎに生む絵本にさらに、鏡花のようにこがれて巻きこまれる私たち読者がいて、この循環の力学にすなおに従えば、私たちもとうぜん、新たな絵本を生みたくなる。

牽引力のつよい、きわだった〈鏡花〉現象には一つ、書物をめぐるこうした入子《いれこ》状の作用が働いていよう。

と同時にあらためて、紙の書物のよろしさを十全にいかした、戦略的な近代作家としての鏡花の立ち位置も見えてくる。

鏡花のさかんに羽ばたいた明治・大正時代は、高価で貴重な書物の世界がしだいに変革され、大衆に消費されるメガ出版の志向がはじまる画期点。そのただ中にあって、前代的な女性的な絵物語と、知識の記号化としての本とのあいだを巧みにたゆたい、より古代的な神聖な書物の輝きをもおびつつ、なつかしい妣《はは》の国の書として、社会に切りこむ先鋭の知の書として、男女かかわらず多くの読者の欲望をやわらかく掻きたてる〈鏡花〉は、すごい。

考えてみれば、絵本と文学のシャッフルは、私たちの現代文学史の最近の、一つの潮流となりつつある。絵本が本質的にはらむ夢と神話の多用は、さいきんの世界文学にもいちじるしい特徴である。この意味で〈鏡花〉とは、未来文学の可能性の塊でもあったのか――。

電子書籍という未曾有の可能性も押しよせる今だからこそ、そうした〈鏡花〉のありようを、新しい眼で振りかえってみたくなる。

情報としてめまぐるしく大量に消費される書籍とはまた全く別種の、いくたびも手にとり、指でなぞり、ある意味でいっしょに年とって生きてゆく種類の書物のいのちの継ぎ方をも、鏡花の文学はさし示してくれている。

さて私の場合も多くの読者どうよう、少女の頃に鏡花と出会い、一気に吸いこまれた。自宅から六本木の高校までの長いたいくつなバスのなかで時々、飛騨山中の森に無数のヒルの降るさまを妄想していたのを、よく覚えている。ヒルに飛びつかれ、血を吸われ、その傷をさらさら谷川の水で癒やされる高野聖になりたいような、絶対なりたくないような、妙な気分だった。以来、ひそかに敬慕してきた。五十路にさしかかり、鏡花を考える一冊を上梓できたことは、私にとって万感あふれる思いです。

本書の引用は、大学入学の記念に神保町で購入し、その後の数度の引越にも持ち歩いて今もいっしょに暮らす、『鏡花全集』（岩波書店、全二十九巻）に拠りました。三日月と波に、雪白のうさぎが跳ねる、かわいい装幀が大好きだった。ページを繰るといつも、初読のゆたかな感動がよみがえります。

本書の核となる論稿は、鏡花にゆかり深い『三田文學』に連載発表いたしました。前回の永井荷風の連載につづき、あたたかく御力添えいただいた加藤宗哉編集長と編集部の皆さまに、心より感謝を申し上げます。『三田文學』の名物ともいうべき精密な校正にも、毎回、助けていただきました。

鏡花をぜひ、とのお願いに、思うさまおやりなさい、とおゆるし下さった慶應義塾大学出版会の坂上弘会長の御宏量は、何よりも身にしみて有難いものでした。同出版会の上村和馬氏と村上文氏には、紙の書物のかがやきで人を魅了する鏡花本の面影を、本書の装幀にもいささかなりと銘じたいというわがままをはじめ、書く側の意を汲み、こまやかに御世話をいただきました。この場を借りて、深くお礼を申し上げます。

二〇一二年七月

持田叙子

初出一覧

科学と神秘　モンスーンの国の書き手（『三田文學』No.109、二〇一二年春季号、掲載時タイトル「科学と神秘」）
女どうしを描く（『三田文學』No.105、二〇一一年春季号）
銀河鉄道、鏡花発（『三田文學』No.107、二〇一一年秋季号）
明治のバイリンガル　感性の中のキリスト教（『三田文學』No.106、二〇一一年夏季号）
藤壺幻想（書きおろし）
鏡花のおやつ、口うつしの夢（書きおろし）
指環物語（『三田文學』No.103、二〇一〇年秋季号の全面改稿）
鏡花と水上瀧太郎（書きおろし）
百合は、薔薇は、撫子は（書きおろし）
くだものエロティシズム（書きおろし）
読点の魔法（書きおろし）
あやかしの雛（『三田文學』No.104、二〇一一年冬季号を一部改稿）
骨の恋（『三田文學』No.108、二〇一二年冬季号）

（付記）「百合と宝珠の文学史――泉鏡花」として『三田文學』二〇一〇年秋季号より二〇一二年春季号に連載発表した七篇に、書きおろし六篇を加える。

著者紹介

持田叙子　Mochida Nobuko

1959年生まれ。慶應義塾大学大学院修士課程修了、國學院大學大学院博士課程単位取得退学。近代文学研究者。1995年より2000年まで『折口信夫全集』（中央公論社）の編集に携わる。全集第24〜28、32巻「解題」を共同執筆。著書に、『折口信夫　独身漂流』（人文書院、1999年）、『朝寝の荷風』（人文書院、2005年）、『荷風へ、ようこそ』（慶應義塾大学出版会、2009年、第31回サントリー学芸賞）、『永井荷風の生活革命』（岩波書店、2009年）など。

泉鏡花
——百合と宝珠の文学史

2012年9月29日　初版第1刷発行

著　者————持田叙子
発行者————坂上　弘
発行所————慶應義塾大学出版会株式会社
〒108-8346　東京都港区三田2-19-30
TEL〔編集部〕03-3451-0931
〔営業部〕03-3451-3584〈ご注文〉
〔　〃　〕03-3451-6926
FAX〔営業部〕03-3451-3122
振替　00190-8-155497
http://www.keio-up.co.jp/
装　丁————中垣信夫＋川瀬亜美［中垣デザイン事務所］
カバー・扉装画：『ウィリアム・モリスの100デザイン』
図版33「瓔珞ゆり」より（株式会社藝祥）
印刷・製本——株式会社加藤文明社
カバー印刷——株式会社太平印刷社

Printed in Japan ISBN978-4-7664-1972-6